내가 바로
세종대왕의
아들이다

내가 바로 세종대왕의 아들이다 9

유아리 퓨전 판타지 소설

초판 1쇄 찍은 날 § 2020년 12월 21일
초판 1쇄 펴낸 날 § 2020년 12월 28일

지은이 § 유아리
펴낸이 § 서경석

총괄팀장 § 노종아
편집책임 § 이민지
디자인 § 소소연

펴낸곳 § 도서출판 청어람
등록번호 § 제387-1999-000006호
등록일자 § 1999. 5. 31
어람번호 § 제1-3105호

주소 § 경기도 부천시 부일로 483번길 40 서경B/D 3F (우) 14640
전화 § 032-656-4452 팩스 § 032-656-4453
http://www.chungeoram.com
E-mail § chungeorambook@daum.net

ISBN 979-11-04-92290-9 04810
ISBN 979-11-04-92193-3 (세트)

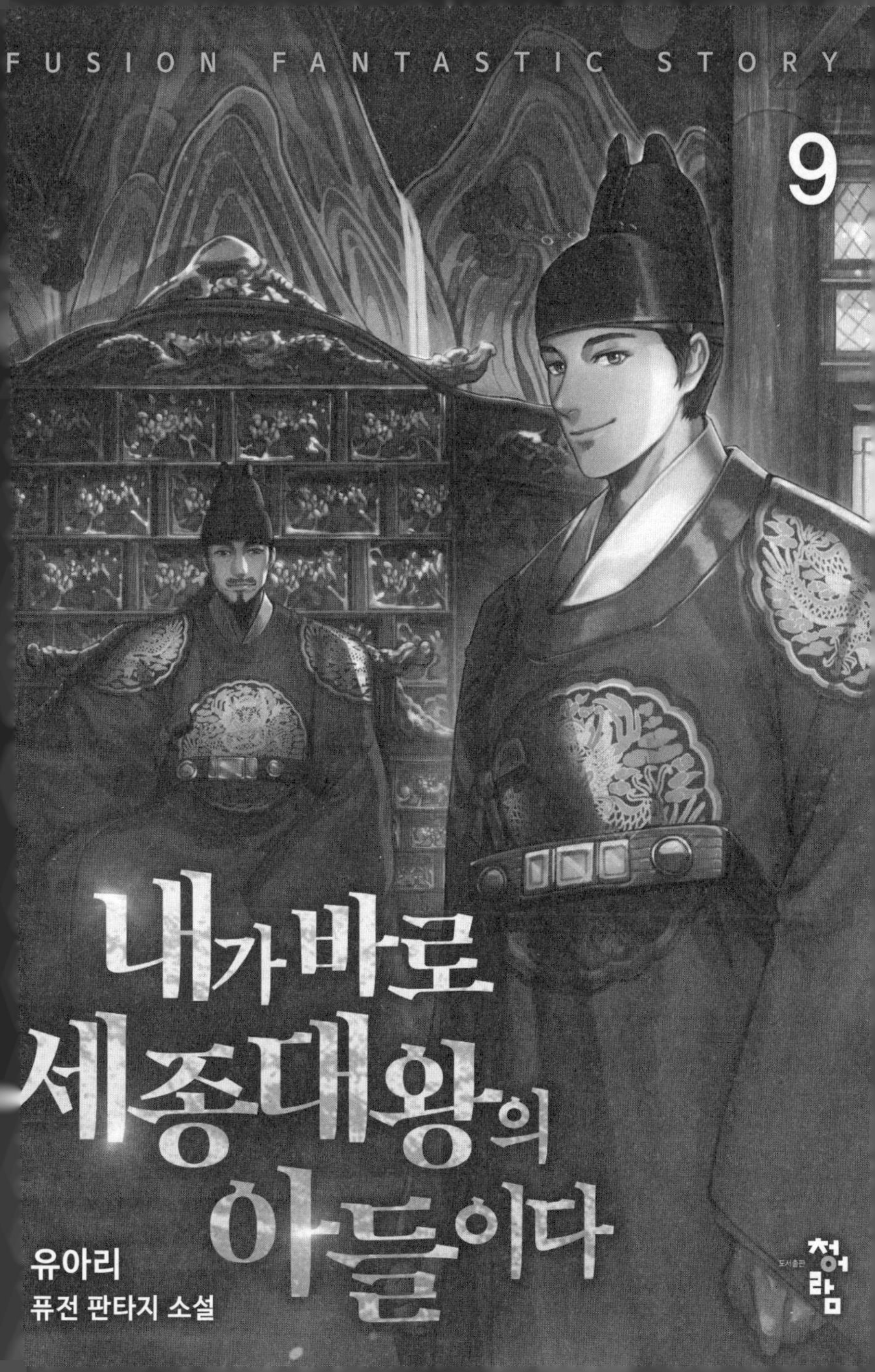
FUSION FANTASTIC STORY
9
내가 바로 세종대왕의 아들이다
유아리
퓨전 판타지 소설
도서출판 청어람

내가 바로
세종대왕의
아들이다

목차

제1장

도박

　광무왕이 왜국에서 새로 시행할 사행성 사업 계획에 골몰할 무렵, 가을이 시작된 요동의 심양에선 조선의 상왕이자 현 심양왕인 세종이 부호들을 상대로 합법적인 부가세를 거두기 위해 고민하고 있었다.

　그는 훈련을 핑계 삼아 도망친 요동 절제사 남빈 대신 심양의 관리들을 마음껏 부리다가 심양왕부의 처소에서 저녁 식사를 마치곤, 곁에 있는 이에게 물었다.

　"엄 내관, 심양의 시중에서 가장 인기 있는 놀이가 뭔지 아는가?"

심왕 전담 내관 엄자치가 세종의 물음에 답했다.

"소관이 알기론 귀뚜라미를 가지고 싸움을 붙이는 투실솔(斗蟋蟀)이란 놀이가 인기인 것으로 알고 있습니다."

"귀뚜라미? 그런 미물들이 싸우는 게 그리 인기란 말인가?"

"예, 옛 당나라 시절부터 유행한 전통 놀이이자, 도박의 대상이라고 들었습니다."

"그걸로 도박을 한다고 가정하면… 각자 어떤 귀뚜라미가 이길지 돈을 거는 방식이겠군. 그런 게 정말 재미있긴 한 건가?"

"전하의 말씀이 옳사옵니다. 소관도 많이 본 게 아니라 재미가 있는지는 잘 모르지만, 남녀노소, 그리고 가난한 자와 부자를 가리지 않고 모두가 열광하는 놀이였습니다."

"그 정도란 말인가? 일전에 송나라의 사서에서 관련된 부분을 언뜻 보긴 했었지만… 잘 실감이 가지 않는군."

"듣자 하니, 도박에 미쳐 패가망신하는 경우도 허다하다고 합니다."

"으음. 일단 실제로 어떤지 보는 게 빠르겠군. 내일은 공무 대신 이곳의 저잣거리를 보러 가세."

"전하, 미복 잠행을 나가시려 하십니까?"

"여기가 조선의 궁중도 아닌데, 미복 잠행이라고 하기엔 거창하군. 그냥 외유라고 하게."

"그럼… 대비마마께도 미리 알려두겠습니다."

"아닐세. 오늘 밤에 내가 찾아가 이야기해 두겠네. 그리고 자네도 업무 시간이 끝났으니 이만 물러가 쉬게."

"예, 소관은 이만 물러나겠습니다."

세종은 심양에서 머물며 자신은 상왕이자 심양왕이니 조선식 궁중의 법도를 지킬 필요가 없다면서 편하게 생활했고, 관리들과는 다르게 내관이나 궁녀들만큼은 업무 시간을 보장받을 수 있었다.

그리고 다음 날 평복으로 갈아입은 상왕 부부는 몇몇 호위만 대동한 채 심양의 거리로 발걸음을 옮겼다.

"나리, 이런 데서 손을 잡고 걷는 건 조금… 부끄럽습니다."

신분을 숨기기 위해 자신의 남편을 나리라고 호칭한 소헌왕후에게 상왕 세종은 아무렇지도 않은 표정으로 답했다.

"부부가 손을 잡는 게 뭐 어때서 그래요? 이런다고 누가 흉을 보는 것도 아니고. 혹여 부인이 싫다면 놔드리리다."

"싫다는 건 아닙니다. 그리고 이제 환갑을 넘겼는데… 소첩을 여전히 처자 대하듯이 하시는 건 좀…….."

"왜요? 부인께선 나이를 비껴간 듯, 여전히 고운 모습인데요. 그래서 제 손을 잡기 싫다는 건가요?"

조금은 능글맞게 웃으며 아내와 눈을 맞추는 세종을 보자, 그녀는 피식 웃으면서 남편의 손을 그대로 맞잡았다.

"싫다고 한 게 아닙니다. 조금 부끄럽다고 한 거지요. 그리고 나리께서도 나이를 비켜가신 건 마찬가지십니다."

부부는 아들 덕에 건강이 나빠지지 않도록 꾸준히 몸을 단련한 성과를 보고 있었다.

거기다 아들에게 피부 보습법의 이치를 배워 나름대로 관리를 잘 받은 소헌왕후는 노부인이라기보단 중년의 미부인으로 보였고, 그건 남편인 세종도 마찬가지였다.

이제는 가만히 있어도 숨이 차고 땀이 비 오듯 흐르던 과거의 비만한 모습은 흔적조차 없고, 지적이면서도 선이 굵은 중년의 미남이 있을 뿐이었다.

소헌왕후가 남편의 손을 잡은 채로 되물었다.

"그건 그렇고, 나리께선 이번 해 생신을 그리 보내신 걸 후회하지 않으십니까?"

"또 환갑연 이야기인가요? 올가을에 있을 부인의 생일 때 도성으로 올라가 같이 치르는 것으로 만족한다고 했잖습니까."

상왕의 환갑연 시기 당시 주상이 심양을 방문하겠다고 여러 번 요청했었지만, 세종은 여러 사정을 들어 번번이 거절했었다.

그러자 주상은 부모님에게 불효를 저지르고 싶지 않다며 늦었어도 환갑연을 치르고 싶다며 재차 요청했고, 아버지는 아들의 간절한 요청으로 말미암아 타협하게 되었다.

그렇게 올해 가을, 소헌왕후의 생일에 맞춰 상왕 부부가 도성에 방문해 부부의 환갑연을 한 번에 치르기로 했다.

"그래도 평생 한 번뿐인 환갑연인데, 어떻게 아무런 감흥조차 없으십니까?"

"그럴 돈은 조금이라도 아끼는 게 좋아요."

"남들의 수연례(壽宴禮)는 그리 챙기셨으면서 어찌 본인의 일엔 그리 무감하십니까?"

이 시기엔 환갑이나 칠순 잔치의 개념이 별로 없었지만, 세종의 치세 당시 효행 사상을 보급하려 신분을 가리지 않고 장수한 노인들을 모아 잔치를 치러주었었고, 훗날 조선 중기를 지나 환갑연이 자리 잡을 수 있었다.

"그럴 재정이라도 조금씩 아껴 써야 나라가 부강해지는 법입니다."

언제나 한결같은 남편에 반응에 그녀는 피식 웃으면서 대답했다.

"어떨 때 보면, 나리는 소첩이 아니라 나라와 혼인한 게 아닌가 싶어요."

아내의 장난스러운 핀잔에 당황한 세종은 조금 멋쩍어하면서 주제를 돌렸다.

"자치에게 듣기론 저기서 귀뚜라미 싸움이 크게 벌어진다고 했어요."

그렇게 세종이 가리킨 심양 시전의 한편엔 사람들이 몰려 있었고, 어떤 사내가 사람들을 모아두고 소리치고 있었다.

"가까이 가서 뭐라고 하는지 들어봅시다."

"소첩은 아직도 명나라 말에 익숙지 않아 들어도 잘 모를 거 같습니다."

"그럼 내가 통변해 드리지요."

그렇게 부부가 가까이 다가가자, 세종은 사내가 뭐라고 하는지 들을 수 있었다.

"자! 오늘은 소인이 심혈을 들여 키운 비장의 귀뚜라미를 대인들에게 선보이려 합니다. 이 귀뚜라미로 말할 거 같으면……."

그러자 어떤 사내가 소리쳤다.

"지난번에도 그쪽이 비장의 귀뚜라미라고 팔던 거 말이야. 영 부실했었는데 과연 믿어도 되겠어?"

"에이~ 간혹 운이 없을 수도 있지요. 하지만 이번엔 다릅니다! 조선에서 들여온 귀한 약재를 먹여가며 키운 결과… 무려 1치 반(약 5㎝)에 가까운 크기의 괴물급 귀뚜라미가 나왔다 이 말입니다!"

그렇게 사내는 귀뚜라미가 담긴 통을 열어 이의를 제기한 남자에게 보여주었고, 그의 말대로 이들이 평소 보던 것보다 덩치 큰 귀뚜라미가 그 안에 있었다.

"세상에… 이렇게 큰 귀뚜라미가 다 있다니……."

이의를 제기한 남자가 감탄하자, 주변에 있던 이들도 궁금증을 참지 못하고 소리쳤다.

"어디, 나도 좀 봅시다!"

"아, 밀지 말라고!"

"어허, 어디서 이리 체통 없이 구나?"

"누가 내 돈주머니에 손댔어?"

그곳에 몰려든 사람들이 서로 앞다투어 가며 귀뚜라미를 구경하려 아우성을 쳤다.

그 광경을 지켜본 주인장은 웃으면서 말을 이어갔다.

"자, 자! 여러분, 단지 한 마리뿐이 아닙니다. 그만한 크기의 귀뚜라미는 얼마든지 있어요."

주인의 말을 들은 사람들이 외치기 시작했다.

"그게 정말이오?"

"그럼 내 돈 가져가고, 귀뚜라미나 내놔!"

평소 안경을 쓸 정도로 시력이 좋지 않은 관계로 뒤편에서 휴대용 망원경까지 동원해 그걸 지켜본 세종은 의아해했다.

"저 앞에서 뭐라고 하고 있습니까?"

이런 곳의 분위기에 익숙하지 않은 아내의 물음에 세종은 고개를 갸웃거리며 대답해 주었다.

"이곳의 주인이 귀한 약재를 먹여가며 키운 커다란 귀뚜라미를 판다고 하는군요."

"고작 그것 때문에 저 난리가 난 것입니까?"

"그렇네요. 고작 귀뚜라미 가지고 서로서로 사겠다며 난리가 났어요."

그러자 남편의 망원경을 건네받아 귀뚜라미를 살펴본 소헌왕후는 고개를 갸웃대며 말했다.

"저건 평범한 크기의 귀뚜라미 같은데……. 여기선 큰 축에 속하나 봅니다."

"그래요? 내 평소에 곤충이나 미물 쪽엔 별로 관심이 없어서 잘 몰랐는데, 저게 평범한 크기인가요?"

"예, 저런 귀뚜라미는 조선의 궁에서도 흔히 보던 크기로 보입니다만……."

그러자 세종은 금세 상황을 파악하곤, 웃음을 지었다.

"아무래도 저 사내는 조선에 사는 귀뚜라미를 잡아다가 이곳에 파는 듯하네요."

세종의 생각대로 이곳의 주인은 조선에서 사는 왕귀뚜라미를 잔뜩 잡아다가 장사를 하고 있었다.

순식간에 귀뚜라미를 팔아 은자를 천여 냥 넘게 벌어들인 사내는 곧이어 몰려든 손님들에게 귀뚜라미 싸움판을 만들어주며 도박을 주선하기 시작했다.

"자, 자, 새 귀뚜라미의 훈련을 시키려면 시간이 필요하실 테니 다음에 쓰는 것으로 하고, 오늘은 다들 가져오신 거로 판을 벌이도록 하겠습니다. 다들 이의 없으시지요?"

"좋소!"

그렇게 첫 싸움판을 주선받은 이들은 경기장으로 마련된 통 안에서 귀뚜라미의 더듬이를 막대로 건드려 자극했고, 곧 이어 칸막이가 치워지자 귀뚜라미들은 주인에게 훈련받은 대로 상대를 영역을 침략한 적으로 인식해 싸우기 시작했다.

"죽여! 죽여!"

"그렇지! 그렇게 물어뜯으라고!"

세종이 보기엔 귀뚜라미 싸움은 재미도 없고 보잘것없었지만, 다른 이들은 그런 시시한 싸움이 흥미진진한지 일말의 광기마저 엿보이며 열광했다.

약 1각의 사투 끝에 패자의 머리를 물어뜯고 먹어치우며 승자가 나오자, 도박에 승리한 이들은 환호하기 시작했다.

이런 끔찍한 광경을 볼 거라 예상하지 못한 소헌왕후는 진저리를 치며 자신도 모르게 남편의 품 안에 안겼다.

"아까는 손잡는 것도 부끄러워하더니……. 부인에게도 이런 면이 있는지 몰랐네요."

남편의 말에 자신이 무슨 일을 했는지 깨달은 아내는 얼굴이 새빨개진 채로 황급하게 떨어지려 했지만, 남편의 팔심을 이겨낼 수 없었… 아니, 이겨내지 않았다.

"이만 놔주시지요. 누가 볼까 부끄럽습니다."

"다들 귀뚜라미에 정신이 팔렸는데, 누가 본다고 그래요?"

그렇게 아내를 품에 포근히 안은 채로 주변을 둘러보던 세종은 도박판에 오가는 돈의 규모가 수천 냥을 웃돈다는 사실을 파악했다.

또한 이런 도박을 건전한 방향으로, 즉, 나라에서 적당히 통제하면서 주도한다면 엄청난 수입을 올릴 수 있다는 사실도 깨달았다.

"일단 여기서 볼만한 건 전부 본 것 같으니 다른 곳으로 가 보세."

"예, 알겠습니다, 대인."

호위 무관과 능숙한 명국 말로 대화를 주고받은 세종은 곧바로 다른 귀뚜라미 도박장에서도 비슷한 광경을 보았고, 어딜 가나 큰돈이 오고 간다는 것을 알게 되었다.

세종은 규모가 큰 귀뚜라미 싸움장을 몇 군데 보고 난 후, 시전의 점포들을 구경하다가 오가는 사람들을 보며 아내에게 말을 걸었다.

"그나저나, 이곳의 복식은 조선하고 거의 구분이 안 되는군요. 아직도 전조와 원국의 영향이 깊이 남아 있나 봅니다."

세종의 말대로 심양 사람들의 복식은 목깃이나 소매 부분

모양이 미묘하게 다른 것을 빼면, 고려의 복식이 거의 그대로 남아 있는 조선과 판박이나 다름없었고, 거기에 최근 유행하기 시작한 조선풍 장신구나 안경을 착용하고 다니는 이들이 많았다.

"예, 특히 여인들은 머리 모양까지 비슷하게 하고 다녀서 그런지 구분이 잘 안 가는 것 같습니다. 이럴 줄 알았으면 소첩도 평소처럼 하고 나올 걸 그랬습니다."

"부인의 색다른 머리 모양도 보기 좋았으니, 이 사람은 만족합니다. 앞으로도 그리하는 것도 나쁘지 않을 듯한데요?"

소헌왕후는 평소 가체를 얹은 머리를 풀어 뒤로 넘긴 후, 옆부분의 머리만 땋아 뒷머리에 연결해 장신구로 정리한 머리 모양을 하고 있었다.

"이게 정녕 마음에 드십니까?"

"그래요. 요즘은 본국의 궁에서도 가체 올린 머리 하는 이가 없다는데, 부인도 굳이 따를 필요가 있겠습니까?"

"그럼 앞으로도 이런 모양을 유지하도록 하지요."

세종의 말대로 현재 중전을 비롯해 주상의 후궁들은 올림머리에 비녀를 꽂는 방식으로 머리를 정리했고, 그 방식이 유행하자 민가에서도 가체의 인기가 점점 사라지고 있었다.

"그럼 오늘은 이만 들어가도록 하지요."

"예."

그렇게 심양왕부에 돌아온 세종은 집무실에 앉아 생각에 잠겼다.

'지금 심양에서 벌이는 도박은 액수도 너무 큰 데다가 제한이 없으니, 부작용이 너무 크군. 이걸 나름대로 티가 나지 않게 적절히 통제하는 방식은 뭐가 있을까……?'

그렇게 고민하던 세종은 박진감 따위 없이 한심해 보이기까지 한 귀뚜라미 싸움의 광경을 떠올리며 눈살을 찌푸렸다.

'고작 그런 미물들의 싸움에 열광하는 꼴이라니. 차라리 본국에서 열리던 마상창 경기가 그립군. 차라리 마상창 대회를 주최하고 그걸 도박의 대상으로 삼을까……. 아니지, 자칫 잘못하면 가별초나 무관들의 선발 대회가 그저 돈 놀음으로 변질할 가능성이 있군.'

그렇게 나름대로 보는 재미도 있는 적당한 경기 대상을 찾던 세종은 몽골 출신의 가별초 대장 이브라이의 신들린 마술을 떠올리며 마음을 정했다.

다음 날 왕부로 출근한 내관 엄자치는 엄청난 양의 서류가 집무실에 쌓여 있는 걸 보고 속으로 한숨으로 쉬었다.

"전하, 관원들을 이곳으로 부를까요?"

"아, 그래 주겠는가? 이참에 아침상도 여기서 해결하도록 하겠네."

"예, 숙수들에게 그리 전하겠습니다."

그렇게 엄자치가 심양의 관원들을 불러오는 사이 빠르게 식사를 마친 세종은 불려 온 이들을 보고 곧바로 본론을 꺼냈다.

　"혹시, 자네들도 도박을 좋아하는가?"

　그러자 본래 심양의 지부(知府, 수령)였다가 지금은 졸지에 심왕부 소속의 통정사(승지) 노릇을 하게 된 금신이 난데없는 질문에 답했다.

　"전하, 소관은 도박을 즐기지 않사옵니다. 그건 어째서 물으셨습니까?"

　"내 어제 시중을 돌아보니, 귀뚜라미 싸움 한 판에 수천 냥부터 심하게는 만 냥이 넘는 돈이 오가는 걸 보았네."

　"…혹여 전하께선 도박판을 단속하려 하십니까?"

　"아닐세. 알아보니 가을만 되면 성행하는 뿌리 깊은 놀이인데, 단속한들 그게 사라지겠나? 보이지 않는 곳에서 더 성행할 테니, 차라리 그보다 더 재미있는 걸 나라에서 보여주려 하네. 그걸 읽어보게."

　세종이 작성한 계획서를 읽어본 금신은 곧바로 질문을 던졌다.

　"혹시 이건 사서에 나오는 전차 경기와 비슷한 겁니까?"

　"그렇네. 옛 전국시대에도 이와 비슷한 게 있었기에 그걸 좀 더 빠르고 보기 쉽게 개량해 보았는데 자네 생각은 어떤가?"

"경마(競馬)라……. 제대로 돌아가기만 한다면 인기를 끌 수 있을 것 같기도 합니다."

"그러니, 우선 경기장부터 만들어보는 게 어떻겠나?"

"말에 탈 기수는 어찌 구하시려 하십니까?"

"기수는 화령 일대에 사는 이들을 수배하면 금세 구할 수 있을 걸세. 대부분 말 위에서 태어나 말 위에서 죽는 이들이 아닌가."

"알겠습니다."

그렇게 광무왕 이향이 일전에 구상만 해둔 채, 미뤄두었던 경마가 심양에서 먼저 빛을 보게 되었다.

*   *   *

"아바마마, 어마마마, 소자의 절을 받으시옵소서."

"주상께서 우릴 이리 생각해 주시니, 참으로 감사하기 그지 없습니다."

난 심양에 머물던 부모님을 도성으로 초청해서 합동 회갑연을 열며 많은 이들을 초청했다.

멀리 대월이나 마자파힛의 사신부터 가까이는 북명이나 왜국의 사신들, 그리고 조정 대소신료들까지 많은 이들이 이번 회갑연에 초대되어 자리를 함께했다.

"어마마마, 이는 자식으로 당연히 해야 할 일입니다. 그보다 소자가 두 분을 찾아뵙지 못하고 먼 길을 오시게 하여 그것이 송구스러울 따름이옵니다."

그러자 화려한 병풍을 뒤편에 두고 상 앞에 앉아 연회장인 경회루와 참석자들의 면면을 둘러보시던 아버지께서 말씀하셨다.

"별것도 아닌 일로 주상께서 변방까지 오게 할 수는 없잖습니까."

"국부(國父)이신 아바마마의 회갑연이 어찌 별것 아니라 말씀하십니까."

"국부라니요. 인망과 덕이 없어 주상께 선위한 이 사람을 너무 치켜세우시는구려. 게다가 태조대왕과 태종대왕마마를 두고 어찌 그런 참람한 말씀을 하십니까?"

아니요, 후세엔 두 분의 평가가 많이 갈리는데, 특히 할아버지의 가장 큰 업적은 아버지에게 보위를 물려주신 거라고 할 정도예요.

이 나라 조선을 집에 비유하자면 망해 버린 집터에 기초공사를 시작해서 기둥을 세운 건 두 분이지만, 실질적으로 체제를 정립하고 사람이 살 만한 집으로 만든 분이 바로 아버지시다.

"아바마마께서 나라의 기틀을 전부 다져두셨기에 소자가

부족하나마 나라를 다스릴 수 있는 것이옵니다."

그러자 어머니께서 웃으면서 아버지에게 두 분만의 신호를 보내시는 듯 보였고, 아버지께서도 미소 지으며 내게 말씀하셨다.

"이 사람의 생각은 그런 것 같지는 않지만, 오늘만큼은 주상의 말씀이 맞다고 합시다. 그럼 이만 연회를 시작하시지요."

"예, 그럼 소자가 준비한 악공들부터 먼저 선을 보이겠사옵니다."

내가 손짓으로 신호를 보내자, 이제 갓 여든이 넘은 전악서(典樂署)의 정(正, 정3품 벼슬), 박연(朴堧)이 부채처럼 생긴 타악기인 박(拍)을 접었다 펴며 찰진 나무의 소리를 냈다.

그러자 조선 관료들에게 친숙한 궁중음악인 여민락(與民樂)이 낯선 음색으로 흘러나왔다.

본래 쓰이던 아쟁 대신 바이올린의 소리로 구성진 음이 흘러나왔고, 거문고와 가야금 대신 첼로와 비올라에서 익숙한 선율이 연주되었다.

동시에 합주를 시작한 관악기 플루트가 대금을 대신해 중음을 냈고, 오보에가 피리를 대신해 고음을 담당했다.

곡의 흐름이 점점 고조되자 첼로를 연주하던 이는 세워두었던 악기를 눕히고 활이 아니라 손으로 현을 뜯어 거문고의 연주 방식으로 음률을 이어갔다.

그렇게 1각가량의 연주가 이어지다가, 난 사전에 편곡한 대로 곡을 마무리 지으려 박연에게 신호를 보냈다.

이어서 악기들의 소리가 조금씩 잦아들었고, 박연이 박판을 빠르게 벌렸다가 닫으며 세 번의 소리를 내자 비로소 여민락의 연주가 마무리되었다.

"이건… 이 아비가 작곡한 여민락(與民樂)을 주상께서 직접 손보신 게요?"

"소자가 아바마마께 즐거움을 드리고자, 전악서의 정 박연과 상의하여 새로운 악기를 만들고 창 부분을 제외하여 축약한 곡조로 연주해 보았습니다."

여민락은 본래 길이만 2시간에 달하는 데다 연주에 붙여 부르는 가사가 있으며, 미래식으로 말하자면 클래식 음악 중에서도 교향곡에 가까운 궁중 예악인데 그것을 짧게 편곡한 것이었다.

"……"

아버지께선 뭔가 생각에 잠기신 듯, 침묵하셨기에 난 조금 불안한 마음으로 말을 이어갔다.

"행여 소자가 짧은 예악의 소양으로 아바마마의 귀를 더럽혔다면 사죄드리겠사옵니다."

"아닙니다. 본래 곡에 없던 음이 섞여 들려와 그것에 대해 생각하느라 그랬어요."

아버지는 음악을 즐기시진 않지만, 타고난 재능을 가지고 계셨다.

훗날 절대음감이라고 부르는 소리 구분 능력을 갖추고 계신 데다 전례에 없던 악단 지휘법을 창시하셨으며, 악기에 능하시면서도 조선만의 새로운 음악을 작곡할 능력마저 갖추고 계실 정도였다.

그러면서도 음악은 단지 소양으로 익힌 것이라 말씀하시며 타인에게 재주를 뽐내신 적도 없었다.

"새로운 악기를 만들다 보니 기존의 황·태·중·임·남·무의 6음보다 소리가 하나 더 늘어나 7음계가 되었고, 거기에 맞춰 곡을 조금 손보았사옵니다."

"과인은 주상께서 음과 악에도 이리 조예가 깊을 거라곤 미처 생각 못 했습니다."

"소자는 한 게 없사옵니다. 이건 어디까지나 장악서의 정덕에 할 수 있었던 일입니다."

"박연의 음악적 자질이 뛰어나긴 하지만, 저만한 양의 새로운 악기를 만들 정도의 창의력은 없었어요. 이는 필시 주상께서 구상하신 걸 도운 게 아닙니까?"

이번 연주의 발상은 내가 제시했지만, 그걸 실제로 구현시키고 장인들을 닦달해 가며 미래의 악기를 만들면서 악공들을 갈아가며 연습시킨 건 전부 박연의 공이였다.

"소자가 일부 구상하긴 했으나 실무를 담당한 박연이 아니었다면 이렇게까진 하지 못했을 것이옵니다.

"그렇습니까? 주상께서 과인의 환갑연을 위해 이런 걸 준비했으리라 미처 짐작하지 못했습니다. 평생 잊히지 않을 추억이 될 듯하군요. 다만……."

"편히 말씀하시옵소서."

"과인이 여민락을 지은 건 백성들과 함께 아름다운 음을 즐기기 위해서였으나, 실상은 궁중에서만 사용되었으니 그러지 못했지요."

아버지는 그 말씀을 하시면서 후회하는 듯한 표정을 지으셨다.

"그러니 주상께서는 부디 제례나 예악에만 한정하지 말고, 이 아름다운 소리를 백성들이 함께 즐길 수 있게 해주시길 부탁드리겠습니다."

여민락은 아버지의 말씀대로 백성들과 함께 즐긴다는 뜻을 가지고 있었다.

"아바마마의 당부 명심하겠사옵니다."

"그건 그렇고 새 악기들을 보니 무척 궁금한 게 많습니다."

"그렇다면 연회가 끝나고 시간이 날 때 박연을 불러 물으시지요."

그러자 아버지는 조금 떨어져 있던 박연을 바라보셨고, 그는 오래간만에 아버지께 관심을 끈 것이 못내 기쁜 것인지, 약간 괴상한 표정을 지으며 고개를 숙였다.

이후 회갑연은 순조롭게 진행되었다.

여러 나라의 사신들이 아버지의 천수를 기원하며 선물을 올렸고, 여러 이야기도 나눴다.

아버지는 정음이 외국에도 널리 알려졌고 많은 이들이 조선말을 배우고 있다는 사실이 기쁜지 함박웃음을 지으셨으며.

사신들은 정음 창제를 비롯한 수많은 업적을 세우신 데다 좀 전에 연주했던 여민락의 작곡자 역시 아버지란 걸 알게 되자 진심으로 감탄한 듯 배움을 청하는 이들도 나오기 시작했다.

그렇게 회갑연이 무사히 끝나고, 다음 날 아침 문안 시간에 아버지를 뵙자 의외의 말씀을 하셨다.

"주상, 과인이 아국 재정에 보탬이 될 만한 일을 계획 중인데 한번 들어보시겠습니까?"

대체 뭘 계획하셨길래 그러시지? 심양으로 가시면서 화학청 소속 관원들 일부를 데려가셨는데……. 거기서 새로운 연구의 성과라도 내신 건가?

"예, 말씀하시지요. 소자, 아바마마의 말씀을 경청하겠습니다."

"명에선 아국과는 비교가 안 될 정도로 거대한 규모의 도박이 성행하고 있습니다. 알고 계십니까?"

"예, 소자도 알고 있사옵니다. 각자 나누어진 패를 맞추어 높고 낮음을 겨루는 간호(看湖)나 귀뚜라미를 싸우게 하는 투실솔 같은 놀이를 도박의 대상으로 삼고 있다 들었사옵니다."

"아, 이미 알고 계신다니 바로 본론으로 들어가도 되겠군요. 과인은 이참에 도박을 즐기는 명국인들…… 아니지요. 잠시 실언을 했군요."

아버지는 잠시 헛기침을 하시더니 표정을 엄숙히 지으시며 말을 이어가셨다.

"심양과 요동의 영민들을 대상으로 나라에서 합법적으로 세를 거두고자, 경마라는 경기를 고안해 봤습니다."

"경마라 하시면… 정해진 주행로를 두고 여러 말을 달리게 하여 순위를 가리게 하는 경기를 뜻하십니까?"

"맞아요. 내 일전에 가별초 선발 대회 중 마술 부분을 보고 영감을 얻어 구상해 보았습니다."

"그러셨습니까? 아바마마의 구상이 제대로 실현된다면 한 해에 기존 세수 몇 년 치 이상을 거둘 수 있을 것입니다."

그러자 아버지는 조금 감탄하신 듯한 표정을 지으시며 답하셨다.

"주상께서 그리 말씀하시는 걸 보니, 거기에 대해 생각해 본 적이 있으신가 봅니다?"

"예, 당장 할 일이 많아 순위를 뒤로 미뤄두고 있었습니다."

"잘되었군요. 이참에 이 과인이 생각해 둔 바에 관해 이야기할 테니, 주상께서 계획이 타당한지 이야기해 주시지요."

아버지는 그렇게 한참 동안 경마 사업에 관한 계획을 늘어놓으셨고, 나도 거기에 맞춰 미래에 시행하는 마권 개념인 단승식과 연승식에 관해 설명하기 시작해서 종국엔 그렇게 거둔 예산 분배나 내가 구상 중인 자국민 대상 복권 사업과 왜국 대상인 뽑기 사업에 관해서도 이야기했다.

그렇게 한참 동안 이야기가 이어지자, 나와 같이 문안 인사를 온 아내와 아버지 곁에 앉아 계신 어머니는 나와 아버지가 둘만의 세계에 빠져 버린 걸 아련한 시선으로 바라보고 있었다.

그러고 보니 예전에도 이런 적이 있었던 거 같은데……?

아, 내가 북경에서 승전하고 돌아와 아버지와 열기구의 원리를 토론할 때 이랬었구나.

"아바마마, 아침 수라 시간이 늦은 듯하니, 다음에 다시 이야기하는 게 좋을 듯싶습니다."

"벌써 그렇게 되었습니까? 내 언제나 주상과 함께 이야기하다 보면 시간이 가는 줄 몰라요."

"소자도 아바마마와 이야기를 나누는 게 가장 큰 기쁨이옵니다."

그러자 아버지는 흐뭇해 보이시는 표정을 지으시며 내 손을 잡으셨다.

"이 아비가 자식 하난 정말 잘 키웠다고 봅니다. 주상이야 말로 과인의 자랑이에요."

"과찬이십니다."

그러자 어머니가 말을 꺼내셨다.

"상왕 전하께선 심양에서 말이 제대로 통하는 이가 없다고 얼마나 불평을 해대시는지……. 이 어미의 귀에 딱지가 앉을 지경이었어요."

"그렇사옵니까? 그럼 이참에 돌아가시지 말고 궁에 머물러 주시지요."

그러자 아버지는 아쉬운 듯한 표정으로 말씀을 이어가셨다.

"과인도 마음 같아선 그러고 싶지만, 워낙 벌여놓은 일이 많아 그럴 수 없습니다. 심양의 관원들은 과인 없이는 아무것도 못 하고 현상 유지만 간신히 할 정도니……."

난 씁쓸한 듯한 표정을 짓는 아버지께 질문했다.

"요동이나 심양의 관리들이 그리도 눈에 차지 않으십니까?"

"솔직히 말씀드리자면 그렇지요. 이 아비가 살아오면서 눈에 찰 만한 이가 몇 없기도 했지만, 나름대로 쓸 만한 인재의 기준을 정해두고 그들을 부렸지요. 한데 저들은 대부분 그 기준에 미치지 못하는 이가 많아요."

대체 아버지의 기준이란 게 뭔지 궁금한데?

"아바마마, 어떤 기준을 두고 인재를 구분하시는지 소자가 여쭈어도 되겠습니까?"

"일전에 이야기한 적이 없었습니까?"

"예. 그러니 꼭 듣고 싶사옵니다."

다시 이야기가 길어질 것 같으니 식사도 여기서 하는 게 낫 겠어.

내가 뒤에서 시립한 채로 기다리고 있던 김처선을 바라보 자, 그는 내 마음을 읽었는지 곧바로 고개를 숙였다.

"아바마마, 수라상을 이리로 들라 하였으니 편히 말씀하시 옵소서."

"음……. 알겠습니다. 관료들은 성격이나 타고난 재능에 따 라 갈리긴 하지만, 군주의 시선에서 볼 땐 크게 세 가지 유형 으로 나뉘는 법이지요."

"어떤 유형을 말씀하십니까?"

"첫 번째로 재능은 있는데 성품에 문제가 있는 이, 그리고 두 번째로 성품은 무난한데 재능이 부족하며 이끌어주지 않 으면 무슨 일을 해야 할지 모르는 이. 그리고 마지막은… 주 상께선 어떤 유형이라고 생각하십니까?"

아버지께선 내게 시험하듯 물으셨고, 난 잠시 생각하다가 답을 꺼냈다.

"재능과 성품이 전부 좋지 않은 이는 아닐 테고······. 혹여 타고난 재능에 상관없이 자신의 이상을 모든 것에 우선하는 이들을 말씀하십니까?"

"역시··· 주상께서도 연륜이 생겨서 그런지 곧바로 알아채시는군요. 그 말씀이 맞습니다. 과인의 치세 당시엔 그런 유형의 이들은 가진 능력이 출중한들 중용하지 않은 편입니다."

난 내가 알고 있는 사례들을 떠올리며 대답했다.

"무릇 나랏일을 하는 이라면 적당한 향상심과 의욕을 가지는 건 필요하지만, 이상에 매몰되어 공사를 그르칠 수도 있겠지요. 또한 이상을 좇다가 권력을 추구해서 목적과 수단이 전도될 수 있으니 그럴 법하옵니다."

"맞아요. 유학의 도나 성리학은 완전무결한 도덕을 추구하지만, 실제론 그건 이상일 뿐 현실과는 다르니까요. 그러니 적당히 때가 묻은 능신(能臣)보단 고결하려 하는 권신(權臣)을 더 경계해야 합니다."

마침 때맞춰 수라상이 들어왔고, 각자 별상을 받은 후 대접에 담겨 온 물로 손을 씻기 시작했으며, 아버지는 손의 물기를 털어내며 말을 이어가셨다.

"제아무리 고결한 이상을 가지고 있으면서 학식이 뛰어난 관료라고 한들, 권신이 되면 변하게 마련이지요."

아버지께서 황희를 중용하신 이유를 알 것 같다.

그는 비록 각종 비리 사건으로 인해 문제가 있다지만 많은 약점을 잡혀 왕권을 넘볼 수 없고, 문제가 생기면 언제든 갈아치울 수 있는 데다 유능하기도 하니 아버지께서 부리기 쉬운 말이었겠지.

"제가 중용한 이들은 대부분 결점이 있는 이들입니다. 어제 여민락을 지휘한 전악서의 정, 박연도 그리 깨끗한 성품을 지닌 이는 아니지요."

"예, 소자도 알고 있사옵니다."

박연은 전악서의 악공들을 사적으로 동원해 영업 행위를 했었고, 죽은 누이의 유산 문제로 인해 말썽을 부린 적이 있었다.

"그들을 부린 것은 잘만 통제하면 장점이 크다고 여겨서 그랬었지요. 물론 권신이 되려 선을 넘으려 하면 내치기 쉽다고 생각해서 그런 것도 있지만…… 막상 그들 중에서 선을 넘는 이들은 없더군요."

아버지가 아낀 총신들의 면면을 보면 다들 비슷하다.

노비 출신인 장영실은 태생으로 인해 자주 공격받았고, 김종서는 타고난 성격이 까칠하고 대인관계가 좋지 않아 적을 많이 만들었으며, 맹사성은 중요한 순간 결단을 내리지 못하는 우유부단함이 문제였다.

또한, 윤회(尹淮)나 정인지(鄭麟趾)는 술버릇이 좋지 못해 치명적인 실수를 저지르곤 했다.

게다가 아버지가 젊은 시절에 중용했던 정승 유정현이나 집현전 초대 대제학 변계량 같은 이들도 무척 유능했으나 인격적인 결함이 심했다.

유정현은 젊을 적에 절도범을 때려서 죽게 만든 적도 있고, 화폐 보급 초기에 관리들의 녹봉도 화폐로 주자고 주장하며 좌의정의 신분으로 시전에 몸소 드나들며 물물교환 하던 이들을 가혹하게 단속하여 여러 백성을 죽게 했었다.

변계량은 석연찮은 이유로 세 번이나 결혼한 데다 세 번째 아내를 학대해서 구설수에 올랐었다.

"군왕이란 외로운 자리입니다. 가까운 신하들을 살갑게 대하면서도 언제든 그들을 쥐고 흔들 수 있게 약점을 찾아야 하지요. 물론 그런 면에 있어선 주상도 잘하고 계신 듯하나, 세자의 경우엔 조금 염려가 되는군요."

"어떤 부분을 염려하십니까?"

"곁에 두고 가르쳐 본바, 세자는 지나치게 사람을 잘 믿는 경향이 있어요. 행여라도 믿던 이에게 배신이라도 당하지 않을까 걱정이 됩니다."

아버지… 그것도 어느 정도 맞는 말씀이시긴 한데, 수양 그놈이 죽은 사람 취급되면서 완전히 사라진 일이 되었어요.

"너무 걱정하지 않으셔도 되옵니다. 홍위 그 아이도 군역을 경험하면서 많이 성장했고, 마냥 철없던 아이에서 듬직한 사내가 되어가고 있습니다."

"그렇습니까? 과인이 지나친 걱정을 한 모양이군요. 그럼 마저 젓수시지요."

그렇게 아버지가 머무시는 동안 우리 부자가 머리를 맞대며 정리한 새 사업 계획안의 최종본이 마침내 완성되었고, 내년부터 심양과 왜국의 수도에서부터 본격적인 사업을 시작하기로 결정을 내렸다.

* * *

1458년의 새해, 구주 지방의 미이케, 지금은 조선식으로 삼지촌(三池村)이라고 불리는 항구 마을에서 직업군인으로 복무하는 갑사 박갑석은 4박 5일의 휴가를 얻어 동료들과 함께 나왔다.

같이 휴가 나온 이들이 목적지를 찾아 뿔뿔이 흩어지는 와중에 박갑석은 동기와 가까운 식당을 찾아 음식과 반주를 주문해 먹으며 긴장을 풀었다.

"갑석, 자넨 이번 휴가 때 집에 안 갈 거라고 했었지?"

갑석의 동기이자 여흥 민씨의 자제인 민유정이 갑석에게 묻자, 그는 한숨을 내쉬곤 들고 있던 술잔을 내려놓으며 편한 말투로 답했다.

"고작 5일짜리 휴가로 집에 어떻게 다녀와. 난 그냥 여기서 적당히 놀다가 들어가려고."

"그건 자네가 열기구에서 자다가 걸렸으니 자업자득이지. 어떻게 교대 시간이 되어서 열기구를 땅으로 내리는지도 모르고 안에서 자고 있을 수가 있는가?"

"에이, 떠올리기 싫은 기억을 왜 꺼내?"

"자넨 파직이 아니라 한 달짜리 입창하고 휴가 기간 삭감된 거로 그친 게 천만다행인 줄 알게."

"쯧, 나랑 같이 근무 서던 병졸 녀석도 같이 잠들었으니 할 말은 없지만, 밤새도록 해안 경계 훈련을 하고 거기 올려 보냈으니 나도 억울하다고."

그러자 민유정은 동기를 한심하다는 듯 쏘아보았다.

"자넨 병사가 아니라 엄연히 지휘관인 갑사일세. 작년에 남쪽의 해적들이 아군에게 대패해 세를 잃긴 했지만, 그 잔당들이 보복을 위해 여기까지 오지 말란 법 있나?"

"그래도 그렇지……."

"이보게, 갑석이. 나나 다른 부대원들은 그날 밤을 새운 채로 전선 기동 훈련까지 했었네. 자넨 거기 올라가서 편하게 자기나 했으면서 뭘 잘했다고 그러나?"

그러자 갑석은 한숨을 내쉬며 대답했다.

"그래그래. 전부 내 잘못이다. 그나저나 넌 집안 어르신 상을 치르러 간다고 했었지? 그럼 몇 달 뒤에나 볼 수 있겠네."

민유정은 조금 침울한 표정으로 말을 이어갔다.

"맞네. 집안의 큰 어르신께서 지난달에 돌아가셔서 3달짜리 경조 휴가를 얻게 되었어."

"그리고 보니… 너희 집안의 큰 어르신이 예조판서를 지내셨다고 했었나?"

"맞아."

"그리고 보면 너도 참 특이한 친구야."

"뭐가 특이하단 건가?"

"명문 사대부 집안의 자제가 갑사를 지원한 것도 모자라서 이런 변방에서 근무하는 게 특이한 거지."

"부임지는 내가 원한다고 마음대로 정하는 것도 아닐세. 그리고 내가 군문에 들어온 게 뭐 어떻다고 그러나?"

"평소엔 같이 부대끼며 지내니까 별로 실감이 안 나는데, 이렇게 집안 이야기가 나오면 나완 별세계에 사는 높은 분 같아서 그러지."

"몇 년 전 법이 바뀌어서 생원과 진사는 그저 대과를 보기 위한 자격이 되었고, 실직을 거쳐 당하관 이상 관직에 오르는 이에게만 사대부의 자격이 주어지는 걸 자네도 알잖나. 혹시 날 약 올리려는 건가?"

"내가 뭐 하러 널 약을 올려? 그래도 예조판서까지 지낸 집안의 연줄이 있으니 뭐라도 할 수 있는 거 아닌가 싶어서 물어본 거야."

"어허, 자넨 우리 가문을 어찌 보고 그러나?"

"어찌 보긴, 그냥 부유하고 높으신 집안인가 보다 하는 거지."

"큰 어르신께서 재작년부터 건강이 좋지 못해 관직에서 완전히 물러나신 후부터, 일찌감치 우리 집안의 사내들은 나를 포함해서 문과에 급제할 소양이 없는 이들은 각자 적성을 살린 일을 시작하게 하셨네."

"넌 그래서 이쪽 길에 뛰어든 거고?"

"그래. 난 그나마 무예 쪽에 적성이 있어서 갑사 시험을 보게 된 걸세."

"집안의 다른 사람들은 뭘 하는데?"

"숫자나 상재에 밝은 이들은 상단을 차려 돈 만지는 일을 하지. 어떤 이들은 의원이 되기도 했고, 또한 나같이 갑사 시험을 보고 군문에 투신한 이들도 있고, 무과를 준비하면서 가별초 선발 대회를 노리는 이들도 있어. 전부 일일이 열거하기엔 너무나 많군."

"거참, 가진 땅으로 소작만 해도 먹고살 수 있는 게 사대부라고 생각했는데, 실상은 영 다르구먼?"

"자넨 경자유전이란 말 모르나? 작년부터 국법으로 직접 농사지을 용도가 아니면 농지 소유가 불허되어서 소작농을 부려 먹고사는 건 불법이 되었네."

"언뜻 들어본 것 같긴 한데, 그걸 누가 지키나 싶어서 별로 신뢰가 안 가던데. 자네 집안은 진짜로 그걸 실천하고 있는 건가?"

"그래. 우리 집안뿐이 아니야. 도성의 명망 있는 사대부 가문 어르신들은 가진 농지를 농민들에게 팔아치우셨다네. 다른 지방은 어떤지 모르겠지만."

"하, 정말 세상이 많이 변하고 있나 보이."

"뭐, 이렇게 말하는 나도 사관학교에 들어가기 전까진 양인들을 얕잡아보기도 했었어."

"그럼, 지금은 안 그러고?"

"세자 저하나 대군 어르신들께서 솔선하셔서 모범을 보이셨는데, 고작 나 따위가 뭐라고 그럴 수 있겠나?"

"뭐 그렇긴 하지. 나도 세자 저하께서 같이 훈련을 받는다는 사실을 알았을 땐 기절할 듯이 놀랐었으니까."

"그리고 다 같이 먹고 자면서 여러 가지 일을 함께 겪다 보니… 내가 다른 사람에 비해 특별하거나 우월한 이가 아니란 걸 저절로 깨닫게 되더군."

"하긴… 나도 높으신 분들도 우리와 별반 다를 거 없단 걸 거기서 알게 되었지. 다들 우리처럼 평범하게 먹고 싸고, 고작 단 것 하나에 체통을 잃더구만."

민유정은 고된 행군 훈련을 마치고 사탕을 먹던 기억을 떠올리며 대답했다.

"하하하, 그러게 말일세. 나도 사탕 하나에 눈이 돌아갈 뻔했었다네."

"그런가. 그런데 자넨 상주도 아닌데 어떻게 휴가를 석 달이나 얻었나?"

"나랏일 하는 이들에겐 존속상을 당하면 삼년상 대신 일괄적으로 세 달짜리 휴가가 주어지는 모양이더군."

"너, 돌아가신 분의 직계 후손이었어?"

"그건 아닌데, 여기서 도성까지 왕복하는 시간을 감안해서 특별히 3달이 된 거지."

"허, 여기서 쾌속선 타면 도성까지 길어봐야 열흘이면 갈 수 있는데 나머지 시간은 놀고먹을 수 있겠으이. 거참 부럽구만."

"어허, 자넨 상을 당한 이에게 그게 무슨 망발인가?"

"픕, 상을 당한 이치곤 고기랑 술만 잘 먹네."

갑석이 민유정이 반주로 마신 술잔과 수육 접시를 가리키며 핀잔하자, 그는 변명하듯 말을 이어갔다.

"난 상주가 아니니 술을 마신다고 해도 별문제가 없다네. 그리고 상주가 고기 먹는 것도 용인하는 분위기인데 뭐 어때서."

"그런가? 이제 적당히 먹은 것 같으니, 이만 헤어지자고."

"그러지. 나중에 복귀해서 보세."

그렇게 민유정이 배를 타기 위해 항구로 발걸음하자, 갑석은 한숨을 쉬며 삼지촌의 번화가 쪽으로 향하기 시작했다.

갑석은 정음과 한자로 청정 여관이라 쓰인 간판이 달린 곳으로 향했고, 그가 출입구 앞에 늘어져 있는 천을 헤치고 안으로 들어가자 주인이 나와 그를 맞았다.

"이랏샤이… 어서 오십시오, 손님. 묵고 가실 예정이십니까?"

왜어로 인사말을 시작하다 갑석의 군복 차림을 본 여관 주인은 곧바로 능숙한 조선말로 인사를 마쳤다.

"그렇습니다."

"며칠이나 머무르실 예정입니까?"

"4박으로 할 예정입니다."

갑석은 동기 민유정과 편하게 이야기할 때와는 다르게, 군인의 품위를 지키려 정중한 말투를 써서 대답했다.

갑석이 통보를 꺼내 숙박료를 치르자 주인은 고개를 숙이며 친절하게 말했다.

"따로 맡기실 물건이 있으시면 제게 주시고, 가져오신 짐은 저 처자에게 주신 후에 따라가시지요. 묵으실 방을 안내해 드릴 겁니다."

그러자 여종업원은 갑석에게 환하게 웃으면서 고개를 숙였다.

"따로 맡길 건 없고, 주인장의 배려에 감사드립니다."

"별말씀을요. 따로 필요한 게 있으시면 절 찾아주십시오."

그렇게 여종업원을 따라간 갑석은 방을 안내받았고, 깨끗한 이부자리가 마음에 든 듯 곧바로 누워보았다.

"나리, 쇼쿠지…… 아니, 시쿠사를 준비해 두릴까요?"

갑석은 여종업원의 서툰 조선말에 피식 웃으면서 답했다.

"나리라뇨, 그냥 객이나 손님으로 부르세요. 그리고 밥은 밖에서 먹고 왔으니, 이따가 저녁상이나 차려주면 됩니다."

"하이. 알게수므니다. 혹시 더 피료하신 건……?"

갑석은 은근히 매력적인 눈웃음을 치며 서툰 조선말을 하는 종업원이 귀엽다고 느끼면서 웃으며 대답했다.

"아뇨, 지금은 없으니 나중에 필요하면 부르겠습니다."

"예, 편히 쉬세요."

그렇게 여종업원이 물러나자 박갑석은 누운 채로 잠시 잠이 들었다가 깨어났고 해의 높이를 보곤 저녁까지 시간이 많이 남은 걸 깨닫곤, 밖의 구경을 하러 여관을 나섰다.

"손님, 외유하러 가십니까?"

갑석을 맞이했던 주인장이 갑석에게 묻자 그는 고개를 끄덕이며 답했다.

"저녁 식사 시간 전까진 들어오겠습니다."

"예, 그럼 즐거운 시간 보내시지요."

그렇게 밖으로 나와 번화가를 걷던 갑석의 눈에 왜국식 색주가(色酒家)가 들어왔고, 그걸 보자 갑석은 심각하게 갈등하기 시작했다.

'이제껏 여자 손 한 번 못 잡아봤는데 이참에 나도 한번… 아니지, 부모님께 돈도 부쳐야 하고……. 언젠간 내게도 짝이 생길 텐데… 조금만 더 참자.'

그렇게 유혹을 이겨내고 발걸음을 옮기려던 갑석에게 얼굴을 새하얗게 분칠한 여인이 말을 걸었다.

"나리, 모처럼 유곽(遊廓)에 오셨는데 눈요기라도 하고 가시지요."

갑석은 난데없이 풍겨오는 분 냄새에 머리가 아찔해질 정도로 충격을 받았지만, 곧장 이겨내고 고개를 저으며 대답했다.

"아니요. 괜찮습니다. 전 지나가는 길이라 이만."

"어머, 이곳엔 나리의 손길을 기다리는 꽃들이 많은데 그저 보기만이라도 하고 가시죠."

갑석은 휴가 때마다 창기, 이곳 말로 게이샤를 찾아 돈을 탕진하던 한심한 선임을 보면서 자신은 저리 되지 않겠다고 다짐했었기에, 간신히 그녀의 유혹을 견뎌냈다.

"미안하지만, 다음에 시간이 되면 들르도록 하겠습니다."

"예, 그럼 살펴 가셔요~."

갑석은 쿵쾅대는 가슴을 진정시키며 유곽에서 멀어졌고, 혹시라도 따라올까 하여 뒤를 돌아봤지만, 그에게 호객 행위를 하던 여자는 능숙한 명국 말로 다른 남자를 붙잡고 유혹하고 있었다.

"어이구, 무서워라……. 생긴 건 선녀 같은데, 방심했다간 속곳까지 다 털리겠네."

그렇게 그 자리에서 벗어난 갑석은 30분가량 걸어서 점포들이 자리한 시전 쪽으로 향했다.

그런데 수많은 사람이 시전 한가운데 광장에 모여 있었고, 먹을 걸 파는 점포에서 군것질거리를 고르다가 그 광경을 본 갑석은 의아해했다.

"신년맞이 축제라도 하는 건가?"

그러자 갑석의 혼잣말을 들은 상인이 능숙한 조선말로 그에게 답했다.

"무관 나리, 저건 요즘 선풍적인 인기를 끄는 가챠라고 하는 건데 모르셨습니까?"

"가챠요? 그간 진중에 머물다 오늘 나온지라 그게 뭔지 모릅니다."

"그러셨군요. 가챠가 들어온 지 얼마 되진 않았지만, 남녀노소를 구분하지 않고 난리입니다요."

"저게 대체 뭐 하는 건데 그럽니까?"

"내수소 관원에게 돈을 내고 나무통의 손잡이를 돌리면 수정 구슬이 나오지요."

"구슬이요? 그걸 얻으려고 저 많은 사람이 몰린 겁니까?"

"물론 아니지요. 저기서 낮은 확률로 수정보다 값비싼 보옥(보석)이나 금 구슬이 나오기도 한답니다."

"그럼, 그걸 노리고 저 많은 사람이 몰려든 겁니까?"

"그렇지요. 보옥이나 금이 나오면 본인이 가져도 되지만, 저들이 노리는 건 다른 겁니다."

"대체 뭘 노리고 저러는 겁니까?"

"1등 상에 당첨된 이는 구슬을 상품권이란 걸로 교환할 수 있습니다. 그리고 평범한 구슬도 일정한 수량을 모아서 가져가면, 다시 가챠를 돌릴 기회를 준다고 하더군요."

"상품권은 또 뭡니까?"

"이곳 미이케의 시전이나 유곽에서 돈처럼 쓸 수 있는 저화 같은 겁니다."

"대체 가치가 얼마나 되길래 그럽니까?"

"아직 당첨자가 없어서 그런지 잘 모르겠는데, 은자 이천 냥

어치는 될 거라고 하더군요."

"그게 정말입니까? 그럼 쌀로 따지면 4천 섬이란 말인데……."

"그렇죠, 정말 당첨이라도 되면 인생이 뒤바뀔 만한 금액이
지요."

그렇게 둘이서 이야기를 이어가고 있을 때, 어떤 여인이 환
호하듯 소리치고 있었다.

"얏타! 내가 해냈어!"

여성은 흥분했는지 왜어와 조선어를 섞어가며 환호했고, 곁
에 있던 다른 이들도 두 나라의 말이 괴상하게 섞인 혼합어를
구사하며 탄식했다.

"혼또냐. 하아……."

"칙쇼, 오늘은 글렀네."

"소데스네, 오늘 이치 등이 나왔으면 잘해봐야 니, 산등 상
이란 말이잖아."

"니치 등이라도 노려야 하나, 아님 다음 회차를 노려야 하
나……."

갑석은 그 광경을 지켜보곤 주인에게 물었다.

"저긴 또 왜 저러는 겁니까?"

"아무래도 저기 저 아가씨가 1등상을 뽑은 모양이네요."

"그럼 정말 쌀이 4천 섬……. 주인장 저거 한 번 돌리는 데
얼마나 필요합니까?"

"아, 저걸 하려면 관원에게 호패를 보여주고 신분 증명부터 해야 하는데, 아마 나리께선 못 하실 듯싶습니다만……."

"어째서요?"

"이곳의 거주민들에게만 가능한 특권이라 들었습니다."

"특권이라고요?"

"예, 듣자 하니 이곳 삼지촌을 부흥시킨 촌민들이나 광부들을 위해서 만든 거라고 합니다. 다른 곳에도 가챠가 있다고 소문을 듣긴 했지만, 여기와는 다른 방식이라고 하더군요."

"그렇습니까? 그거 참 아쉽군요."

가게 주인의 말대로 미이케에선 역청탄을 생산하기 위해 많은 광부를 모집했고, 구주뿐만 아니라 조선이나 산동에서도 인력을 충당했다.

그렇게 인구가 몰리면서 요지로 변하자 이곳을 방어하기 위한 군사시설마저 생겼다.

그렇게 거주인구가 늘자 시전부터 시작해 홍등가가 생겼고, 유동 인구가 늘어나자 무역소가 생기면서 대량의 숙박업소마저 생겨 성업 중이었다.

무역소가 생기자, 산동의 큰손들도 이곳에 드나들기 시작해 평범한 어촌이었던 미이케가 지금처럼 번성하게 된 것이었다.

또한 가게 주인의 말처럼 막부의 섭정 대신이자 광무왕의 신하인 호소카와 가문을 통해 왜국 본도에 들어간 가챠는 이 곳의 방식과는 달랐다.

모든 상품이 호화스러운 사치품들의 교환권이었고, 당첨 확률도 현저히 낮았다.

군것질거리를 사서 숙소로 돌아온 갑석이 저녁 식사를 마치고 자리에 눕자, 낮에 방을 안내해 주었던 여종업원이 방에 들어와 나지막한 목소리로 물었다.

"나리, 혹시 필요한 것은 없으신가요?"

"아, 배려는 고맙지만 이만 자려고 합니다."

"실례가 되지 않는다면 제가 나리의 이불 속을 덥혀 드려도 될까요?"

"그게 무슨 말씀이신지……."

갑석은 갑작스러운 말에 당황하여 눈을 동그랗게 떴고, 삽시간에 그의 머릿속에 흡사 초록불이 켜지듯 만감이 교차했다.

하지만 그는 애써 진정한 채 예전의 일을 떠올렸다.

본국에도 결혼한 처를 둔 채 기생들과 눈이 맞아 현지처도 여럿 두고 여러 집 살림을 하다가 걸려서 파직당한 데다 강제 전역을 당했다는 어느 중대장의 사례를 이야기해 주며 여자 조심하라고 신신당부했던 선임들의 말을 상기한 것이다.

"저… 저는… 그런……."

"혹시 나리께선 성혼하셨습니까?"

"아니, 그건 아닌데… 저는 좀……."

그러자 여종업원은 새침한 표정으로 말을 이어갔다.

"나리의 남자다운 모습에 반해 이렇게라도 큰 용기를 내어 말을 꺼내봤습니다만… 거절하신다니 어쩔 수 없군요."

종업원은 낮과는 다르게 유창한 조선말을 구사하고 있었지만, 갑석은 그걸 전혀 깨닫지 못한 채 짧게 자른 머리를 긁어댔다.

'아, 미치겠네. 어쩌지? 창기가 아니라 평범한 여인이라 무작정 거절하는 것도 좀 그런데……'

그는 당황하여 일전에 동료나 병사들에게 군인을 노리는 평범한 여자들이 많다고 들었던 사실은 전혀 떠올리지 못했다.

짧은 순간에 오만 생각이 교차하며 고민하던 갑석은 괴상한 표정을 지으며 바보스러운 답을 꺼냈다.

"그럼… 옆에서 이불 속만 덮혀주세요. 절대 다른 건 하시면 안 됩니다?"

그러자 여종업원은 웃으면서 답했다.

"예, 그리하겠습니다."

"절대 여기로 넘어오시면 안 됩니다."

"예, 예."

그렇게 남녀가 한 이불 속에 누운 채로 10여 분의 시간이 지나갔고, 갑석이 조심스럽게 말을 꺼냈다.

"이제 따듯해진 거 같은데…… 이만 가보셔… 흐억!"

"나리, 정말 몸이 탄탄하시네요."

"대체 어딜 만지시는 겁니까? 으히익……. 그만!"

그러자 어느새 조선군에서 세로 누르기 자세라고 부르는 마운트 포지션을 점유한 채, 갑석의 몸 위에 올라간 여인은 조용히 자신의 머리를 풀어 헤치며 답했다.

"나리께서 가만히 계시면 소녀가 전부 알아서 하겠습니다. 그동안 천장의 얼룩이라도 세고 계시지요."

"여기 천장이 깨끗하기만 한데 대체 뭘 세라는 거……. 흐읍!"

그렇게 갑석은 25년간 고이 간직하고 있던 것을 잃었고, 졸지에 아내가 생겼다.

제2장
황희

　조선의 조정에서 전임 예조판서 민의생이 졸한 것을 두고 의정부의 주도하에 시호(諡號)에 대해 논의하자, 그의 후임인 예조판서 신숙주가 대신들이 모인 자리에서 말했다.

　"전임 예조판서 민 대감은 위엄 있게 아국의 예법을 널리 알리고 몸소 실천하였으니 극위혜례(克威惠禮)의 경우를 따와 위(魏) 자가 어울리며, 그분의 성품은 강덕극취(剛德克就)의 뜻처럼 강직하면서도 덕이 있었기에 숙(肅)이 잘 어울린다고 보입니다. 그러니 이 두 글자를 합쳐 위숙(魏肅)은 어떻습니까?"

　세부적인 뜻이 좀 달라지긴 했지만, 원역사에서 민의생의 시호 역시 위숙이기도 했다.

그러자 요즘 들어 부쩍 안색이 좋지 못한 영의정 황희가 착잡한 심정이 묻어나는 목소리로 답했다.

"그것도 좋지만, 의지(宜之)가 예조판서로 있는 동안 아국의 위엄과 의례를 갖추는 데 공을 세웠기에… 위의실비(威儀悉備)의 예를 들어 위 대신 흠(欽) 자도 나쁘지 않다고 보는데. 대감들은 어찌 생각하는가?"

좌의정 김종서가 황희를 바라보며 답했다.

"저도 위보단 흠이 낫다고 봅니다. 흠숙이면 민 대감에게 적당한 시호지 않겠습니까?"

그러자 공조판서 양성지가 자신의 의견을 꺼냈다.

"전임 예판 대감은 여러 정책을 세워 백성들을 편하게 했고, 예조를 맡아 예와 악을 부흥시켰으며, 정승 대감들을 도와 한 치의 오차 없이 업무를 수행했으니, 안민입정(安民立政)과 예악명구(禮樂明具), 그리고 좌상극종(佐相克終)의 경우와 맞아떨어져, 흠과 더불어 이룰 성(成) 자도 나쁘지 않다 보이옵니다."

그러자 우의정 황보인이 고개를 끄덕이며 긍정적인 의사를 표했다.

"흠성(欽成)이라… 그것도 좋은 듯하네."

그렇게 위숙과 흠성, 두 가지로 의견이 갈라졌고, 갑론을박 끝에 민의생의 시호는 흠성으로 정해졌다.

"민 대감의 시호는 흠성으로 정해졌으니, 내가 직접 어전에 올리도록 하겠네."

황희가 그리 말하자 다른 대신들은 고개를 숙이며 예를 표했다.

"예, 그럼 소관은 이만 물러가겠습니다."

그렇게 의정부의 정승들에 비하면 한창일 나이의 젊은 판서들이 자리에서 일어나 업무로 복귀하자, 김종서가 황희에게 물었다.

"대감, 오늘따라 안색이 좋지 않으신데, 몸이 좋지 않으신 겁니까?"

"나도 잘 모르겠어. 요즘 들어 가슴이 답답하긴 하나, 이게 나이가 들어서 그런 건지 혹은 병이 생긴 것인지 구분이 안 가는 듯하네."

"그럼 의원을 찾아가는 게 낫지 않겠습니까?"

"자네 말이 맞아. 퇴청하고 나서 찾아가 봐야겠군."

황희는 그렇게 그날의 업무를 마치고 자신의 특권을 이용해 왕실의 의료 기관인 내의원(內醫院)을 찾아가 진찰을 받았다.

"대감의 건강엔 아무런 문제가 없는 듯합니다. 이렇게 진맥을 하고 살펴볼 때마다 느끼는 건데… 대감께선 타고난 강골이십니다. 아흔이 넘은 연세라는 게 믿기지가 않아요."

내의원의 책임자이며 의원 출신으로 처음으로 정2품에 오르기도 한 배상문이 감탄하면서 검사를 마치자 황희는 김이 빠진 표정을 지으며 물었다.

"그래서 내 증세는 심병의 일종이란 뜻인가?"

"예, 아무래도 그런 듯합니다. 요즘 들어 좋지 않은 일이라도 있으십니까?"

"글쎄, 나랏일을 하는 관인에게 좋고 나쁜 일의 구분이 어디 있겠나."

"사람의 마음은 사소해 보이는 일로도 상처를 받는 법입니다. 그게 조금씩 쌓여 울화가 되고 종국엔 심병으로 변해 마음을 어지럽히고 거기에 몸도 영향을 받습니다."

"마음이 아프면 몸도 아프단 말인가?"

"예, 실제로 멀쩡한 이들도 자기가 아프다고 믿기 시작하면 몸이 영향을 받아 이상이 생기지요."

"으음… 그렇게까지 말하니 조심해야겠군."

"그럼, 될 수 있으면 웃고 지내시는 게 어떻겠습니까?"

"웃으라고?"

"예, 대감께서는 자신도 모르게 울화가 쌓인 듯하시니, 매사를 웃으면서 받아들이면 조금이라도 변화가 올 듯하여 이리 권하는 것입니다."

"으음… 의성(醫聖)인 그대가 그리 권하니 한번 노력은 해보겠네."

"의성이라뇨, 일개 의원 나부랭이에겐 너무 과분한 호칭이십니다."

"이 나라… 아니, 천하, 요즘 말로 세계를 돌아봐도 자네보다 나은 의원이 어디 있는가? 서역 티무르의 의원들도 자네를 찾아와 가르침을 청한다고 들었네."

"아닙니다. 오히려 제가 그들에게 배워야 할 부분도 있어서 다음 사신행에 자원했습니다."

"그건 지나친 겸양이 아닌가. 그 무서운 마마신… 이젠 고작 창진(瘡疹)이라 해야겠군. 창진이나 이질도 몰아낸 의학을 지닌 자네가 뭘 더 배울 게 있다고 서역에 가려 하나?"

그러자 배상문은 엄숙한 표정으로 황희에게 말했다.

"그건 말씀드리기 조금 곤란하군요."

"아니, 어의인 자네가 주상 전하를 두고 타국에 다녀오는 일은 타당한 이유가 없이 설명되지 않네. 이유를 말해보게나."

"소관은 주상 전하의 명을 받았습니다."

황희는 의아한 표정을 지으며 되물었다.

"성상께서? 무슨 연유로 자넬 서역에 보내시려 하시는가?"

"송구하지만, 소관은 어명을 받아 함구했기에 더 말씀드리긴 곤란합니다."

"으음……. 어명이라면 어쩔 수 없지. 더 캐묻지 않겠네."

배상문은 축객령을 내리듯 황희에게 고개를 숙여 인사했다.

"그럼, 살펴 가시지요."

"알겠네."

황희는 내의원에서 나오며 잠시 생각에 잠겼다.

'배 대감의 처방은 매사에 웃음으로 대하면 이 증세가 완화된다는 뜻이겠지? 어디 한번 해볼까.'

그렇게 억지로나마 입꼬리를 올려 웃으려고 시작한 그는 이내 불편함을 느꼈다.

'거울이 없으니 내가 제대로 웃고 있는 건지 잘 모르겠군. 요즘 백화상에서 팔고 있다는 수경(손거울)이라도 사야 하나?'

황희는 억지로나마 웃는 표정을 연습하면서 집으로 돌아가기 위해 마차가 주차되어 있는 장소로 향했다.

그러자 황씨 집안의 청지기 황갑동이 그를 기다리고 있다가 고개를 숙이며 인사했다.

"대감마님, 오셨습니까?"

"황 서방, 바로 집으로 가세."

"예, 흡!"

황갑동이 고개를 들더니 놀란 표정으로 경기를 일으켰고, 황희는 의아해하며 주변을 살펴보곤 그에게 물었다.

"자네, 갑자기 왜 그러나?"

"아, 아무것도 아닙니다. 바로 집으로 모시지요."

그렇게 황희가 영의정 전용으로 하사받은 마차에 올라 집으로 향하자, 마차 곁을 스쳐 지나가는 사대부나 유생들은 마차의 주인을 알아보곤 나름대로 경의를 표했다.

"크으……. 때깔 한번 죽이는구만. 저 화사한 색도 그렇고, 미끈하게 빠진 차체 위에 올려진 장식도 끝내주게 멋진데……. 마차를 끄는 말도 보기 드문 준마인 것 같고. 난 언제쯤 저런 마차를 타볼 수 있을까?"

유생 차림을 한 키 작은 사내가 지나가던 마차를 보며 감탄하자, 그 옆에 서 있던 평범한 차림의 청년이 핀잔하듯 대답했다.

"계온(季昷) 형, 저건 영의정 대감의 전용 마차야. 꿈도 참 야무지네."

"그래? 내가 밀양에서 올라와 도성 물정을 몰라서……. 아무튼, 나도 언젠간 출세해서 저런 걸 타고 다닐 거야."

"어휴, 형도 처음 봤을 때랑 너무 많이 변했어. 나보고 서얼은 가까이 오지 말라며 근엄한 척할 때랑 지금을 비교하면 완전히 딴 사람 같아."

"우후(于後), 사람이 살다 보면 실수도 할 수 있는 거지."

"실수는 무슨, 그건 형이 그냥 촌뜨……."

그러자 체구가 작은 사내는 빠르게 덩치 큰 청년의 말을 끊었다.

"내가 새로운 학문, 실사구시학(實事求是學)을 배우려 상경하기 전까진 세상 돌아가는 사정을 몰라서 했던 과오니, 지난 일은 제발 좀 잊어줘."

"알았어."

"그건 그렇고 학원도 파했으니 오늘 같이 놀러 가지 않을래?"

그러자 덩치 큰 청년이 한숨을 내쉬곤 비꼬았다.

"형, 그렇게 놀다간 형의 꿈이 다른 방향으로 이뤄지겠는데?"

"무슨 소리야?"

"마차를 타는 사람이 아니라, 앞에서 말을 모는 마부가 될 거 같아서."

"뭐가 어쩌고 어째?"

"그러니까 놀지 말고 공부 좀 하라고."

그렇게 시골에서 올라온 유생 김종직과 그와 같은 실학원에 다니는 겸사복장 유규의 아들, 유자광이 아웅다웅하는 사이, 어느새 집에 도착한 황희는 장남 황치신의 인사를 받았다.

"다녀오셨습니까."

황희는 장남이 자길 보곤 놀란 표정을 지으며 황급히 고개 숙이는 걸 보고 의구심을 품었으나, 별일 아니라 생각해 평온한 어조로 물었다.

"그래, 집엔 별일 없었고?"

"예, 평온했습니다."

황희는 집에서 놀고먹는 아들이 부쩍 살이 찐 걸 보곤 화가 치밀어 올랐다.

'아니지, 웃자. 웃어야 한다.'

황희는 의식적으로 웃으려 노력하면서 아들에게 자상한 말투로 이야기했다.

"치신아, 네가 벼슬길에 다시 오를 수 없는 건 이 아비도 잘 알곤 있지만, 뭐라도 해야 하는 거 아니겠냐?"

황치신은 관직에 있을 때 지었던 죄들을 상기하자 움츠러든 표정으로 고개를 숙였다.

"송구하옵니다."

"작년엔 내 연줄로 염회(鹽會)에 일자리를 만들어주었더니 소금 상인은 자기 적성이 아니라며, 한 달도 채 버티지 못하고 그만두질 않나⋯⋯. 네 나이도 이제 환갑이 넘었는데, 언제까지 이러고 살 거냐?"

"소자도 나름대로 큰 뜻을 품은 바가 있습니다."

그러자 황희는 함박웃음을 지으려 노력하며 아들에게 되물었다.

"그래? 네 꿈이 뭐길래?"

"무위의 도를 실현하는 것입니다."

아들의 말을 들은 아버지는 어이가 없어서 반문했다.

"설마… 네가 지금 무위자연(無爲自然)을 말하는 게냐?"

"예."

"그 말인 즉슨, 무엇이든 억지로 하지 않고 흘러가도록 둔다……. 너 이 녀석, 앞으로도 지금처럼 놀고먹겠다는 말을 돌려 한 게냐? 지금 이 아비를 능멸하려고 한 거야?"

황치신은 다급하게 손을 휘저으며 대답했다.

"소자가 어찌 아버지를 능멸하려 하겠습니까. 거기엔 다른 뜻도 있습니다. 가식과 위선을 버리고……."

황희는 뒤에 나올 뻔한 말을 짐작하곤 아들의 궤변을 듣고 싶지 않아 뒷말이 나올 여지를 주지 않고 소리쳤다.

"이놈이 유배 가서 고생하고 온 게 안쓰러워서 그냥 뒀더니, 도저히 안 되겠구나. 이보게, 황 서방! 회초리 좀 가져와 주게!"

그러자 황치신은 환갑의 나이에 회초리를 맞게 될 거라고 생각하자 자기도 모르게 겁을 상실하고 큰소리가 나왔다.

"소자의 나이 정도면 편하게 살 법도 하잖습니까?"

"뭐가 어쩌고 어째? 지금 이 아비 앞에서 그걸 말이라고 하느냐?"

그러자 황치신은 자기가 아버지의 역린을 건드렸음을 이내 깨달았다.

그렇게 그날 황희의 집안에선 예순이 넘은 장남의 곡소리가 울려 퍼졌고, 부러진 회초리를 치우던 청지기 황갑동이 그의 고용주에게 조심스럽게 물었다.

"대감마님, 오늘 대체 무슨 일이 있으셨길래 그러십니까?"

"저 한심한 놈을 왜 때렸냐고 묻는 건가?"

"아닙니다. 평소와는 다른 표정을 계속 짓고 계시는데, 안면이 부들부들 떨리는 게 혹시라도 풍의 증세가 아닌가 염려되어……."

그러자 황희는 황 서방과 아들의 놀란 반응이 이해되었고, 자신이 여태껏 미소라고 생각해서 짓고 있던 표정이 그 원인이었음을 깨닫고 절망했다.

이후 저녁을 먹고 사랑방에 홀로 앉아 생각에 잠긴 황희는 동경으로 자신의 표정을 살피다가 새삼 깨달았다.

'그것 참, 영락없이 성격 드세고 고집불통에 인상도 더러운 늙은이네……. 그건 그렇고 내일은 어전에 시호를 올리기로 했었지? 그리고 호조에서 화령의 호구조사에 투입한 인원도 모자란다고 했었고…….'

그는 시호에 대해 생각하다가 먼저 떠난 민의생을 떠올리자 다시 가슴이 갑갑해졌고 이내 세상을 떠난 이들의 얼굴이 떠올랐다.

'대체 왜 이러지……? 나보다 먼저 죽은 이들이 한둘도 아니고……. 전부 사이좋게 지낸 것도 아닌데……. 개중엔 어떻게

든 날 탄핵하려고 비방하던 이들도 많은데…….'

그렇게 가슴을 부여잡고 호흡을 고르던 황희는 이내 자신의 감정의 실체를 깨닫고 눈물을 흘리기 시작했다.

"다들 어째서 이 늙은이를 두고 먼저 가셨소……. 뭐가 그리 급하다고……. 이 늙은이가 그대들보다 먼저 가야 순리인 걸……."

그는 자신보다 먼저 떠나는 이들의 죽음을 의례적으로 받아들였으나, 마음속으론 자신을 두고 가버린 이들로 인해 쌓인 상처가 견딜 수 없이 아팠던 것이다.

황희는 부모님을 잃었을 때만큼이나 통곡했고, 지쳐서 잠이 들었다.

그렇게 다음 날 눈을 뜬 황희는 사직서를 작성하곤 어전에 들어 주상에게 민의생의 시호를 올리며 청했다.

"주상 전하, 신의 나이도 어느새 아흔을 넘어 공도 없이 녹을 먹으며 무위도식하고 있사옵니다. 그러니 청컨대 신의 직책을 파하시고……."

그러자 주상이 손을 들어 그의 말을 잘랐다.

'역시 윤허하지 않으시겠지. 사직은 이 늙은 몸뚱이가 죽어 없어져야만 가능한 일인가…….'

그렇게 황희가 절망하여 극단적인 생각마저 품을 때, 주상의 입이 열렸다.

"윤허하겠소."

"전하, 진심으로 하신 하교이십니까? 정녕 신의 사직을……."

"그래요. 사직을 윤허할 테니 경의 후임자부터 인선하도록
하세요."

                    *   *   *

1458년의 1월이 끝나갈 무렵, 난 영의정 황희의 사직을 허
락했다.

내가 사직을 허락한 건 그가 예전과는 다르게 심상치 않은
분위기를 내뿜고 있었기 때문이다.

그 전까진 의례적으로 엄살을 피우며 사직을 청하는 정도
에 가까웠는데, 이번엔 삶을 놓아버린 듯한 초탈함과 더불어
알 수 없는 처연함마저 느끼게 했다.

자칫 대처를 잘못하면 극단적인 상황이 올 것 같아 그의
사직을 허락하게 된 것이었다.

그리고 이젠 황희가 물러나더라도 빈자리를 채울 만한 후
임들도 생겼고, 나라가 탄탄한 반석 위에 올랐기에 흔쾌히 그
의 사직을 허락했다.

난 며칠 후 얼마 전 황희를 진찰했다는 내의원 제조 배상
문을 불러 사정에 관해 물었다.

"전하, 신이 황 대감을 진맥했을 땐 몸에 문제가 있는 건 아니었습니다. 일종의 심병으로 인해 가슴이 답답하다고 호소했으며 매사를 받아들임에 있어 좋고 나쁨을 가리지 못할 정도로 심각한 상황이었사옵니다."

아무래도 황희의 증상은 노년기 우울증의 일종이었나 보다. 자칫 평소처럼 사직을 반려했으면 큰일이 났을 수도 있었겠어.

"알겠네. 그건 그렇고 서역행 준비는 잘되어가고 있는가?"

"예, 신이 자리를 비우면 주상을 담당할 어의는 내의원 직장 최양옥이 될 것입니다."

"최양옥이면, 일전에 북경에서 남명의 천자를 진맥했던 이겠군."

"예, 그러하옵니다."

"그 정도 실력을 지닌 이라면 믿고 맡길 수 있겠지. 그건 그렇고……. 자네의 서역행 목적이 남들에게 알려지는 건 시기상조니 조심하게나."

"여부가 있겠습니까? 신도 이 일의 중요성에 대해선 잘 알고 있기에, 동행하는 의원들 외엔 누구에게도 털어놓은 적이 없습니다."

"그럼 이만 물러가게나."

"예, 신은 이만 물러나겠습니다."

난 배상문을 보내고 천추전에 홀로 앉아 페르시아어로 적힌 책에 정음으로 주석이 달린 부분을 넘겨보며 생각에 잠겼다.

내가 지금 보고 있는 책은 지난번 티무르의 사신단에 동행한 의사가 진상하고 간 해부서였고, 사전으로 볼 수 있는 정밀한 사진에 비하면 약간은 조악한 그림으로 인체의 장기나 근육을 표현하고 있었다.

배상문이 내 지시로 티무르행 사신단에 동행하게 된 건 해부학을 배우기 위해서였다.

본래 아랍의 의학은 위나 식도에 암이 생긴 환자에게 관을 밀어 넣고 부드러운 음식물을 주입해 연명하게 했다는 기록이 남아 있을 정도로 발전했었고, 해부학이나 각종 외과적 수술법이 여러 서적으로 남을 정도로 발달했었다고 한다.

하지만 몽골의 침략으로 인해 많은 이들이 죽거나 납치당했으며, 지식이 실전되는 과정을 겪으며 파편화되었고, 이후 잃었던 것들을 복구하기 위해 수많은 노력을 기울였다고 한다.

그 결과 처음 의도와는 다르게 의사들은 서로를 시기하게 되면서 학파가 갈렸고, 직계 후손이나 제자가 아닌 이에겐 철저하게 자신의 지식을 숨기며 서로 견제하기 급급했다고 한다.

대립이 심할 때는 경쟁자를 몰래 독살하는 지경에 이를 정도로 변질하였고, 이는 티무르 왕실을 담당하는 어의들 역시 마찬가지였다고 한다.

그런데 우리나라에 다녀온 의사들이 천연두나 이질을 예방하고 치료하는 방법을 배워 가서 승승장구하고 많은 재물을 얻자, 최근 티무르의 의사들이 연줄을 동원해 조선에 유학을 다녀오는 게 유행이 되었다고 한다.

그 과정에서 그들이 알고 있는 의학적 지식이 조선에 흘러 들어오기 시작했고, 본의 아니게 아랍 의학의 집대성은 조선에서 완성되고 있었다.

거기에 조선의 의학은 내가 눈에 보이지 않는 독기, 즉 세균의 개념을 주장하며 소독의 중요성을 강조했었던 바가 있다.

그 방법이 많은 성과를 보였기에 지금은 어느 정도 상식이 되어가고 있었지만, 그 와중에 새로운 개념을 믿지 못하는 의원이나 학자들도 있게 마련이었다.

4년 전 현직 호조판서 이순지가 발명하고 아랍에서 들어온 광학 지식을 이용해 개량한 현미경으로 인해 눈에 보이지 않을 정도로 작았던 극소한 진드기와 여러 가지 생명체를 발견했기에 완전하진 않지만, 독기의 가설이 나름대로 증명될 수 있었다.

그 결과 많은 이들은 더 작은 극소의 영역이 있지 않을까 생각하며 여러 가지 가설을 세우고 연구를 시작했다고 한다.

그렇게 조선은 내과 의학 쪽으론 크게 발달했지만, 외과 쪽은 아직 걸음마의 영역이나 다름없었다.

부러진 뼈를 맞추거나 소독과 더불어 작은 상처를 봉합하는 정도의 간단한 수술은 가능했지만, 그 이상의 영역은 아직 멀었다고 할 수 있지.

내가 얻은 전자사전에 어느 정도의 의학 지식이 담겨 있긴 하지만, 난 정식으로 의학을 배운 전문가가 아니고 수술 같은 것도 해본 적도 없고 할 줄도 모른다.

항생제나 마취, 수혈 기술이란 안전장치도 없이 무작정 미래의 의술과 수술법을 주입하듯 가르칠 수도 없는 노릇이고, 무리하게 새로운 의술을 시도하다 선무당이 사람 잡듯 큰 사고가 벌어질 수도 있다.

무엇보다 내가 이런 지식을 가르친들, 의원들이 지식의 출처를 물으면 얼버무릴 수도 없는 노릇이니.

내가 그렇게 답답해하던 와중에 이븐 압달이란 의사가 가져온 해부서는 좋은 계기가 되어주었다.

본래 끝없는 의학적 지식욕을 갈구하는 배상문은 해부학과 외과 수술이란 영역에 도전하고 싶어 했기에 내게 유학을 다녀오고 싶다고 청했고.

나도 그처럼 새로운 의학 지식을 배우고 싶어 하는 이들을 모아 이번 사신행에 동행시키기로 한 것이었다.

티무르의 현왕 울루그 벡도 지식과 학문적 교류에 적극적이어서 그의 은밀한 협력으로 해부학과 수술법을 배울 수 있게 되었다.

저들이 나름대로 새로운 의술을 배워 오면, 나도 수준에 맞춰 새로운 지식들을 어느 정도 풀 수 있을 거라 본다.

다만 이에 대해 함구하라고 한 건 자칫 이 일이 알려지면, 의학에 무지한 이들에게 배상문이 공격당할까 하는 귀찮은 사태를 방지하고자 그런 것이었다.

내가 왕명을 내세워 혹시 모를 반발을 잠재울 수도 있지만, 배상문이나 의원들이 의술에 무지한 이들의 입방아에 오르는 건 사양이다.

배상문이 의술을 배워 오면, 그때부턴 말보다 성과를 보여 입을 다물게 할 생각이기도 하고.

난 어느 정도 생각을 정리한 후 역사에 길이 남을 최고령 재상 황희의 명예로운 은퇴를 위해 행사를 준비하려 신숙주를 불렀다.

"주상 전하, 예조판서 신숙주 대령했사옵니다."

김처선이 신숙주를 불러왔고, 그는 내게 절을 하고 자리에 앉았다.

"내 자네를 이리 부른 건 황 대감의 사직 때문이네."

"혹시 황 대감의 후임으로 신을……."

난 신숙주가 뭔가 착각한 것 같길래 빠르게 그의 오해를 바로잡아 주었다.

"아닐세, 황 대감의 은퇴를 기념하는 행사와 연회를 열어주려 하네."

그러자 신숙주는 내심 창피한지 고개를 숙이며 내게 답했다.

"신이 어심을 잘못 읽고 결례를 범했사옵니다."

"또한 자네는 임시로 도감을 설치하고 그 과정을 의궤(儀軌, 기록)로 제작하게나."

"성상께서 이 일을 의궤로 남기시려 하심은… 앞으로 관원들이 은퇴할 때마다 선례로 남기려 하시는 의도십니까?"

"물론 모든 관료에게 이런 행사를 치러줄 수는 없겠지. 스무 해 전과 비교하면 당상관의 수는 세 배가량, 그리고 당하관 이하 하급 관원의 수는 열 배 가까이 늘었잖나."

"확실히 그건 맞는 말씀이시옵니다."

"그러니 이참에 판서 이상부터 정승까지는 예조 산하 임시 도감의 주최로 은퇴식을 치르는 것으로 하도록 정하게."

"그럼 그 이하의 관원들에겐 종전과 같은 대우를 이어가실 요량이시옵니까?"

"해당 관서에서 적당히 예우해 주는 것으로 하지. 다만 근속연수가 높은 이들에 한해서는 어필을 내려 공을 치하해 주는 것도 나쁘지 않을 듯하네."

"동·서반 구분 없이 모두 같은 방식으로 치르면 되겠사옵니까?"

"그렇네. 이제 조회에서도 문관과 무관, 그리고 잡과 출신의 자리 구분도 안 하고 있는데, 그런 부분에서 차별을 둬서 쓰겠는가?"

"예. 그리 알고 진행해 보겠사옵니다."

"다만 유의할 점이 있네."

"말씀하시옵소서."

"이런 자리는 자칫 잘못하면 예산이 낭비되거나 고관을 예우한다며 변질할 수도 있네."

"…성상의 염려가 지당하십니다."

"그래서 임시 도감 설치엔 양사의 관원들과 고위 대간을 꼭 포함해 투명성을 유지하게나."

"명심하고 일을 진행하겠습니다."

"그럼 이만 물러가게."

그렇게 신숙주가 내게 예를 표하고 천추전에서 물러났고, 난 그간 고생한 황희에게 줄 만한 선물이 뭐가 있을까 고민하기 시작했다.

*   *   *

"대감, 소식 들었습니다. 드디어 사직을 윤허받으셨다면서
요?"

우의정 황보인이 황희를 부러운 눈초리로 바라보며 감탄하
듯 말을 꺼내자, 당사자는 아직도 꿈을 꾸는 듯한 표정으로
답했다.

"그렇네. 주상께서 내 후임자를 인선해 보라 하셨지."

그러자 황보인은 불안한 표정을 지으며 물었다.

"…설마 대감께선 저를 후임으로 생각하고 계신 건 아니겠
지요?"

그러자 황희는 그간 우울하던 감정이 오간 데 없이 날아가,
이제껏 억지로 짓던 미소가 아니라 진심에서 우러나온 표정
으로 미소 지으며 농담처럼 답했다.

"자네도 이제 연륜이 적당하고 능력도 출중한데 자넬 추천
하지 않을 이유가 있나?"

그러자 황보인은 질색하는 표정으로 답했다.

"연륜이라뇨, 그리고 제가 가진 능력도 대감에 비하면 하찮
습니다."

"자네하고 내 나이 차이가 스무 해 넘게 나긴 하지만, 칠순
이 넘었으면 어디 가서 무시당할 만한 연륜도 아니지 않은가."

"사관학교장이나 농조판서 대감에 비하면 아직 젊습니다.

매일 커피만 축내는 저 같은 이보단, 매사에 의욕이 가득한 절재가 더 낫지 않겠습니까?"

황보인은 영의정 자리가 달갑지 않은지 자신의 절친 김종서를 추천했고, 황희는 절친한 후배를 놀려보려는 마음으로 말을 이어갔다.

"그래, 좌상 대감도 나름대로 능력이 있긴 하지. 그래도 그의 모난 성품이 완전히 고쳐지지 않는 이상, 이 자리엔 나름대로 원만한 성품을 가진 이가 필요하네."

"이제 사임하시는 마당에 하는 이야기지만, 절재의 어디가 부족합니까? 사람을 압도하는 기세를 따지자면 대감에 견줄 정도라 보입니다만."

그러자 황희는 피식 웃으면서 답했다.

"일견 그와 내가 비슷하다고 생각할 수도 있겠지만, 타고난 인상이 험악한 걸 빼면 모든 면에서 다르네."

"절재는 오랜 북방 근무 경험이 있어 군문의 업무에도 능한데다 호조와 형조판서를 거쳐 재정이나 법률적 지식에도 출중하니 저 같은 범부와는 비교가 되지 않습니다."

"타고난 능력의 문제가 아니야. 그는 전혀 때가 묻지 않았어. 타고난 성품이 청렴하면서도 강직하지만, 칠순을 넘기고도 적이 아니면 아군이라는 사고방식으로 편을 갈라 업무를 처리하고 있어. 그건 관료로서 장점이랄 수 없네."

그러자 친우의 행적을 떠올린 황보인은 침음하며 답했다.

"으음… 절재가 조금 그런 편이긴 하지요."

"나랏일을 하다 보면 네 편 내 편이 어디 있는가. 실제로 지금 현직에 남아 있는 노신 중에 날 탄핵하러 벼르던 이가 한둘인 줄 아나? 어제의 적이 내일의 친구도 되는 거고, 그건 나라 간의 일도 마찬가지일세."

"절재는 좌의정 이상으로 올라가긴 부족하다는 말씀입니까?"

"본래 좌의정이 가진 권한이 이조와 호조, 예조의 관원을 관장하며 지켜보는 거니 딱 그 정도가 적당하네. 성상께서도 그를 좌상으로 올린 것엔 그런 사유가 있으실 테고."

"그럼 대체 저는 어느 부분이……."

"자넨 자네의 친우와 달리 교분도 넓고 적을 만들지 않는 둥근 성품이지. 그리고 자넨 무엇보다 타고난 욕심이 없어."

"…그렇습니까? 그래도 좀 더 생각해 보시지요."

황희는 농담성으로 시작한 이야기였지만, 그가 잘 생각해 보니 황보인 이상으로 적합한 이가 없었다.

굳이 따지자면 현직 우참찬 정인지가 어느 정도 조건에 들어맞는 정도였지만, 황보인에 비하면 부족했다.

또한 나름대로 80세 이상의 대신들을 추려 생각해 본바, 현역으로 활동 중인 이는 최윤덕이나 이천 외엔 거의 없다시피

했고, 황희만이 유일하게 아흔을 넘긴 상태로 관직에 머물고 있었다.

"본래 이 영의정부사란 자리는 실권 따윈 없는 명예직에 불과한데, 어째서 그리 질색하는가?"

"그런 명예직을 실권직으로 정립하신 분이 바로 대감이십니다. 그리고 나날이 커지는 나라의 대소사를 조율해 가며 처리하신 분도 대감이시지요. 전 대감만큼 해낼 자신이 없습니다."

"이 늙은이가 한 게 무어가 있다고⋯⋯. 전부 성군이신 주상 전하의 공이지."

"나라의 강역을 넓히신 건 주상 전하시지만, 안에서 정책을 공고히 하고 관청과 관원들 사이에 일어나는 문제를 전부 중재하신 분이 대감이십니다. 저는 그것을 전부 지켜봤기에 차마 대감의 반절도 해낼 자신이 없습니다."

"그대가 이 늙은이를 지나치게 고평가하는군."

"아닙니다. 이건 소관의 진심입니다."

"그런가⋯⋯. 고맙네."

"그건 그렇고 대감께선 아직도 정정하신데, 사직 후엔 어떻게 지내실 생각이십니까?"

"글쎄, 예전부터 사직하게 해달라고 그리 간절하게 빌었지만, 막상 닥치게 되니 뭘 해야 할지 잘 모르겠네."

"강변 나루터 같은 데다 정자라도 짓고 유유자적하게 지내시는 건 어떠십니까?"

"도성의 모든 나루터마다 배가 즐비하고 물자들이 드나드느라 혼잡한데, 그런 운치가 있겠는가?"

"아… 제 생각이 짧았습니다."

"아무튼 이제부터라도 천천히 생각해 볼까 하네. 이제 시간이 얼마나 남았는지는 모르겠네만."

"솔직히 말씀드리자면, 대감께선 이도 전부 성하시고 머리숱도 많아 전혀 아흔이 넘은 나이론 보이지 않습니다. 그러니 남은 시간도 많으리라 짐작됩니다."

"그런가? 빈말이라도 듣기 좋군. 난 먼저 들어가겠네."

"빈말이 아닙니다. 그럼 살펴 가시지요."

그렇게 퇴청하고 집에 돌아간 황희는 다음 날 후임으로 황보인과 정인지를 추천했고, 주상의 선택은 황보인이 되었으며 자연스레 우의정의 자리는 정인지의 차지가 되었다.

그렇게 황희는 95세의 나이로 은퇴하는 데 성공했고, 그의 퇴임을 기념하는 잔치가 경회루에서 열리게 되었다.

＊　　　　＊　　　　＊

내가 황희의 은퇴 기념 연회에서 그에게 직접 술을 따라주며 축하의 인사를 건네자, 곧바로 진심에서 우러나오는 미소와 함께 대답이 돌아왔다.

"성은이 망극하옵니다."

"대감은 사직 이후에 어찌 지낼 것인지 생각해 둔 바가 있소?"

"아직 정하지 않았사옵니다. 이제부터 천천히 생각해 볼까 하옵니다."

"그렇소? 대감의 마음이 내키는 대로 사는 것도 나쁘지 않을 듯하오."

"예, 그리해 보겠습니다."

"그건 그렇고, 대감을 위해 준비한 선물이 몇 가지 있는데, 이 자리에서 먼저 선을 보이려 하오."

황희는 선물이란 말이 기쁜지 활짝 웃으면서 대답했다.

"실로 성은이 망극할 따름이옵니다."

"상선, 준비한 것을 이곳으로 들이게나."

"예, 전하."

내 명령을 받든 김처선이 내관들을 동원해 천으로 덮어 포장한 것과 기다란 상자를 연회장 안쪽으로 들여왔고, 황희 앞에 놓고 자리에서 물러났다.

"신이 이 자리에서 확인해도 되는 것이옵니까?"

"그렇소."

그렇게 황희가 천을 걷어 내용물을 확인하자 그곳엔 실로 화려하단 말로는 표현이 안 될 만한 의자가 있었고, 그는 뒤이어 상자를 열어보곤 기쁨과 슬픔이 뒤섞인 듯한 표정을 지었다.

"상께서 궤와 장을 새로 내려주심은 신이 나랏일을 놓지 않고 이어가길 바라시는 의도이시옵니까?"

내가 황희에게 준비한 선물은 궤장(几杖), 즉 의자와 지팡이였고 이는 본래 원로원 격 기구인 기로소(耆老所)에 들어간 노신들에게 하사하는 의장품이었다.

아버지께선 어쩔 수 없이 현직에서 물러나는 대신들에게 궤장을 하사하고 원로대신이란 명분으로 여러 가지 직함을 내려 나랏일을 이어가도록 만드셨기도 했었다.

"그런 의도가 아니오. 경이 상왕 전하께 궤장을 하사받은 지 스무 해가 넘었고, 내 그간 나라를 위해 밤낮없이 애쓴 공을 기리려 새 궤장을 내린 것뿐이오."

"신이 감히 성상의 어심을 어림짐작하여 결례를 범할 뻔했습니다. 그저 성은이 망극할 따름이옵니다."

황희는 그제야 안심이 되었는지 가슴을 쓸어내렸고, 곧장 내가 선물한 의자와 지팡이의 면면을 살펴보기 시작했다.

"이건… 실로 아름답습니다."

먼저 새로 내린 의자는 기존의 작은 등받이가 달린 접이식 의자인 궤(几)와는 달리 미래의 안락의자를 참조해 커다랗게 제작되었고, 4개의 튼튼한 다리에 사군자, 즉 매난국죽의 장식 무늬가 들어가 있었다.

거기다 기존의 의자보다 커다랗게 제작된 등받이 뒷부분엔 내가 친필로 적은 후 글자에 맞춰 양각된 황희의 평전(評傳)이 빼곡하게 적혀 있었다.

"전 영의정부사 황희는 장수현 사람인데, 자는 구부(懼夫)이며 황군서의 아들로 태어나……."

황희는 자신의 일생이 간략하게 적힌 평전을 발견하고 손수 읽기 시작했으며, 이를 지켜보던 후임 영의정 황보인이나 다른 대신들은 감성이 자극되었는지 코를 훌쩍이며 눈물을 보였다.

"…비록 앞서 열거한 죄와 허물로 인해 청렴결백한 지조가 모자랐지만, 그는 나이가 들었음에도 손에서 책을 놓지 않았으며, 시력을 보존하여 작은 글자를 읽는 것을 꺼리지 않았다……. 재상에 오르고 30년이 넘는 기간 동안 군왕을 보좌하여 나라를 안정시켰으며 또한……."

황희는 목이 메었는지, 그의 일생을 요약해 공과 허물이 전부 정직하게 기록되어 있는 평전을 차마 끝까지 읽지 못하고 눈물을 쏟기 시작했다.

"대감은 어찌 이리도 좋은 날에 눈물을 보이려 하시오."

"이 궤엔 신이 이제껏 살아온 인생이 전부 어필로 정리되어 담겨 있으니… 이보다 뜻깊은 하사품은 없으리라 사료되옵니다. 성상의 하해와 같은 은혜, 신이 어찌 보답해야 할지 모르겠습니다."

"대감은 그저, 남은 삶을 편히 보내며 즐기는 것으로 족합니다. 이 장은 혹시라도 대감의 남은 인생에 있어 길잡이가 되길 바라며 내리는 것입니다. 그간 정말 수고가 많았어요."

난 황금으로 만든 비둘기 장식이 위쪽에 달린 지팡이를 상자에서 꺼내 황희의 손에 쥐여주었고, 황희는 눈물을 쏟으며 내게 거듭 절을 올리기 시작했다.

연회에 참석한 대신들 역시 이런 깜짝 행사를 예상하지 못한 듯 장내는 눈물바다가 되어 있었고, 가슴이 벅찬 듯 감정을 주체하지 못하는 것 같아 보였다.

특히나 여든이 넘은 대신들은 자신의 모습을 황희에게 투영한 듯 다른 이들보다 더 감정에 취한 듯 보였다.

선물 증정이 끝나고 이어진 연회에선 다른 대신들도 분위기를 탄 듯, 즉석에서 작성한 헌정 시들이 나와 황희를 기쁘게 했다.

그간 황희와 원수처럼 지내던 사관학교장 최윤덕도 거기에 동참해 선배를 예우하는 시를 올렸다.

원역사보다 장수 중인 두 사람은 말년에 극적으로 화해하며 서로에게 진심 어린 미소를 보였고, 이 자리를 준비한 나도 흐뭇한 웃음을 보일 수 있었다.

그렇게 연회가 성공적으로 마무리되었고, 다음 날부터 황희가 없는 조정의 일상이 시작되었다.

　　　　　*　　　　　　*　　　　　　*

1458년의 봄이 시작될 무렵, 조선의 영의정 황희가 은퇴했다는 소식이 북명에도 알려졌다.

산동성 등주에서 열린 전열함 진수식 당시 황희와 친분을 쌓은 북명 관료들의 편지가 조선에 전해질 무렵, 한성부 관아에서 군역의 의무를 수행 중이던 세자 이홍위는 최근 시전의 상인들을 갈취하고 있다는 주먹 패 단속 임무에 나섰다.

"수한아, 몇 달만 더 있으면 군역도 끝나가는 마당에 자원까지 해서 이게 무슨 고생이냐."

남이가 불평하는 투로 최계한에게 푸념하듯 속삭이자 이홍위가 남이에게 핀잔을 주었다.

"산남, 너랑 수한은 군역을 마치고 나서 동궁 소친시에서 물러나 무과에 응시할 거라면서 겨우 이 정도로 엄살을 부려? 나를 따라온 게 그리도 싫었던 거야?"

그러자 최계한은 건수를 잡았다는 듯, 이홍위에게 동조해 작은 목소리로 남이를 공격했다.

"우리 저하의 말씀이 맞아. 무관이 되면 더 고된 일이 즐비할 텐데, 겨우 이런 일 가지고 왜 난리야? 지금 우리만 이러는 것도 아니고 다들 고생 중인데."

그러자 이홍위는 피식 웃으면서 대답했다.

"수한, 아직 군역을 마치지도 않았는데 예전처럼 저하라고 부르는 건 이르지 않냐? 누가 들으면 어쩌려고 그래."

그러자 둘에게 공격당해 말문이 막혔던 남이도 이때다 싶어서 말을 돌렸다.

"그러게, 수한이 너 일찌감치 줄 서려는 의도가 뻔히 보인다."

"그런 거 아냐!"

그러자 이홍위가 정리하듯 현재 상황을 상기시켰다.

"그만하고, 지금은 시전 상인들을 괴롭히는 주먹 패를 찾아서 추포하는 게 우선이야. 놈들이 워낙 교묘하게 점조직으로 움직이고 있어 군졸을 동원해서 감시하면 숨어버리니 우리가 이러고 있는 거 아냐."

이홍위는 멀리서 평복을 입은 채 순찰 중인 동료 무관들을 살피며 말을 이어갔다.

"그러니 떠들지 말고 주변이나 살피라고. 다른 장소에서 감시 중인 선임 무관들도 있는데, 불평은 그만해."

그러자 남이가 이홍위에게 조그맣게 속삭였다.

"그래도… 다들 평범하게 차려입은 마당에 우리만 걸인 차림을 하고 나선 건 좀 아니지 않아? 솔직히 말하자면 행인들 눈에 더 띄고 있는데."

남이가 이홍위에게 속삭임과 동시에 그들의 앞을 지나가던 행인이 한 푼짜리 통보를 건네면서 셋에게 말을 걸었다.

"쯧쯧… 아직 날도 덜 풀렸는데 여기서 왜들 이러고 있대……. 이보게, 젊은이들, 여기서 이러지 말고 이걸로 어디 가서 밥이라도 먹어."

그러자 거지 차림을 하고 있던 세 명은 반사적으로 익숙해진 말을 꺼냈다.

"어르신, 감사합니다! 복 받으실 거예요."

"젊은이들, 덩치도 건장한 거 같은데 일 구하는 게 힘들면 나루터라도 찾아가서 짐 나르는 일이라도 해. 그것도 힘들면 똥지게 나르는 일도 괜찮아. 둘 다 일은 고되지만, 보수도 높고 몸뚱이만 건재하면 곧바로 써주는 편이라 할 만할 거야."

"흐흑……. 어르신, 고마우신 말씀 감사합니다. 저희가 촌에서 무작정 상경했는데 봇짐을 도둑맞아 이런 신세가 되어……."

이홍위가 천연덕스럽게 눈물을 흘리며 말끝을 흐리자, 행인은 돈주머니에서 한 푼짜리 통보를 다시 꺼내 내밀었다.

"그런가, 그것 참 안쓰럽기 그지없어. 부디 힘내서 살게. 아까 말한 대로 시간이 나면 나루터 쪽이라도 찾아가 보고."

"예, 정말 감사합니다!"

그렇게 행인이 떠나자 남이가 다시금 속삭였다.

"저 사람 말 들었지? 가뜩이나 덩치도 큰 우리가 여기서 이러고 있으면 더 눈에 띈다니까?"

이홍위의 생각으로 걸인 분장을 한 채 시전에 잠복하고 있던 셋은 당사자의 즉석 연기로 인해 많은 수입을 올리고 있었으며, 수많은 행인으로부터 동정 어린 시선과 함께 먹고살 길에 대해 충고받을 수 있었다.

"으음… 아무래도 내일부턴 평범한 차림으로 나오는 게 좋을 듯하네."

생각지 못하게 자신의 재능을 깨달은 이홍위가 침음하자, 최계한이 속삭였다.

"그건 그렇고, 오늘 모인 돈이 대체 얼마야? 이 정도면 우리 달포 치 녹봉에 조금 못 미치는 거 같은데."

"그러게, 난 상우에게 이런 면이 있는 줄 몰랐어. 이러다 나중에 주상 전하처럼 재래연에 나서는 거 아냐?"

이들은 나이가 어려 직접 보진 못했지만, 주상이 세자 시절에 태종 역을 맡아 나섰던 재래연, 뿌리 깊은 나무에서 명연기를 펼쳤던 것을 어른들에게 듣고 자랐기에 그 명성을 알고 있었다.

"쉿! 여기서 그런 이야기하지 말라고 몇 번을 했는데 자꾸 그럴래?"

"미안, 조심할게."

남이가 작은 목소리로 사과하자 최계한이 분위기를 돌리며 말했다.

"이참에 바닥에 깔아놓은 거적을 둘러쓰고 최대한 몸을 가리자. 그러면 조금은 덜 눈에 띄겠지."

"그거 좋은 생각이네."

그렇게 각자 준비한 거적을 몸에 두르고 잠복하던 셋은 바닥에서 올라오는 한기에 몸을 떨었다.

"으으으…… 오늘은 그냥 공쳤다고 생각하고 들어갔다가 내일 다시 나오자."

추위에 떨던 남이가 홍위에게 재촉할 무렵, 이홍위는 이들이 잠복하던 장소 맞은편에 있는 미곡 점포에서 방문한 사내들을 맞이하는 상인의 표정이 심상치 않음을 발견했다.

"쉿! 수한, 산남. 저기 저놈들 보여?"

그러자 최계한이 물었다.

"어딜 말하는 거야?"

"전방의 길 건너 미곡 점포에 들른 사내 셋."

"저들이 수상하다고?"

"그래. 겉으로 보기엔 평범해 보이지만, 상인의 표정이 심상치 않아. 마치 관아에 잡혀 와서 추국받는 죄인처럼 굴고 있어."

"그런가……? 난 잘 모르겠는데."

그러자 홍위의 말을 듣고 관찰하던 남이가 동조했다.

"난 상우 말이 맞는 거 같아. 분위기가 심상치 않아. 얼굴이 알려진 놈들과는 용모파기가 다르지만… 저기 분명 뭔가가 있어."

"그럼, 의심받지 않게 옷이라도 갈아입어야 하는 거 아냐?"

그러자 이홍위가 최계한에게 말했다.

"그럴 시간이 어딨어. 차라리 눈에 띄는 복장을 했으니 그걸 이용하자고."

"그럼 혹시……?"

"네가 생각하는 게 맞을 거야."

"알겠어, 그럼 가자고."

그렇게 자리를 박차고 나선 세 명은 미곡 점포에 접근했고, 이윽고 그들이 나누던 대화 일부를 들을 수 있었다.

"달포 전에도 사람을 보내 세를 거둬 가더니 어찌하여 또……."

점포 주인이 항변하자, 사내는 웃으면서 말을 이어갔다.

"뭐라고? 우린 모르는 일인데, 대체 누구에게 세를 냈다는 거야?"

천연덕스럽게 대꾸하던 사내는 품속의 감춰둔 칼을 슬쩍

꺼내 보이며 상인을 위협했고, 그 광경은 곧바로 이홍위에게 포착되었다.

이홍위는 곧바로 큰 소리로 외쳐 주위를 돌렸다.

"어르신~ 한 푼 줍쇼!"

그러자 세 사내 중 뒤편에 서 있던 이가 혀를 차며 소리쳤다.

"야, 이놈들아! 여기 어르신들 말씀 중인 거 안 보여? 귀찮게 하지 말고 좋은 말 할 때 저리 가라."

"그러지 마시고 좀……."

"재수 없게 어디서 거렁뱅이 따위가……."

말을 꺼낸 중년의 사내가 손을 올리며 때릴 듯 위협하자, 고개를 숙이고 있던 홍위가 먼저 그에게 달려들어 바닥에 넘어뜨렸다.

"너희들 대체 뭐야!"

기습을 당해 넘어진 사내가 고함을 치는 사이 뒤편에 서 있던 남이와 최계한이 곧바로 남은 두 명에게 달려들어 싸움을 시작했고, 그러던 사이에 이홍위에게 깔려 반항하던 사내는 팔꿈치에 얼굴을 얻어맞았다.

또한 이홍위에게 공격당한 사내는 곧바로 명치 부분을 무릎에 가격당해 비명조차 지르지 못하고 고통에 몸부림쳤다.

뒤이어 남이의 기습적인 주먹에 턱을 얻어맞은 사내가 바닥에 쓰러졌다.

하지만 상인을 위협하던 사내가 품에서 단도를 꺼내 휘두르며 최계한을 위협하자, 맨손이었던 최계한과 대치 상태가 되었다.

그러자 바닥에서 몸부림치던 용의자를 제압 중인 이홍위 대신 남이가 나섰다.

"네 이놈, 공무를 집행 중인 관원을 상대로 감히 칼을 꺼내다니. 정녕 죄를 더 키우고 싶은 게냐?"

"뭐, 뭣? 너희가 관원이라고?"

"그래, 우린 한성부 관아 소속 갑사들이다."

그러자 칼을 들고 대치 중이던 사내가 외쳤다.

"고작 갑사 따위가 우리 계를 잡겠다고?"

그러자 남이가 가소로운 표정으로 웃으며 답했다.

"대체 얼마나 대단한 뒷배를 두고 계시길래 그러시나. 설마 우리 집안보다 대단한 분이 뒤를 봐주는 게냐?"

왕실의 인척이자 개국공신 집안인 의령 남가의 장손인 남이가 어처구니없는 표정으로 말을 하자, 사내는 가소롭다는 듯 외쳤다.

"허, 고작 갑사 나부랭이 따위가 어디서 감히."

그렇게 남이가 시선을 끄는 사이, 최계한이 점포 주인에게 외쳤다.

"주인장 어르신, 죄송한데, 나중에 배상하겠습니다!"

그러자 상황을 미처 파악하지 못한 주인이 새된 소리로 반문했다.

"예?!"

"협조에 감사드립니다!"

최계한은 대답이 떨어짐과 동시에 주변에 쌓여 있던 쌀가마니를 가볍게 들어 던져 버렸고, 전혀 예상치 못한 공격에 당한 주먹 패 사내는 엄청난 충격을 받아 그 자리에 쓰러졌다.

"수한, 언제 그리 근력이 늘어난 거야?"

칼을 먼저 치우고 쓰러진 사내를 제압하던 남이가 감탄하듯 말하자, 당사자인 최계한 자신도 놀란 듯 대답했다.

"언젠가 네게 설욕하려고 단련한 건데, 이 정도일 줄 나도 몰랐네."

뒤이어 소란을 감지한 동료 무관들이 점포에 몰려들어 상황을 파악하며 체포를 도왔다.

그렇게 잠복했던 이들 중 유일하게 성과를 올린 세 명은 관아로 귀환했고, 그간 정체되어 있던 수사가 본격적으로 물꼬를 트듯 재개되었다.

*　　　　*　　　　*

"사특한 죄인 권람(權擥)은 나와 오라를 받아라!"

"죄인이라니, 그게 대체 무슨 말씀이시오?"

명문 안동 권씨이며 전직 이조판서이자 고려사 편찬에 공을 세운 권제(權踶)의 아들인 권람은 자택에서 아침 식사 도중 난데없는 군관들의 난입에 놀랐지만 침착하게 이야길 시작했다.

"저기, 무관님들. 뭔가 오해가 있으신 듯한데, 본인은 일개 한량일 뿐입니다. 대체 무슨 혐의를 물어 추포하시려 하는 겁니까?"

"시전의 선량한 상인들 금전을 갈취하던 주먹 패, 도계(徒契)의 우두머리가 실토했다. 자신들의 뒤를 봐주던 이가 바로 전 이조판서 문경(文景, 권제의 시호) 대감의 자제였다고."

"…주먹 패라니요? 저는 생전 처음 듣는 이야기입니다. 그리고 저는 과거에 뜻이 없어 사대부의 자격조차 없는 양인인 데다, 일개 한량이 무슨 힘이 있다고 주먹 패의 뒤를 봐줄 수 있겠습니까?"

그러자 대화 중인 선임 무관의 뒤편에 서 있던 갑사 이홍위가 크게 소리쳤다.

"자칭 도계라고 일컫은 사특한 주먹 패의 행수인 박중원을 추포해서 추국한 결과 죄인의 뒷배로 그대를 지목했는데, 발뺌할 생각인가?"

권람은 소리 지른 무관이 한참이나 어려 보였기에 눈살을 찌푸렸지만, 예를 갖추어 대답했다.

"박중원이면… 혹시 삼개 나루에 산다는 양인 박 씨를 말씀하십니까?"

그러자 선임 무관이 눈짓으로 이홍위를 조용히 시킨 후 말을 이어갔다.

"그렇다. 이후 이야기는 관아에 가서 하도록."

"박 씨가 무슨 이야길 했는지 모르겠지만, 본인은 살면서 그 어떤 죄도 지은 적이 없습니다. 따라서 이리 죄인 취급을 당하는 건 부당하다 여겨집니다."

그러자 군관들 뒤에 서 있던 한성부 소속 좌윤(左尹, 종2품)이며 검사장급 고위 관료인 김문기(金文起)가 조용하면서도 위압적인 분위기를 뿜어내며 말했다.

"정경(正卿), 자네는 지금 중요한 사건의 참고인이자 혐의자일세. 순순히 동행하는 게 좋을 걸세."

권람의 친척이 김문기의 며느리였기에 둘은 안면이 있었고, 그는 자신이 아는 얼굴이 나오자 체념하면서 넋두리를 내뱉었다.

"어르신께서 친히 여기까지 오시다니. 하, 대체 이게 무슨 사달인지 알 수가 없군요. 알겠습니다. 잠시 의관을 갖출 시간을 주실 수 있겠습니까?"

"그러지."

김문기가 눈짓으로 무관들에게 신호를 보내자, 권람은 감시하에 외출복을 입기 시작했다.

4월에 있을 권제의 제사를 위해 권씨 가문의 가택에 모여 있던 일가친척들이 소란을 듣고 나와 사태를 파악하려 했고, 그 와중에 몇몇은 안면이 있는 김문기를 보곤 애원하기 시작했지만, 김문기는 단호하게 청을 거절했다.

"본관이 이곳에 직접 온 것은 그대들의 사정을 봐주기 위함이 아니오. 어디까지나 나랏일을 하는 이로서 공무를 집행하기 위해 온 것이니, 소란 피우지 말고 이만 물러가시오."

그러자 잠시 의관을 갖추고 군관들과 동행하려던 권람도 침착하게 말을 꺼냈다.

"어머니, 뭔가 오해가 생긴 듯한데, 별일 없을 겁니다. 그러니 다들 들어가 계세요."

"대체 이게 무슨 일이니. 이 어미가 사람을 골라 사귀라고 그리도 당부했건만……."

"죄송합니다. 소자가 본의 아니게 어머니께 불효를 저지르게 되었군요."

그러자 권람의 친척, 권완(權完)의 딸인 권중비(權仲非)가 날카로운 목소리로 외쳤다.

"우리 어르신께서 관아에 끌려가면 무슨 고초를 당할 줄 알고 가게 내버려 둘 수 있단 말입니까. 아버지, 이대로 보고 계실 겁니까?"

그러자 권완이 화들짝 놀라며 소리쳤다.

"얘야! 네가 나설 곳이 아니다."

"이대로 어르신께서 끌려가시면 가문이 풍비박산 날지도 모르는데, 소녀가 어찌 가만히 있을 수 있겠습니까?

그러자 그녀와 가까이 서 있던 이홍위가 말을 꺼냈다.

"이봐요, 아기씨. 여기서 공무를 방해하면 가문에 더 큰 해가 될 거란 거 몰라요?"

하지만 그녀는 이홍위에게 지지 않고 말을 이어갔다.

"일개 주먹 패 두령의 고발로 선량한 사람을 이리 잡아가도 되는 겁니까? 증좌를 먼저 가져와요!"

"증좌라면 내가 직접 확보했으니 나중에 알게 되실 거예요."

"그러니까 그 증좌가 뭔지 알려줘야 할 거 아니에요. 그거 정말 믿을 수 있는 거예요?"

"그걸 혐의자 측에서 알게 되면 어찌 나올 줄 알고 섣불리 공개합니까? 그러니 공무 방해하지 말고 그만 뒤로 물러나세요."

하지만 여전히 증거를 밝히라는 중비의 물음이 이어졌고, 이홍위는 그녀를 상대하다가 지쳐 남이에게 눈짓해서 교대해 달라고 애원했지만 그의 친구는 간절한 신호를 외면해 버리고 말았다.

"대체 이게 뭐 하는 짓인가? 정녕 권씨 가문에서 공무를 방해할 생각이라면 여기 모인 이들을 전부 공범으로 간주해서 추포하겠네!"

결국 김문기의 호통이 떨어지자 권완이 억지로 권중비의 손을 잡아끌고 가버렸고, 권람은 한성부의 관아로 호송되었다.

관아에 복귀한 이홍위는 한숨을 쉬며 혼잣말을 내뱉었다.

"어휴, 관아에서 별의별 사람들을 다 봤지만, 저리도 상대하기 어려운 이는 처음이었네."

그러자 남이가 혀를 내두르며 대답했다.

"그러게 왜 나서서 화를 자초해? 선배 관원들 이야기 못 들었어? 죄인 가족들 상대하는 게 제일 힘들다잖아."

"산남, 어떻게 네가 날 외면할 수 있어?"

"좀 봐줘. 내 너를 위해서라면 얼마든지 목숨도 걸 수 있지만, 여인을 상대하는 건 다른 문제야."

"그래도 그건 좀 아니지."

"상우야, 전장을 휘어잡는 우리 아버지도 어머니한테 꼼짝 못 하고 사시는데, 나라고 해서 뭐 별다른 방도가 있었겠어?"

그러자 홍위가 피식 웃으면서 답했다.

"하긴 나도 어릴 적엔 잘 몰랐었는데, 지금 생각해 보면 우리도 그랬던 거 같긴 해."

동경의 대상인 광무왕이 아들의 입에서 우회되어 언급되자 남이는 의외라는 듯 반문했다.

"그래? 난 그분께서도 그럴 거라곤 상상이 잘 안 가네. 그건 그렇고, 상우 너… 그 처자하고 참 잘 어울리더라."

남이가 홍위를 놀려보려 말을 꺼내자, 최계한도 같이 동참했다.

"그러게, 내가 봐도 천생연분의 한 쌍이었지."

그러자 이홍위는 정색하며 말투를 바꿨다.

"남 갑사, 최 갑사. 쉰 소리 그만하고 공무나 집행합시다. 곧 추국을 준비해야 할 마당에……"

그러자 남이가 능글맞은 웃음을 지으며 말을 잘랐다.

"오, 갑자기 이리 나오는 거 보니 정말로 마음에 둔 거 같은데?"

"그런 거 아니야."

최계한 역시 건수를 잡았다고 생각하곤 남이를 지원했다.

"산남, 상우 얼굴 붉어진 거 봐. 진짠가 본데?"

"아니라고!"

곧이어 세 명이 장난치는 광경을 지켜본 한성부 좌윤 김문기의 호통이 떨어졌다.

"이봐! 지금 한가롭게 농이나 할 때인가?"

그러자 남이가 나서서 소리쳤다.

"죄송합니다! 곧바로 추국 준비부터 하겠습니다."

"자네들, 요즘 임기 말년이라고 기강이 해이해진 건가? 공을 세운 건 세운 거고 근무 태도는 별개의 문제인 거 모르나?"

"소관이 나라의 군무를 수행하는 데 있어 어찌 그런 마음을 품을 수 있겠습니까."

"언제나처럼 말은 잘하는군. 그럼, 말보다 행동으로 보여주게."

"예, 알겠습니다!"

그렇게 상관에게 한바탕 깨지고 난 삼인방은 곧바로 권람의 추국을 준비했고, 추국장에 나선 권람은 자신을 변호하기 시작했다.

"영감, 대체 무슨 말을 듣고 이러시는지는 모르겠지만, 저는 선친의 명예를 걸고 어떤 범죄와도 일체의 관계가 없다고 말씀드릴 수 있습니다."

그러자 추국을 맡은 김문기가 서류를 훑어보곤 말을 시작했다.

"그대는 선친과 사이가 그리 좋지 않았던 거로 기억하네만……. 내 질문에 먼저 답하게. 자넨 죄인 박중원과 무슨 관계지?"

권람은 어머니와 형제들에게 폭력을 행사하던 아버지 권제에게 반항해 가출했고, 그 결과 벼슬에 뜻을 버리고 전국을 유람하며 한량처럼 지냈기에 김문기의 지적에 얼굴이 붉어졌지만, 마음을 추스르고 대답을 시작했다.

"그저 우연찮게 안면을 트고 가끔 술이나 얻어먹는 사이입니다."

"언제부터 그를 알게 되었나?"

질문을 받은 권람은 잠시 생각에 잠겨 있다가 말을 이어갔다.

"주상 전하께서 친히 참여하셨던 마상창 대회를 보러 갔다가 옆자리에 앉아 알게 되었습니다. 대략 십 년이 좀 안 된 것 같군요."

"그럼 혐의자는 지금 죄인 박중원과 오랫동안 교분을 이어가면서 수도 없이 향응을 받았다는 사실을 부정하는 것인가?"

"향응이라뇨……. 그저 술이나 가끔 먹는 정도였습니다."

"죄인의 말은 그대와 다르다. 평범한 술자리에서 시작해 잠자리 시중을 들 여인과 각종 금품까지 상납했다던데."

그러자 권람은 창피한 표정을 지으며 항변했다.

"그… 여인을 몇 번 소개받은 건 사실입니다. 그리고 박 씨가 본래 가난한 양인이라 교제 초기엔 대부분 제가 술값을 썼습니다."

"초기라면 그다음엔 달라졌단 이야기인가?"

"예, 어느 순간부터 그가 부유해진 듯 옷차림도 달라졌지요. 그간 제게 얻어먹은 은혜를 갚겠다며 돈을 쓰긴 했지만, 그에게 금품을 직접 받은 적은 없었습니다."

"그럼 혐의자는 죄인에게 명국 순무대신 한명회의 이야기를 한 적이 있는가?"

권람은 갑작스러운 질문에 의아했지만, 잠시 생각을 정리하곤 자기가 어떻게 잡혀 오게 된 건지 사태를 파악해 침음을 흘리며 대답했다.

"으음… 제가 술에 취해 출세한 친우를 언급하며 자랑한 적이 있는 거 같습니다."

"확실하게 말하게. 같은 건가? 아니면 했다는 건가?"

그러자 권람은 자신도 모르는 사이 지독한 함정에 빠졌다고 생각하며 기어들어 가는 목소리로 대답했다.

"그런 적이 있습니다……."

"자넨 지금 이 일이 얼마나 심각한지 모르는 것 같군."

"행여나 저들이 저와 제 친우의 이름을 팔아 죄를 지었다면… 그건 제 잘못입니다. 압구(狎鷗)에겐 어떤 죄도 없습니다."

"지금 주상 전하께서도 이 사건의 소식을 접하시고 진노하셨네. 선량한 양인들의 고혈을 빠는 주먹 패들과 관련자들을 전부 잡아들이라고 친히 하교하셨어."

김문기는 탁자에 서류를 내려놓고, 옆에 놓여 있던 낡고 작은 책 같은 것을 꺼냈다.

"그리고 한성부 관아의 갑사가 수집해 온 증좌도 있네. 이게 자네를 비롯해 몇몇 사대부 가문 자제들의 이름이 적힌 상납 장부일세. 여기 적힌 이들은 정기적으로 큰돈을 받은 것으로 보이네."

그러자 권람은 진심으로 억울함을 느끼곤 소리쳤다.

"아까도 말씀드렸다시피, 저는 상납 같은 걸 받아본 적이 없습니다. 정말로 억울합니다!"

"차후 조사가 더 진행되면 이 장부의 내용이 사실인지 거짓인지 밝혀지겠지. 오늘의 추국은 이만 마치겠네. 이보게, 혐의자를 옥에 가두게나."

"예, 좌윤 영감."

그렇게 홀로 독방에 갇힌 권람은 자신이 어쩌다 이렇게 되었는지 인생을 돌아보게 되었고, 자신은 죄가 없다고 거듭 다짐하며 무죄를 확신했지만, 일은 그의 생각처럼 흘러가지 않았다.

권람 다음으로 잡혀 온 사대부 가문의 한량들은 정말로 금품을 받은 후 가문의 이름을 팔아가며 도계의 행수에게 힘을 실어주었다는 사실이 밝혀졌으며.

권람은 범죄를 저지른 당사자인 박중원과 함께 대질신문이 이어지자, 자기가 한명회의 이름을 언급하며 자랑한 것이 이 사태의 원인이 되었음을 알게 되어 절망했다.

*　　　　*　　　　*

"그래서 죄인의 처우는 어찌 결정되었는가?"

1458년의 4월, 내가 이번 사건을 담당한 한성부 좌윤 김문기를 천추전으로 불러 묻자, 그가 고개를 숙이며 답했다.

"권람을 제외하곤 다들 자신의 죄를 인정했사옵고, 금품을 받은 이들은 다두로 유배형이 결정되었습니다. 다만, 여죄를 추궁 중인 도계 일당의 처리엔 시간이 좀 더 걸릴 듯하옵니다."

"아직 밝혀지지 않은 죄명이 많은가?"

"예, 작년에 시전에서 벌어졌던 몇 건의 살인 사건 배후에 저들 일당이 관련돼 있을 거라 의심하여 조사를 진행 중입니다."

"그들에게 내릴 형은 정했나?"

"가담한 자에 경중을 따져 주동자와 실행범은 참수형에 처하고, 나머지는 해삼위로 전가사변 하려 하옵니다."

"그런가. 혐의를 부정 중인 권람의 처우는 어찌할 생각인가?"

"비록 장부가 나오긴 했지만, 권람의 재산을 전부 뒤져가며 숨겨진 게 있을까 찾아본 결과, 금품을 받았다는 증좌는 아직 찾지 못했습니다."

"흐음… 그것참 혐의를 입증하기 어렵겠어."

"다만, 도당의 우두머리에게 향응을 제공받은 것은 입증된 사실이니, 그 부분에 중점을 두고 대가성이 있었는지 추궁해 볼까 합니다."

"그런가. 그 부분은 알아서 하게. 한명회는 이 일에 대해 뭐라고 하던가?"

"얼마 전 신이 보냈던 문의에 대한 답신을 받았는데, 광무정난 후 북경에 거주한 지 오래되어 본국에 오지 않았고, 이런 일이 있었는지 모르고 있었다고 했습니다."

"혹시 그가 옛 친우의 선처를 바라고 있던가?"

"아닙니다. 죄가 밝혀지면 법대로 처리해 달라고 했습니다."

"그런가. 잘 알겠네. 자네도 판윤으로 진급을 앞두고 참으로 노고가 많군."

한성부의 판윤(判尹)은 미래에 비유하자면 서울시 시장과 검찰총장을 합친 관직이며, 판서나 정승에게도 비견할 만한 고위직이다.

"신이 마땅한 직무를 행하는 것이 어찌 노고라 할 수 있겠습니까? 또한 판윤의 직급 역시 신에겐 너무 과한 자리가 아닌가 하옵니다."

"그대는 한성부 소윤(少尹)일 적부터 도성의 대소사를 관장했고, 법전에 따라 공정한 판결을 내렸지. 또한 청렴결백한 성품마저 갖추고 있으니, 누구보다 그 자리에 적임이라 할 수 있네."

그는 가진 능력과 성품도 뛰어나지만, 원역사에서 홍위를 복위시키려다가 수양 놈에게 능지처참형을 당했기에 충성심마저 검증된 이기도 하다.

"그저 성은이 망극할 따름이옵니다."

"그건 그렇고 이번 사건을 두고 민심이 어찌 돌아가는지 아는가?"

"신이 시중에 도는 소문을 듣자 하니, 이들이 끼친 해악이 대단했는지 다들 관원들의 공을 칭찬하고 있습니다."

"그런가. 이참에 다른 사특한 패거리들이 발붙이지 못하도록 노력해 주게."

"예, 그리하겠습니다. 하온데… 정말 세자 저하의 공을 내세우지 않아도 되겠습니까? 신이 전하의 명을 받아 세자 저하에게 엄하게 대하는 것도 여전히 어색하기만 하옵니다."

난 홍위의 얼굴을 떠올리자 절로 웃음이 나올 뻔했지만, 자제하면서 평소의 표정을 유지한 채 말을 이어갔다.

"그 아이 혼자서 한 것도 아닌데, 어찌 그럴 수 있겠나. 그리고 조금 있으면 세자가 군역을 마치게 되니 자네의 고충도 곧 끝나지 않겠는가."

그러자 김문기는 안쓰러워 보이는 표정을 지으며 답했다.

"신이 매번 불경죄를 짓는 것 같아 죄악감이 듭니다. 그리고… 그것과 별개로 이번 사건에서 공을 세우신 것도 엄연한 사실이옵니다."

"세자가 작은 공을 세운 건 장계로 보아 대강 알고 있네."

"아니옵니다. 저하가 친히 걸인으로 위장하시면서까지 방심하고 있던 주먹 패의 하수인들을 잡았사옵니다."

"그래 봐야 고작 말단을 잡은 것에 불과하네."

"그렇지 않사옵니다. 그들을 이용해 철저하게 숨어 지내던 두령까지 잡을 수 있었기에, 저하야말로 이번 사건의 일등 공신이라 할 수 있사옵니다."

"그래도 세자의 공을 전면에 내세우면 평소에 성실하게 공무를 보던 다른 이들의 공적도 전부 묻히게 되네. 그러니 이번 사건 수사에 나선 모든 무관에게 상을 내리도록 하겠노라."

"성은이 망극하옵니다. 필시 무관들도 성상의 배려에 감읍할 것입니다."

그렇게 김문기가 물러나자 난 홍위가 자랑스러워 나도 모르게 크게 웃으면서 자리에서 일어나 춤을 추듯 한 바퀴 돌았고, 마침 서류를 들고 오던 김처선에게 그 광경을 들키고 말았다.

"상선… 가져온 건 탁자에 두고 가게나."

난 새로운 단련법이라도 하는 것처럼 돌던 자세에서 발가락에 힘을 주어 정지된 자세를 유지했지만, 소용없었다.

김처선은 다 알고 있다는 듯한 표정으로 미소 지으며 나를 바라보았고, 이어서 말없이 고개를 숙인 채로 물러났다.

그렇게 난 본의 아니게 조선에서 처음으로 발레의 동작을 김처선에게 보이게 되었다.

제3장
섭정

　요 몇 년간 꾸준히 진행하고 있던 서역 원정 준비가 조만간 마무리될 것 같다.

　티무르 직통 항로가 개설되고 난 후, 서역의 정세가 어지럽 다는 명목하에 항구 수비군으로 총합 3만에 가까운 병사들 을 순차적으로 파견했었고, 개중엔 나와 함께 북경을 누볐던 정예군의 다수가 포함되어 있었다.

　해로로 수송하기 부족했던 군마와 보급품은 현지, 즉 티무 르에서 많은 지원을 받았다.

　티무르 왕국의 현 상황은 정예 병사가 부족한 데 비해, 나라의 재정은 부유해서 물자가 넘쳐나는 불균형함의 극치였다.

울루그 벡의 맏아들 압둘의 반란으로 인해 거기에 연루되었던 유력자들과 고위 장군들이 처형되었고, 그들의 사병이나 다름없었던 중간급 지휘관이나 병사들도 연루되어 처벌된 이들이 많았다.

그렇게 반란을 수습하고 나니, 연루될까 두려워한 탈영병이 속출했고 지금은 군사력을 복구하기 위해 노력 중이라고 한다.

울루그 벡은 반역자들의 지지기반이었던 영지나 속국들을 억누르기 위해 조선의 행정제도를 참고해 관료들을 파견해서 반발을 억누르고 있지만, 반란 때문에 숙련병의 수가 대폭 줄어 전력 유지에 차질을 빚고 있다고 한다.

그런 상황에서 형제의 나라나 다름없게 된 조선을 통해 가까운 맘루크와 오스만을 견제할 수 있게 되니, 울루그 벡은 기꺼이 물자 지원을 해준 것이었다.

이제 남은 건 가별초를 포함한 금군과 총통위가 현지에 도착하면 마무리가 될 듯하다.

난 이 부분에 대해 그동안 수많은 회의를 거쳤고, 원정을 반대하는 이들도 꽤 있었지만, 영토 확장에 맛을 들인 대신들의 지지로 분위기가 넘어가고 있었다.

무엇보다 원정의 주적이 명을 공격했던 오이라트라는 점에서 많은 지지를 얻을 수 있었다.

그간 치세의 결과로 많은 나라가 조선 조정에 입조해 조공을 바쳤고, 실질적으로 북명을 대신해서 상국 놀음을 하게 되었으니, 관료들의 인식이나 사고방식이 바뀐 영향이 크다고 할 수 있었다.

다만 친정 의사에 대해선 아직 밝히지 않았고, 적당하게 내세울 만한 명분을 찾으려 고심 중이기도 하다.

그렇게 원정 준비를 하던 중, 군역을 마치고 궁으로 돌아온 홍위는 제일 먼저 내게 문안을 올리러 강녕전에 들렀다.

"세자, 그동안 군역을 수행하느라 노고가 많았다. 이 아비는 네가 정말 자랑스럽구나."

용포를 단정하게 차려입고 내 앞에 앉은 홍위의 모습은 예전과는 달리 차분하면서도 여유가 생긴 듯 보였다.

"망극하옵니다."

난 아버지가 공식 석상에서 내게 보이던 모습을 떠올리며, 근엄한 표정과 말투로 질문을 이어갔다.

"그래. 어떻게 보면 길고, 짧다고 하면 짧을 수 있는 기간이나마 민생을 가까이서 지켜본 소감이 어떻더냐?"

"백성은 군왕이 일방적으로 보듬어주어야 할 대상이 아니라고 느꼈습니다."

"어째서 그리 생각했느냐?"

"소자가 지켜본 이들은 신분이나 가진 것에 따라 입고 있는 옷만 다를 뿐, 안쪽의 사람들의 본성은 크게 다르지 않았습니다."

"계속해 보아라."

"소자가 품고 있던 편견처럼 가진 것이 많거나 신분이 높다 하여 악한 이들만 있는 것도 아니었고, 가진 것이 없다고 해서 무조건 순박하거나 선한 이들만 있는 게 아니었습니다."

"그래, 신분 고하나 가진 재산만으론 인성을 가늠 지을 수 있는 척도가 되지 못한다. 그래서 세자가 내린 결론이 무엇이더냐?"

홍위는 생각을 정리하는 듯 신중해 보이는 표정을 지었고, 이내 대답을 이어갔다.

"소자는 모두가 이해하고 받아들일 수 있는 원칙과 법이 중요하다고 생각했습니다. 또한 나라와 군왕은 백성들의 울타리가 되어주어야 할 뿐, 모두의 삶을 완벽하게 책임질 수 없다는 사실을 깨달았습니다."

"법가의 도를 숭앙하게 되었다는 말이냐?"

"그것은 아니옵니다. 법은 어디까지나 최소한의 지침일 뿐, 그 전에 모든 이가 옳고 그름을 구분할 수 있도록 배우는 것이 우선이 되어야 한다고 느꼈습니다."

어떻게 뭘 해야겠다는 과정이 없고 막연한 이상이라 완전하진 않지만, 한쪽으로 치우치지 않은 사고관을 정립하고 온 홍위가 기특했기에 나도 모르게 웃음이 나왔다.

"그러니. 우리 아들이 군역을 보내며 배운 게 많았나 보구나."

나도 모르게 예전에 아들을 대하던 말투가 나왔지만, 그걸 인지했을 땐 이미 늦었길래 멋쩍게 웃으면서 예전처럼 아들을 대했다.

"하옵고, 또한 소자에게 군역은 새삼 할바마마와 아바마마의 위대함을 알 수 있는 계기가 되었습니다."

"상왕 전하께선 고금에 다시없으실 성군이시니 그렇다 처도, 못난 이 아비를 그리도 높이 띄우니 조금 당황스럽구나. 대체 뭘 보고 그런 이야길 하니?"

"할바마마와 아바마마께선 엄정한 법을 집행할 수 있도록 법전을 편찬하셨고, 할바마마께선 양인들이 최소한이나마 배움의 기회를 얻을 수 있도록 정음을 창제하셨으며, 그것을 온 나라에 널리 알리고 배움의 터전인 소학당을 여신 것이 아바마마이십니다."

"그건 성군이신 상왕 전하의 공이지, 이 아비는 별로 한 게 없단다."

"소자가 궁에서만 지낼 땐 차마 알 수 없었으나, 지금은 알게 되었사옵니다."

"어떤 걸 알게 되었길래?"

"모두가 사소하다고 여기거나 전례가 없어 반대했었던 정책들의 여파입니다."

나도 모르게 아들을 바라보며 웃자, 홍위 역시 슬며시 미소를 띠었고 곧이어 빠르게 말을 이어갔다.

"소자가 만나본 노인들이 말하길, 젊을 적과는 다르게 삶의 질이 좋아졌다고 입을 모아 이야기했습니다."

내 얼굴은 가별초 선발 대회나 여러 공식 행사를 통해 도성의 백성들에게 널리 알려진바, 미복잠행은 포기하고 살았기에 홍위가 해주는 말은 내 궁금증을 자극했다.

"그래? 대체 무슨 이야기들을 들었길래……."

"소자가 만나본 이들이 너무 많아 어디서부터 이야기해야 할지 모르겠사옵니다."

"오늘 예정되어 있던 경연은 물리고, 우리 아들이 겪었던 일들을 한번 들어보고 싶구나."

그렇게 난 아들이 군역 도중 겪었던 민원 처리의 고충부터 시작해서 범죄자를 체포한 무용담 등, 여러 가지 흥미로운 이야기들을 들을 수 있었다.

그렇게 시간 지나가는 줄도 모르고 우리 부자의 이야기가 이어졌고, 아들의 얼굴이 보고 싶어 찾아온 중전 덕에 결국 다음을 기약해야 했다.

하지만 난 이후로도 일정의 틈이 나는 대로 홍위와 같이 붙어 다녔고, 아들의 단련을 손수 지도해 주기도 했다.

난 그렇게 일주일가량의 시간을 보내다가 중전의 침소를 찾았고, 아내가 볼멘소리로 내게 말했다.

"주상께선 세자와 그리도 할 이야기가 많으신 겁니까?"

"중전은 우리 아들이 아비만 찾으니 서운하세요?"

"그럴 리가 있습니까."

"아무래도 그런 것 같은데, 솔직히 말해보세요."

"…모르겠습니다. 요즘 들어 마음이 너무 심란합니다."

"중전의 마음을 중전이 모르면 누가 알아요?"

그러자 아내는 누운 채로 위를 바라보던 고개를 돌려 내게 눈을 맞춘 채 대답했다.

"주상께서 조만간 먼 길을 떠나려 하시는데, 어찌 소첩의 마음이 좋을 수 있겠사옵니까?"

"…눈치채고 있었습니까?"

"소첩이 전하의 반려로 지낸 게 한두 해가 아닙니다. 어찌 모를 수 있겠습니까?"

"역시 중전의 눈은 속일 수가 없나 봅니다."

"소첩은 예전에 전하께서 북경으로 떠나기 전에도 비슷한 느낌을 받았사옵니다."

"그땐 조용히 보내주셨잖습니까."

"예, 전하께서 친히 전장에 뛰어드실 거라곤 차마 상상조차 못 해봤으니까요."

"그래서, 내가 가지 않았으면 좋겠어요?"

"소첩이 어찌 나랏일을 방해할 수 있겠습니까? 분명 전하께선 그러실 만한 사유가 있기에 친정을 결정하셨겠지요."

"언제나 중전에겐 미안한 마음뿐이오."

그러자 아내는 내 가슴을 가볍게 쓰다듬으며 속삭였다.

"제 솔직한 마음 같아선… 오빠께서 가지 못하게 이 침전 안에 가둬두고 싶어요."

예전처럼 둘만의 호칭으로 날 칭한 중전은 조금은 무서운 표정으로 날 바라보았다.

"…중전에게 이런 면이 있을 거라곤 생각 못 했네요."

"소첩은 전하를 처음 만난 순간부터 언제나 홀로 독점하고 싶은 마음뿐이었습니다."

"그랬나요."

"예, 그저 정인에게 미움 받을까 하여 이런 음습한 마음을 숨기고 있었던 것뿐입니다."

내가 어릴 적엔 몰랐지만, 차츰 나이가 들면서 어렴풋하게 아내에게도 숨겨진 면모가 있을 거라곤 예상하긴 했었다.

그러자 아내는 눈가에 이슬이 맺힌 채로 고백을 이어갔다.

자신은 경혜를 낳은 후에도 여전히 내가 총애하던 홍씨를 질투했었고, 그러다 내가 어느 순간부터 자신만을 사랑해 준 것이 그저 좋았으며, 그런 날 실망하게 만들고 싶지 않아 이상적인 현모양처를 보이려 했노라고.

"그걸 지금 와서 밝히는 이유가 뭔가요."

"소첩도 잘 모르겠습니다……. 그저 나이가 들어 변덕이 온 걸지도요. 아무튼 제 본성은 이리도 음습합니다."

난 웃으면서 아내의 이마에 입을 맞추곤 그녀를 위로했다.

"그런 마음은 누구나 품을 수 있다고 봐요. 중전이 질투나 독점욕을 가지고 있다고 한들, 내 마음은 변하지 않아요."

"참말이시옵니까?"

"그래요. 그러니 내 앞에선 마음을 터놓고 지내요."

"그럼… 오늘은 소첩이 원하는 대로 해주실 수 있으시겠습니까?"

"그러죠."

그리고 난 곧바로 그 말을 후회하게 되었다.

*　　　　*　　　　*

조선에서 서역 원정 준비를 할 무렵, 북방 화령의 강역 중 오이라트와 접경해 있는 심양 북쪽에 위치한 방어선의 요지, 백성(白城)에선 화령 절도사 박강(朴薑)이 직속부대를 이끌고 전선을 시찰하기 위해 도착했다.

"대감, 제대로 주무시지도 않고 먼 길을 오시느라 고생하셨을 텐데, 요기라도 하시겠습니까?"

이곳의 책임자이자 연대장급 무관, 백성 만호(白城 萬戶) 김계원(金繼元)이 상관에게 예를 표하며 식사를 권하자, 박강은 고개를 저으며 만류했다.

"되었네. 본관이 여기 온다고 병졸들이 자네에게 들볶였을 텐데, 그런 수고까지 끼치는 건 내키지 않아. 그리고 말 위에서 건량으로 아침 식사는 해결했네."

"고작 건량만 가지고 배가 차겠습니까? 뜨신 쌀밥이라도 한 술 하시는 게……."

그러자 박강은 피식 웃으면서 김계원에게 말했다.

"자넨 밥이 아니면 배가 차지 않는가 보군."

"예, 사람은 아무래도 밥을 먹어야 힘이 나는 법이 아니겠습니까?"

"꼭 그렇지도 않네. 그리고 이곳의 식량 수급 사정 때문에 진중식으로 매일 쌀밥이 나오지 않을 텐데, 혹시 자네만 매 끼니를 밥으로 해결하는가?"

그의 말대로 북방에선 밀이나 귀리, 혹은 최근 몇 년 동안 심양왕 세종 덕에 대풍을 거두고 있는 호밀이 주요 식량이었다.

박강이 질책하는 투로 묻자 김계원은 곧바로 고개를 숙이며 대답했다.

"송구하옵니다. 소관이 이곳의 음식이 익숙지 않아 사비를 들여 쌀밥을 먹고 있습니다."

그러자 박강은 김계원의 어깨에 손을 얹으며 말을 이어갔다.

"본관은 이곳의 유락(乳酪, 치즈)이나 발효한 양젖을 비롯해 여러 가지 북방의 음식에 맛을 들였네. 그러니 자네도 적당히 먹어가며 음식에 익숙해지는 게 나아."

"그게 소관의 입에 잘 안 맞아서 그런지……."

"이곳을 지키는 병사들이 본토 출신만 있는 게 아니잖은가. 여진이나 옛 원국 출신도 많은데, 그들의 마음을 얻으려면 같은 것을 먹고 그래야 하는 법이야."

"예, 대감의 충고 감사드립니다."

"나도 내금위장을 역임하다가 이곳에 부임하고 나서 자네처럼 본국의 생활 습관을 고수하다가 고생했기에 이리 이야기해 주는 것이네."

"그렇습니까?"

"주상 전하께서 친정에 나서셨을 때 진중에서 병사들과 같은 음식을 먹고 손수 궂은일을 하시곤 했는데, 신하인 우리도 본받아야 할 것 아닌가."

"예, 명심하겠습니다."

그렇게 진중 시찰에 나선 박강은 화약의 재고와 더불어 무기 상태를 점검했고, 이어서 성벽을 둘러보았다.

그렇게 시찰이 마무리될 무렵, 갑작스레 신호용 효시의 소리가 들려왔고 이어서 척후대의 전령이 진중에 도착했다.

"설마 달자의 침입인가?"

김계원이 전령의 보고를 확인한 후, 박강에게 들었던 정보에 대해 말했다.

"대감, 와라부(瓦剌部, 오이라트) 소속으로 추정되는 마군 두 무리가 이쪽을 향하고 있다 하옵니다."

"도착 예정 시각은 얼마인가?"

"전령의 말론 반나절에서 한나절 사이 정도로 추측된다고 합니다."

"이제부터 이곳의 지휘권은 본관이 취하겠다. 성문을 닫고 전투준비를 시작하라! 자넨 주변의 거주민들에게 전령을 보내 피신하라고 전하게."

김계원은 고개를 숙이며 대답했다.

"예, 대감의 명을 받들겠습니다."

성안의 주둔군은 난데없는 상황에도 당황하지 않고 갑옷과 무장을 갖춘 후, 화포를 배치하며 전투준비를 마칠 수 있었다.

김계원 역시 박강에게 명령받은 대로 백성 주변에 거주하는 유목민들에게 상황을 알리는 전령들을 보냈다.

백성에서 그렇게 만반의 태세를 갖춘 채 시간이 흘렀고, 가장 높이 떠 있던 해가 조금씩 내려올 무렵 오이라트의 선봉대로 보이는 무리가 성 근처에 들이닥쳤다.

"화포를 준비하라!"

박강이 적 선봉대와의 거리를 가늠하고 발사 명령을 준비할 무렵, 망원경으로 적의 동태를 살피던 김계원이 외쳤다.

"대감, 이적의 사신으로 추정되는 이가 깃발과 손을 흔들며 이곳으로 향하고 있습니다."

"그래? 일단 경계를 늦추지 말라고 전하게."

그렇게 성문 앞으로 다가온 사신은 조금은 어설픈 억양의 조선말로 외쳤다.

"우린 조선의 적이 아닙니다. 귀군에게 투항하겠으니 부디 성문을 열어주시오!"

그러자 김계원이 나서서 물었다.

"대체 뭘 믿고 와라부의 이적 무리를 성벽 안으로 들이라는 건가? 먼저 정체를 밝혀라!"

"우린 오이라트 같은 사특한 이들이 아니라, 대원(大元)의 높으신 분을 모신 이들이요!"

"그럼 그대들의 뒤를 따르는 본대는 뭐지?"

"그건… 우리를 쫓아온 오이라트의 군대입니다."

그러자 판금 갑옷으로 중무장한 채 상황을 지켜보던 박강은 손짓으로 김계원에게 신호를 보낸 후 대화에 나섰다.

"본관이 바로 이곳의 책임자다. 그대가 말하는 높으신 분의 정체부터 밝히지 않으면 투항을 받아줄 수 없노라."

"여기서 그분의 정체가 알려지면 곤란합니다. 어르신! 부디 자비를 베풀어 투항을 받아주십시오."

"정체도 모르는 무리를 성안에 들일 수는 없으니 당장 물러가라!"

그러자 사신이 체념한 듯 외쳤다.

"듣는 귀가 많으면 곤란합니다. 사람을 성 밖으로 보내주십시오. 그러면 말씀드리겠습니다."

"알겠다."

그렇게 판금 갑옷으로 중무장한 박강의 직속 무관 스무 명이 성 밖으로 나섰고, 사신과 대화를 한 후 곧바로 귀환했다.

그러자 그들에게 보고를 들은 김계원이 박강에게 황급하게 달려와 보고했다.

"대감, 저들이 데려온 이가……."

"대체 누군데 그리 호들갑을 떠나? 설마 칸이라도 온 건가?"

"그 말씀이 맞습니다. 원국의 가한(可汗) 탈탈불화(脫脫不花)가 아국에 귀부를 요청했다 합니다."

"뭐?"

에센에게 볼모로 잡힌 채 종마처럼 후손 생산에 전념하던 타이순 칸이 극적으로 탈출해서 조선에 투항하기 위해 이곳까지 온 것이었다.

그리고 타이순 칸이 백성에 들어오고 3시간 후, 그를 쫓아온 추격대가 성 인근에 도달했다.

*　　　　*　　　　*

형식상으론 예케 몽골 울루스의 투먼(만호)이지만, 실상은 몽골을 장악한 오이라트의 군주, 에센의 최측근이자 안다(의형제)이기도 한 소로는 전혀 생각지 못한 상황에 당황하고 있었다.

카라코룸에 유폐되어 있던 허수아비 칸이 탈출한 소식이 서역에서 전쟁을 치르는 중인 의형 에센에게 알려지면 경을 치다 못해 목이 달아날 판이었다.

일전에 정통제를 호위하다가 광무왕이 이끄는 군대에 대패하고 포로가 되었던 자신을, 에센은 북경에서 포로가 되었던 알락이나 바얀과 함께 송환받으려고 협상에 임했었다.

그렇기에 소로는 언제나 에센에게 감사하고 있었으며, 예전 같은 실수를 하지 않기 위해 기를 쓰고 추격했지만, 하필이면 칸의 일행이 달아난 곳이 조선의 국경 요새 백성이었던 것이다.

소로는 본대를 백성에서 멀찌감치 물리고 싸울 의사가 없다는 것을 보인 채, 측근들과 함께 성벽 앞으로 접근했다.

그리고 그는 광무왕에게 잡혀 포로가 되었던 당시 강제로 익혔던 조선말을 이용해 크게 소리쳤다.

"조선의 장수는 들어주시오! 우린 귀국과 싸울 의도가 전혀 없습니다."

그러자 성벽 위에 책임자인 듯한 이가 나타나 소로에게 외쳤다.

"적장은 정체를 밝혀라!"

"저는 원국의 만호, 소로입니다!"

그렇게 소로가 자신의 신분을 밝히자 그는 조금 낯익은 철갑으로 무장한 상대에게 의외의 말을 듣게 되었다.

"이것 참 오래간만이오, 소로 공."

"귀공께선 저를 아십니까?"

그러자 상대가 면갑의 가리개를 열었고, 소로는 유목민 특유의 출중한 시력을 이용해 멀리서나마 상대의 얼굴을 확인할 수 있었다.

"본관은 광무왕 전하의 내금위장이었던 박강이오. 귀공께서 배웠던 예법이나 말을 잊지 않고 계신 듯하니 기쁘기 그지

없소."

소로는 포로가 되었던 당시 멋도 모르고 광무왕에게 무례를 저지르다가, 당시 도원수였던 이징옥과 대결에 패하곤 군자의 예법을 강제로 주입당했었다.

그 결과 소로가 포로 시절 동안 익힌 조선말은 전부 존댓말이 되었으며, 포로 생활은 그에게 씻을 수 없는 치욕이자 잊고 싶은 과거기도 했다.

소로는 자신이 뭣도 모르고 광무왕에게 무례를 저질렀을 때 이징옥과 함께 달려들어 자신을 죽이려 들던 박강을 기억하고 있었기에 자신도 모르게 위축되어 한층 더 공손한 태도를 보였고, 측근들은 상관의 모습을 보곤 따라서 고개를 숙였다.

"대감, 하찮은 패장의 이름을 지금까지 기억해 주시니 참으로 영광입니다. 오늘 제가 여기까지 온 것은 다름이 아니라 아국에서 중요한 죄인이 도망쳐서 그를 쫓아온 것입니다."

그러자 박강이 큰 소리로 외쳤다.

"사정은 알겠지만, 그대가 말하는 죄인은 아국에 귀부를 요청했으니 귀공의 말만 듣고 섣불리 내어 줄 수는 없겠소이다."

소로는 이미 박강이 칸의 정체를 알게 되었다고 짐작해서 절망했지만, 포기하지 않고 외쳤다.

"귀국에서 죄인을 받아들이신다면 간신히 화평을 유지 중인 양국 간에도 문제가 될 수도 있습니다. 부디… 다시 한번 생각해 주시겠습니까?"

"지금 공께선 감히 아국을 겁박하려는 게요?"

"아닙니다. 어찌 일개 만호에 불과한 소장이 조선국을 겁박할 수 있겠습니까. 그저 불미스러운 일이 생길 수도 있다고 이야기한 것뿐입니다."

박강은 티가 나지 않게 코웃음을 치곤, 자신만만한 표정으로 답했다.

"이 일은 본관의 선에서 감당할 수 없는 문제요. 어디까지나 주상 전하께 인가를 받은 후 처리해야 할 안건이오."

"그렇습니까? 그렇다면 광무왕 전하께 답을 받을 때까지 소장이 여기서 기다리겠습니다."

"비록 본관이 그대와 안면이 있다고 한들, 그건 용납할 수 없소이다. 당장 군사를 물리지 않으면 이후 일어날 사태는 공도 쉽게 짐작 가능하리라 여겨지오."

소로는 지금 상황이 어떻게 흘러가든 자신은 이 사태에서 책임을 피할 수 없다는 사실을 깨닫고 절망했다.

'만약 여기서 내가 군사를 물리지 않으면, 이걸 계기 삼아 전면전으로 번질지도 모른다. 서역에서 전쟁 중인 안다께서도 혹시 모를 조선의 개입을 언제나 경계하셨으니……. 어쩔 수 없군.'

현재 오이라트는 에센이 동방 정교회로 개종하곤 모스크바를 비롯해 분열되어 있던 칸국을 흡수한 채 내실을 다지는 중이었으며, 그들의 확장을 경계한 오스만과 장기전에 돌입한 상황이었다.

또한 에센은 유럽을 기반 삼아 중원을 다시 도모할 만한 힘을 키우고 자신에게 대패를 안겼던 광무왕에게 설욕하여 원 태조 칭기즈칸을 뛰어넘는 걸 일생의 목표로 삼았다.

그런 이유로 오이라트엔 내실을 다질 시간이 필요했고, 사정을 익히 알고 있는 소로는 여기서 의형의 발목을 잡을 순 없다고 생각했으며, 자신이 죽게 되더라도 어쩔 수 없다는 결심을 하곤 박강에게 대답했다.

"그럼 귀공의 제안대로 군사를 무르겠습니다."

"잘 생각했소."

"다만 소장도 후방의 요지에 자리 잡고 광무왕 전하의 답을 기다리려 합니다. 그 정도는 허락해 주실 수 있겠습니까?"

"혹시 이곳에서 2백 리 떨어진 곳에 지어둔 목책 더미를 말하는 것이면, 그 정도까진 허용하겠소."

박강은 오이라트 측이 나름대로 옛 금나라의 요새 터를 이용해서 지어둔 주둔지의 조악함을 비꼬며 목책 더미로 비하했지만, 소로는 마음이 다급해져 그 뜻을 알아채지 못한 채 박강에게 고개를 숙였다.

"대감의 배려에 감사드립니다."

그렇게 백성에서 물러난 소로는 수하들에게 지시했다.

"혹시 모르니 이 근방에 척후를 대량으로 투입하고, 전황을 파악하도록. 그리고 언제든지 출병할 수 있는 태세를 갖춰야 한다."

"예, 그리하겠습니다."

그렇게 양국 군대 간의 대치가 시작되었고, 화령 절도사 박강은 도성으로 급하게 전령을 보내며 힐성(頡城, 하얼빈)에 머물던 자신의 직속기마대 5천을 백성으로 불러들였다.

*   *   *

오이라트군의 척후병 사르타크는 동료 토고와 함께 백성 주변을 감시하는 임무를 맡아 움직이고 있었다.

"이봐, 조선의 척후들도 지금쯤 멀리서 우릴 지켜보고 있겠지?"

사르타크는 끝도 없이 광활한 초원을 살피다가 토고에게 물었다.

"아마도 그렇겠지. 난 직접 보진 못했고 소문만 들었는데, 조선의 척후병들은 막대 같은 걸 이용해서 우리보다 더 먼 거리에서 목표를 포착한다고 하더라."

토고가 양의 위장으로 만든 물주머니에서 입을 떼며 답하자, 사르타크는 한숨을 내쉬며 답했다.

"하아, 난 중원의 수도에서 그런 막대를 들고 우릴 바라보던 놈을 직접 본 적 있어. 중원의 허약한 놈들을 초원으로 유인해서 상대할 땐 우리가 그들을 일방적으로 관찰하던 입장이었건만 어쩌다가……."

"쓸데없는 소리 그만하고, 앞이나 쳐다봐."

"이러다가 조선하고 다시 싸울까 봐 겁이 나. 그것만큼은 영 내키지 않는데……."

"아, 그러고 보니 넌 명의 수도에서 가까스로 탈출했었다고 했었지? 대체 어땠길래 그래?"

"너처럼 후방에서 편하게 지내던 놈은 상상조차 할 수 없을 걸. 거기야말로 라마의 구루가 말하던 아수라장이나 다름없었어."

라마교(喇嘛敎, 티벳 불교)의 신자인 사르타크가 자신이 아는 상식선에서 비유하자 그쪽에 관심이 없던 토고는 고개를 갸웃거렸다.

"그렇게 말한들 잘 상상이 안 가는데……."

"처음엔 우리 군대가 중원 천자를 사로잡고 나서 그놈들의 성벽을 무너뜨렸고 허약한 중원 놈들을 손쉽게 제압했지. 타이시께선 황성을 점령하고 약탈을 허락했었단 말이야. 그때만 해도 전쟁이 끝난 줄 알았지."

사르타크는 얼굴을 찡그리며 말을 이어갔다.

"그런데… 다 끝났다고 생각한 순간 그놈들이 나타났어."

"조선군 말이야?"

"그래, 그놈들이야말로 야차나 다름없었지. 우리가 성을 공격해서 무너뜨릴 땐 마냥 신이 났었는데 그 반대가 되니 정말이지……. 우리에게 당한 중원 놈들의 심정이 이해되더라고."

"대체 어땠길래?"

"나와 같이 성벽 위를 사수하던 동료들……. 함께 살아남자고 떠들던 녀석이 내 앞에서 팔 한쪽만 남기고 흔적도 찾을 수 없이 날아갔지."

"…그 정도야?"

"그래, 조선의 화포 공격은 정말 끔찍했어. 화포에 직접 당하지 않아도 부서지는 성벽의 파편에 맞아서 죽거나 다치는 이들이 한둘이 아니었고."

"우리가 빼앗아 쓰던 화포가 꽤 있었을 텐데, 그건 어쩌고?"

"물론 우리도 나름대로 반격했지. 그런데… 흙을 잔뜩 채운 주머니 같은 걸 성벽처럼 쌓아서 방어하더라. 결국 우리도 그걸 따라 해봤지만, 다른 문제가 생겼어."

"무슨 문제?"

"그놈들이 뭔가 알 수 없는 화포를 쏘더라고."

"어떤 걸?"

"우리가 쓰는 건 둥글게 깎은 돌이나 잡석 쪼가리, 혹은 커다란 철환을 날리는 거였는데……. 조선 놈들은 그것과 다르게 날아온 철 덩어리가 터지면서 우릴 공격했어."

"그래서 성벽이 돌파된 거야?"

"그래. 그런 공격을 받으면서 시간이 점점 흐르니까 화포를 조작하던 인원들도 줄었고, 일방적인 공격을 당하니 우리가 먼저 무너뜨린 채로 간신히 유지하고 있던 성벽이 일제히 붕괴해 버렸어……. 그 광경은 정말이지 말로 표현하기 힘드네. 그리고 그땐 정말 운 좋게 살아남았지만, 그다음도 문제였어."

"무슨 일이 있었는데?"

"무너진 성벽을 확보한 조선군이 웬 수레 같은 걸 끌고 오더니 그걸로 우리에게 꺼지지 않는 불벼락을 내리더라. 그때 동료들이 타 죽던 냄새는 아직도 잊혀지지 않아."

"…그런 데서 살아남은 네가 새삼 대단하게 보인다."

"그게 끝이 아니야. 거기서 패주한 채 정신없이 도망치다가 황성에서 퇴각하던 타이시의 부대에 합류하게 되었는데……. 거기서 사람의 형상을 했지만, 사람이 아닌 걸 봤어."

"누굴?"

"그땐 누군지 몰랐었는데. 나중에 높으신 분들이 그가 조선의 왕이라고 하더라."

"아… 그 소문이 정말이야? 조선의 왕은 키가 8척(2.4m)이 넘는 데다, 화살이나 병기도 전혀 통하지 않고 맨손으로 우리 전사들의 몸통에서 목을 잡아 뽑고 그런다는 게?"

"아니, 그건 조금 과장된 소문이고……. 키는 한 6척(1.8m) 정도 되겠다. 그리고 그분의 싸움은 뭐라고 설명해야 할지 모르겠네."

"아깐 사람이 아니라더니, 이젠 그분이라고 하는 거냐? 대체 어떻길래……."

"나도 내 이런 마음을 잘 모르겠다. 너도 그 광경을 직접 봤으면 이해할 텐데, 아무튼 잡담은 그만하고 주변이나 살피자."

토고는 어느새 그의 이야기에 빠져들었고, 척후 임무에 집중하라고 핀잔을 주었던 사실마저 잊고 다음 이야기를 재촉하기 시작했다.

"좀 더 듣고 싶은데, 그리고 주변에 아무도 없잖아."

"이야기하다 보니 기분이 좀 그런데, 어쩔 수 없……."

하지만 그의 말은 더 이어지지 않았다.

어디서 날아왔는지 모르는 짧은 화살이 그의 목을 꿰뚫었고 북경에서도 질기게 살아남았던 목숨이 결국, 이름도 모를 초원에서 지게 된 것이었다.

"사르타……! 컥."

동료가 공격당한 모습을 보고 놀란 토고의 외침도 길게 이어지지 않았다.

사르타크의 목을 꿰뚫은 것과 같은 화살이 뒤이어 그의 목을 명중시킨 것이었다.

두 명이 조금의 시차를 두고 말에서 떨어졌고, 그들이 움직이지 않게 되자 좌측면 후방 20미터가량 떨어진 곳에서 풀이 움직이기 시작했다.

평범한 초원의 바닥처럼 보이던 장소는 구덩이를 판 뒤 윗부분을 풀로 씌운 뚜껑을 덮어둔 곳이었다.

그곳에서 온몸에 진흙과 검댕을 발라 위장한 채 시체를 향해 석궁을 겨눈 상태로 기어 나오는 두 명의 사내가 있었다.

"성공입니다. 여기서 숨어 있던 보람이 있네요."

얼굴을 잘 알아볼 수는 없지만 목소리가 젊은 사내가 말하자, 중후한 목소리를 지닌 쪽이 대답했다.

"그래, 밥도 제대로 못 먹고 한나절 넘게 아무것도 없는 초원을 지켜보다 허탕 치는 게 아닌가 했는데 용케 걸려들었어."

"척후장(斥候將), 저놈들이 뭘 가졌는지 소관이 확인해 보겠습니다."

"아니, 그에 앞서 확실히 죽었는지 확인하는 게 우선이지. 자넨 교육받은 걸 잊었는가?"

"송구합니다."

"그리고 활동 중엔 직급으로 부르지 말게."

"…명심하겠습니다."

"만약 공명심으로 군무를 그르치면, 자네의 본래 신분으로도 면피될 수 없음을 상기하게."

"그건 잘 알고 있습니다."

"그래, 알아들었으면 되었네."

그렇게 두 명은 주변을 살피며 조심스럽게 접근해 목표가 죽었는지 확인을 마쳤고 소지품을 확인했다.

"별다른 문서 같은 건 없군. 지도 같은 것도 없고……. 이대로 흔적을 지우고 시체를 가지고 귀환해야겠어."

"예, 저들의 말을 타고 귀환하실 겁니까?"

"그래, 바로 집결지로 퇴각한다."

그렇게 노획한 말을 타고 백성 인근의 척후병 집결지로 돌아온 두 명은 상관에게 임무 보고를 마친 후, 쉴 수 있게 되었다.

"자준(子濬), 오늘이 첫 실전 투입이었는데 소감이 어떻던가?"

"소관이 실수를 여러 번 했으니… 소감이랄 것도 없습니다."

"뭐 결과적으론 문제가 되진 않았으니, 앞으로 실수하지 않으면 되네. 그리고 아깐 자네의 첫 임무니까 엄히 대한 거니, 너무 마음에 담아두지 말게나."

그러자 자준이라 불린 사내가 웃으면서 답했다.

"아닙니다. 소관이 공명심에 눈이 멀어 조급해져 있었습니다. 척후장께서 일깨워 주시지 않았으면 근시일 내에 큰 실수를 했을 수도 있지요."

"그건 그렇고 자네 정도면 이런 데 말고 편한 데서 근무할 법도 한데… 참 독특해."

"소관이 변방에서 근무하는 건 조부의 뜻입니다. 그리고 제 웃어른께서도 모범을 보이는데, 저따위가 뭐라고 편하게 지낼 수 있겠습니까."

"그런가……?"

"예, 그러니 앞으로도 엄하게 지도해 주시지요."

"알겠네."

그렇게 백성에서 척후 갑사로 근무하던 상왕 세종의 손자이자 주상의 조카이기도 한, 구성군(龜城君) 이준(李浚)은 직속상관 최세호(崔世豪)와 함께 다음 투입을 위해 휴식에 들어갔다.

또한 뒤이어 임무를 마친 척후대원들이 속속들이 귀환했으며, 그들의 뒤를 이어 후속 척후대가 현장에 투입되었다.

그렇게 양군이 대치를 시작하고 일주일의 시간 동안 오이라트 쪽에서 투입한 척후병들이 흔적조차 남기지 않은 채 일방적으로 제거되어 갈 무렵, 도성에는 화령 절도사 박강이 보낸 전령이 장계를 가지고 도착했다.

난 북방에서 온 장계를 받은 후 급하게 회의를 소집했고, 현 상황을 간단하게 설명한 뒤에 회의의 주제에 대해 운을 떼었다.

"앞서 말한 것과 더불어 화령 절도사 박강이 북방에서 보낸 장계에 적혀 있길, 원(元)의 군주가 아국에 귀부를 요청했고 오이라트의 군대가 그를 추격해서 양군이 대치 중이라 하네. 대신들은 이에 대해 어찌 생각하는가?"

그러자 영의정 황보인이 내게 답했다.

"타국의 군주가 아국에 귀부(歸附)를 요청한 것은 전례가 없사옵니다만, 어려운 이를 외면하는 것도 대국이 보일 만한 태도가 아니라 보입니다. 그러니 귀부를 받아들이시옵소서."

이젠 자연스레 조선을 대국이라 칭하는 황보인의 말이 끝나자, 형조판서인 이계전(李季甸)이 내게 고개를 숙이며 말했다.

"무릇 군자로서 어려움에 처한 이를 돕는 건 가당한 처사지만, 서역을 어지럽히는 달자 무리를 징치하려는 아국의 계획이 새어 나갈 수 있사옵니다."

그러자 황보인이 다시금 말을 이어갔다.

"원국 태조의 핏줄을 이은 군주가 귀부하면 달자를 징벌하기 위해 출병하는 것에 대해 좋은 명분이 되어줄 것이옵니다. 그러니 칸의 귀부를 받아들이시옵소서."

그렇게 황보인과 이계전을 중심으로 찬반이 갈렸고, 여러 의견이 오갔다.

그러던 중 좌의정 김종서는 아국의 국경을 침범한 저들에게 본을 보여야 한다며, 계획한 것 이상의 확전을 주장했고, 거기에 반박하는 이들이 나와 졸지에 칸의 귀부보다 전쟁 그 자체에 대한 논의가 되어버렸다.

가만히 듣고 있던 난 손을 들어 소란스럽던 편전을 침묵시켰고, 곧바로 대신들의 시선이 내게로 집중되었다.

"이번 원정의 목적은 서역에 자리 잡아 세를 회복 중인 달자들이 훗날 아국이나 중원을 넘보지 못하게 하며, 형세가 어지러운 티무르를 안정시키는 것이었네."

원정의 실질적인 이유는 북명과 남명의 대치 구도를 오랫동안 유지하기 위해선 오이라트가 북명의 위협으로 남아주어야 하니 에센을 원위치로 돌리는 것이긴 하지만, 다른 목적 역시 그 과정에서 이뤄질 일이기도 하다.

"또한, 장계를 보니 원국의 군주 타이순 칸은 지난 전쟁에 반대했었고, 결국 전쟁이 끝나고 난 후 싸움에 패해 에센에게 유폐되었었다고 하네. 내 비록 그와는 교류한 적이 없다곤 하나, 가슴이 아픈 일이 아니라 할 수 없노라."

타이순 칸은 박강을 만나 그동안 자신이 당했던 횡포에 대해 말하며 분노했다지만, 에센은 칸의 후손이 끊기지 않게 하기 위해 후궁들을 보냈다고 하니, 내가 보기엔 처우가 나쁘지 않았다.

당사자는 그 일을 두고 고귀한 핏줄인 자신이 종마 취급을 당했다며 길길이 날뛰었다지만, 정통제가 친정 당시 동행했던 후궁이나 궁녀들을 모두 에센에게 빼앗긴 것도 모자라 그가 보는 앞에서 겁탈했던 것에 비하면 별것 아니었다.

원역사에서 타이순 칸은 에센에게 잡혀 가차 없이 목이 잘렸고, 왕실 족보를 비롯한 몽골 황실의 자취가 남아 있던 모든 기록이 말살되었으며 황금 씨족마저 몰살당했기에 지금은 상당히 좋은 대우를 받았다고 할 수 있다.

난 그렇게 떠올리던 생각을 정리한 후, 다시금 본래 목적했던 말을 꺼냈다.

"그리하여 칸의 귀부를 받아들이겠다. 또한 중원을 어지럽힌 것만으로도 큰 죄를 지었는데, 반성하지 못하고 자신의 군주를 능멸한 난신적자(亂臣賊子), 오이라트 에센에게 친히 벌을 내리고 달자들을 교화하겠노라."

내 말이 끝나자 편전 안은 진천뢰라도 떨어진 것처럼 소란스러워졌다.

　　　　*　　　　　　*　　　　　　*

　갑작스러운 내 말에도 몇몇 노신들은 내심 짐작하고 있었
는지, 별로 놀랍지 않아 보였다.

　이후 그렇게 친정을 두고 대신들의 갑론을박이 벌어졌고,
내 마음을 돌리려 노력하는 신료들은 열변을 토하기 시작했
다.

　내가 서역 친정을 결심한 것은 생소한 종교나 이해관계가
얽힌 복잡한 전황과 정세를 조율할 만한 이가 없기 때문이었
다.

　그렇게 신료들의 입에서 원정군을 맡을 여러 장수의 이름
이 거론되기 시작했다.

　"주상 전하, 현재 아국엔 맹장이나 지장들이 즐비하옵니다.
그러니 옥체를 보존하시고, 부디 다른 이를 보내소서."

　사관학교 교과서인 역대병요(歷代兵要)와 병장도설(兵將圖說)의
저자이자, 그 공으로 민신(閔伸)의 뒤를 이어 병조판서가 된 하
위지(河緯地)가 나를 설득하려 입을 열었다.

　"병판이 말하는 맹장과 지장은 누구를 지칭한 것인가?"

　"원정 함대 해사제독 최광손이나 요동 절제사 남빈이 그 조
건에 부합한다고 여겨지옵니다. 또한 다른 이들도 그에 못지
않은 이들도 있사옵니다. 우선……."

난 장수들의 이름을 열거하려는 하위지의 말이 길어질 것 같아 빠르게 끊었다.

"경이 거론한 둘을 제외하면, 실전을 겪어본 이가 별로 없으니 논할 필요가 없도다."

"실전 경험이라면 구주의 삼지부사(三池府史) 정상현도 그들에 비교해 떨어지지 않는다 생각하옵니다만… 정 뜻이 그러하시다면 그 둘 중 한 명이라도 발탁해서 도원수로 삼으시옵소서."

역청탄 생산지이며 지금은 주요 항구인 삼지촌을 담당하는 무관 정상현도 동소로의 난과 이만주 정벌, 뒤이어 대마도와 구주 정벌에서 공을 세웠으나… 이제 그의 나이도 어느새 예순이 넘었다.

"병판이 언급한 이들이 맡은 임지와 직책이 가볍지 않다는 걸 알고 있을 텐데. 그들의 빈자리를 대신할 만한 이는 있고?"

"당장 떠오르는 이는 없지만, 분명 그들을 대신할 만한 이가 있을 것이옵니다."

"해사제독 최광손은 광무함의 선장이며, 남방 항로의 안전을 책임져야 하는 중요한 인물이니 그를 도원수에 임명할 수는 없노라."

"광손의 장형, 숙손이 구주 정벌 당시 많은 실전을 겪었으니, 그의 동생에 비견할 법하다고 보입니다."

"그는 티무르에 주둔 중인 함대의 수군절도사이며 이번 원정군의 한 축인 것을 모르는가?"

"그러면 이참에 그를 도원수로 삼으심이……."

"그가 해전엔 능하다곤 하나, 육전은 별개의 문제네. 그가 뭍에서 실전을 겪어본 건 아비 최윤덕이 이만주를 토벌하러 나섰을 때, 종사관으로 종군한 것이 전부이니라."

"그럼 요동 절제사 남빈을 도원수로 임명하소서. 신중한 성품을 지닌 그라면 능히 중임을 맡을 수 있을 것이옵니다."

"그것도 불가하다. 심양엔 상왕 전하께서 머물고 계시니, 요동 절제사는 심양을 방어하는 게 최우선 임무이며 그보다 나은 이를 찾기 어렵다."

그렇게 말문이 막힌 그는 곧바로 다른 논리를 꺼냈다.

"전하, 솔직히 고하자면… 신의 미욱한 머리론 도저히 이해가 되지 않사옵니다."

"어떤 부분이 이해가 가지 않는가?"

"광무정난은 명국의 천자를 구하기 위함이란 명분이 있었기에 신이 이해할 수 있었지만, 지금은 그런 명분도 없사옵니다."

그는 심호흡한 후, 비장해 보이는 표정을 짓고 말을 이어갔다.

"또한 전하께서 아뢰신 장수들이 중요하다곤 하나 주상 전하의 안위보단 중요할 수 없는 법이며, 세상의 어느 누구도 전하를 대신할 수 없사옵니다. 또한, 이 많은 인력과 재화를 들여가며 그 먼 곳까지 가서 싸워야 하는 명분이 무엇인지 신이 알 수 있겠사옵니까?"

"일전에 논의를 거치며 충분히 설명되었다고 생각했건만…… 그럼 그대와 다른 대신들을 위해 직설적으로 말해주지. 이건 어디까지나 이 나라 조선의 미래를 위해서네."

"어떤 미래를 말씀하십니까?"

"자네나 다른 대신들도 익히 알고 있겠지만, 중원이 여러 나라로 분열되고 나서 가장 큰 수혜를 본 곳이 어디라고 생각하나?"

하위지는 그런 내 물음에 전쟁 전의 사대부나 관료라면 차마 내놓지 못할 만한 솔직한 심정을 털어놓았다.

"…본국이옵니다."

"그렇지. 그럼 천하대세(天下大勢) 분구필합(天下大勢) 합구필분(合久必分)의 뜻은 아는가?"

"천하가 나뉘어져 있으면 필히 합쳐지게 되며, 합쳐져 있다면 반드시 나뉘게 된다는 뜻으로 알고 있습니다. 신도 정음으로 번역된 삼국지연의를 읽은 바 있사옵니다."

"그런가, 알고 있다니 잘되었군. 그럼 분열된 명국이 지금 다시 합쳐져야 하겠나?"

그는 한참을 갈등하는 듯한 표정을 짓다가 이내 고개를 숙이며 내게 답했다.

"그렇지 않사옵니다."

"물론 앞서 말한 대로 언젠간 다시 합쳐질 날도 오겠지. 하지만 그 기간을 최대한 늘려야 하지 않겠나."

"혹시 주상께선 이번 원정을 이용해 중원을 도모하려 하십니까?"

"아니, 지금은 그럴 생각 없네. 다만 중원 그 자체에 지지 않도록 이 나라 조선을 크게 키울 생각이지. 그러려면 지금과 같은 구도가 최대한 길게 유지되어야 하네."

하위지를 비롯한 반대파들은 내 말이 어느 정도 이해가 되었는지 엷은 한숨을 내쉬었지만, 여전히 내 친정을 받아들이기 어려운 듯 보였다.

"전하께서 아뢰신 바를 신이 짐작건대, 현 정세에서 아국은 내실을 다질 시간이 필요하다는 뜻이옵니까?"

"그래, 오이라트를 비롯한 북방의 달자는 북명이 우리에게 의존하게 만드는 위협적인 존재가 되어주어야 하네. 지금처럼 서역에서 자리를 잡은 것은 아국에 도움이 되지 않네."

"그런 취지는 공감하오나, 전하의 의도대로 되지 않을 가망도 있는 데다 분명 다른 방법도……."

난 그의 말을 자르며 빠르게 말을 이었다.

"그리고 만약 이대로 달자들이 서역에 자리 잡는다면 힘을 키워 우리와 명국에 설욕하려 들 테니, 그리되기 전에 이적의 힘을 빼서 북쪽으로 쫓아버려야 하네."

"그 말씀에도 공감하오나… 부디, 주상의 안위를 생각하여 다른 이에게 맡기면 안 되겠사옵니까?"

"이적의 수괴 에센에 대해 나보다 잘 아는 이가 있는가? 또한 오이라트의 전력 역시 예전과는 다르다. 서역을 정벌해서 전보다 큰 세력을 일구었는데, 어찌 가만히 있을 수 있겠는가?"

난 편전에 모여 있는 대신들을 둘러보며 말을 이어갔는데, 나도 모르게 피가 끓어오르는 기분이 들었다.

"일찍이 이 나라 조선을 건국한 태조 대왕마마께서도 불패의 명장으로 수없이 많은 전장을 누비셨고, 나 또한 그분의 증손으로 무장의 피를 이은 몸이네."

"하오나 태조 대왕께서도 보위에 오르신 후, 전장에 나선 적은 없사옵고 상왕 전하나 선대왕 전하께서도 마찬가지시옵니다. 그러니 친정에 대해선 좀 더 숙고하시는 게 어떨지요."

사실 그건 아니지, 다들 알고는 있지만 외면하는 사실을 언급해 줘야겠네.

"내 조부 태종 대왕께서도 조사의가 난을 일으켰을 때 친정하시어 군을 이끄셨고, 나 또한 광무정난 당시 친정에 나섰으니 전례가 없는 건 아니네."

"…듣고 보니 그 말씀도 지당하시지만, 이역만리 서역까지 친림하시는 건 다른 문제라 여겨지옵니다."

그렇게 말로는 날 이해한다면서 계속 처음으로 돌아가는 되돌이표를 보자, 나도 모르게 살짝 짜증이 나 엉뚱한 말이 튀어나오고 말았다.

"그만, 거기까지 하게. 싸우는 데 있어서 무슨 이유가 더 필요한가? 적이 거기 있기에 싸우는 거지."

"……."

결국 이제껏 내세우던 이성을 배제한, 내 지극히 무장다운 감성의 대답에 하위지는 말문이 막혔나 보다.

하위지가 말문이 막히자 무관들은 내 대답이 무척 인상 깊었는지 고개를 끄덕거리며 흡족한 표정을 지었으며.

하위지를 비롯한 문관들은 황당한 표정을 숨길 수 없는지 관복의 소매로 얼굴을 가리고 말았다.

"경은 더 할 말이 있는가?"

"없사옵니다……."

"그럼 칸이 귀부한 사실은 대외에 비밀에 부치고, 기회를 봐서 백성에서 가까운 심양으로 거처를 옮기도록 하지."

그렇게 칸이 귀부한 사실은 극비리에 부쳐졌고, 그와 동시에 친정이 결정되었다.

난 화령 절도사 박강에게도 칸의 심양 호송과 작전 지침이 담긴 전령을 보냈다.

거기엔 선제공격을 자제하고, 최대한 대치를 오래 끌면서 저들의 시선을 그쪽으로 돌리라는 지시가 적혀 있었다.

그리고 내가 직접 이끄는 가별초와 금군은 한 달 후 도성에서 출발해 북명과 오이라트의 국경지대이자 완충지대로 비워둔 내몽고(內蒙古)로 진군이 결정되었으며, 배편을 통해서 티무르로 파견된 총통위와 보병들은 현지에서 합류하기로 정했다.

난 그렇게 출정 준비를 하며 보급로인 천산 북로, 즉 비단길의 북쪽 경로를 점령할 계획을 짜기 시작했다.

그렇게 작전을 짜던 중, 내가 친정에 나선 사이 국정을 대신할 이를 세워야 한다는 것을 떠올리며 잠시 고심했지만, 그 고민은 길게 이어지지 않았다.

*   *   *

"아바마마, 부디 명을 거두어주시옵소서!"

지금 홍위의 주변엔 스무 명 정도의 관료가 꿇어앉아 석고대죄 하며, 아들의 말을 따라 외치고 있었다.

"부디 명을 거두어주시옵소서!"

내 집무실인 천추전에서 홍위가 선창하고 관료들이 뒤따라 외치는 상황이 1시진 정도 이어질 무렵, 난 사전에 저장된 위성지도를 보던 것을 멈추고 밖으로 나섰다.

"세자는 어찌하여 이 아비의 명을 거역하려는 것이냐?"

"미욱한 소자가 감히 주상 전하를 대신하여 국정을 돌보는 대리청정을 할 수 있겠사옵니까? 또한 소자는 아직 나라를 이끌 만한 역량이나 연륜이 되지 않았으니 부디 통촉하여 주시옵소서."

그러자 관료들이 뒤따라 외쳤다.

"통촉하여 주시옵소서!"

그렇게 이야기를 시작한 홍위는 여러 가지 명분을 내세워 가며 명을 거두어달라고 애원했고, 이윽고 자기 할아버지를 두고 자신이 나라를 맡을 수 없다며 명령을 거부했다.

홍위는 군역을 겪는 동안 말주변이 좋아졌기에 석고대죄를 하던 대신들 역시, 옳은 말이라고 동조하며 내 결정을 돌려달라며 읍소했다.

그렇게 1각가량의 실랑이가 그럴듯하게 이어질 무렵, 난 이쯤에서 끝내야 하겠다는 마음을 먹고 입을 열었다.

"고금에 다시없으실 성군, 상왕 전하의 뒤를 이어 덕과 인망이 부족한 이 사람이 즉위한 지도 어언 십이 년이 흘렀네."

그렇게 내 말의 서두가 끝나자 어느 관료가 외쳤다.

"성군이신 주상 전하께서 덕과 인망이 부족하다고 하심은 지극히 천부당만부당하신 말씀이옵니다."

"하지만, 근래에 세자가 대통을 이을 만한 덕과 인망이 있음을 확신하고 안심했네. 그렇기에 과인이 자리를 비운 사이예행으로 국정을 맡겨보려 하는 것이야."

그러자 홍위가 연기인지 진심인지 구분이 잘 안 가는 눈물을 흘리며 외쳤다.

"소자는 아직 준비가 되지 않았사옵니다. 부디 명을 거두어주시옵소서!"

그렇게 홍위가 이제껏 하던 것처럼 박자를 맞추듯 외쳤고, 곧이어 따라 나올 대신들의 대답을 기다리는 듯 보였다.

그러나 대신들의 입에서 흘러나온 대답은 내 예상을 벗어나지 않았다.

"신들이 삼가 주상 전하의 명을 받들겠사옵니다."

홍위는 갑작스러운 상황에 당황한 듯 보였고 뭔가를 외치려 했지만, 내 말이 한 박자 빠르게 나왔다.

"그래, 대신들이 앞으로 세자를 많이 도와주게나. 또한 어려운 점이 있다면 상왕 전하께서도 서신으로 조언해 주실 터이니, 세자는 너무 걱정하지 않아도 되노라."

홍위는 당황한 듯, 눈을 껌뻑이며 뭐라고 말을 하려 했지만, 금붕어처럼 뻐끔댈 뿐 차마 말이 나오지 않는 듯 보였다.

내 깜짝 선물이 아주 많이 기쁜가 보네.

하간… 나도 예전에 아버지에게 깜짝 선물을 받고 너무 기쁜 나머지 실신했었으니 오죽하겠어.

그렇게 병조판서 하위지를 비롯해 한성부 판윤 김문기나 도승지 박팽년, 내 전담 사관이자 홍문관 대제학인 유성원과 집현전 부제학인 이개, 의금부 지사 유응부가 조금은 음흉한 미소를 지으며 세자를 바라보았다.

그 외에 모인 다른 이들 역시 지옥에 온 것을 환영한다는, 아니, 정확히는 신입 관원을 바라보는 듯한 표정으로 세자를 바라보고 있었다.

어쩌다 보니 원역사에서 사육신으로 절개와 이름을 날린 이들이 예전에 내가 황희나 조말생, 정인지같이 아버지의 총신들에게 당했던 역사를 홍위에게 되풀이하게 되었다.

아무튼… 어서 와, 아들아. 조정은 처음이지?

제4장

진군

　1458년의 봄이 끝나고 초여름이 시작될 무렵, 난 가별초를 비롯해 내금위와 겸사복, 그리고 그들의 직속 정예병을 소집해 총 5천의 군사를 이끌고 북으로 향했다.

　내가 자리를 비운 사이엔 금군이긴 하나, 그 수가 적어 이번 원정에서 제외된 응양위(鷹揚衛)가 홍위를 전담하도록 조치했다.

　그렇게 나와 길을 나선 이들은 한 명당 말 여러 마리를 배정해 말을 갈아타며 빠르게 움직이는 것을 목표로 삼았고, 조금 모자란 군마는 주요 이동로에 개설된 역참에서 지원받기로 했다.

또한 중간에 들를 요동에선 다수의 군마와 정예 기병도 일부 지원받기로 했으니, 이후 일정이 진행되면 명당 십여 마리 이상의 말을 배정받을 수 있을 것이다.

그렇게 우린 길을 나선 지 이틀이 되는 저녁 무렵, 멀리 대동강이 보이는 황주(黃州)의 역참에 도달했다.

모자란 군마를 보충하며 짧게 휴식을 취하던 참에 가별초의 대장 이브라이가 내게 말을 걸었다.

"주상 전하, 이 정도 속도면 앞으로 사흘 안에 압록강을 건너 화령에 닿을 수 있을 듯합니다만, 그 전에 가까운 평양에 들러 잠시 쉬는 게 좋을 듯합니다."

"이만한 규모의 군사와 말이 성내에 들어가 쉬면 그것만으로 민폐가 되는데, 하물며 그 행렬에 군왕마저 포함되어 있으니 지금 평양에 들어가는 건 불가하노라."

"하오나 전하, 어제오늘에 거쳐 400리(약 157km)가 넘는 길을 주파했사옵니다. 이 정도면 전성기 원국 군대의 속도에 맞먹을 정도로 빠르니, 당초의 계획보다 여유가 있을 듯합니다. 그러니 아국의 영역에서라도 인마를 쉬게 하심이 어떨지요?"

"아니다. 이 정도 속도론 원국이 서역을 정벌하던 때와는 비교조차 할 수 없노라. 그리고 휴식은 요동의 군마가 합류하기로 한 건평현(建平縣)에서 해도 족하니, 그 전까진 이 속도를 계속 유지하도록 하지."

건평현은 요동과 몽골, 실상은 오이라트를 접경 중인 동쪽 국경 요새이며, 그 앞으론 북명과 오이라트 간의 비무장지대나 다름없는 광활한 빈 땅이 펼쳐져 있다.

"예, 신이 명을 받들겠습니다."

그렇게 다시 길을 나선 우린 식사까지 말 위에서 해결하며 일정을 재촉했고, 열흘하고도 하루 만에 2,000리를 주파해 첫 번째 목적지인 건평현에 도착했다.

"신, 과이심 첨절제사 이징석(李澄石)이 주상 전하를 뵙사옵니다. 천세! 천세! 천천세!"

그렇게 건평현에 도착하자, 과이심(科爾沁, 코르친)부의 유력자와 관리들이 우릴 마중 나왔고, 이징석의 선창에 맞춰 천세를 연호했다.

난 손짓으로 그들의 인사를 받으며, 곧장 이징석에게 물었다.

"그래, 지원하기로 한 말과 병사는 준비가 되었는가?"

"예. 상왕 전하께서 준비해 주신 물자와 말, 그리고 요동 소속의 정병을 대령했사옵니다. 또한 심양에 머물던 칸의 측근 중 몇 명이 길잡이를 자처하며 합류했사옵니다."

"그런가. 그대도 이만한 병력과 군마를 움직이느라 노고가 많았군."

"신은 그저 직무를 다했을 뿐이옵니다."

"알겠네. 우린 잠시 여기 머물며 휴식을 취할 터이니, 자넨 이만 물러가 보게."

그렇게 이징석이 물러나자, 가별장 이브라이를 비롯해 코르 친계 무관들은 오래간만에 반가운 얼굴들, 즉 친지들과 만나 게 되어 그런지 사기가 오른 듯 보였고, 난 진중에 마련된 천 막 안에서 이브라이에게 말했다.

"가별장, 앞으로 적진에 들어가게 되면 자네와 상의한 대로 자네의 일족에서 병참을 전담하게 될 터, 그에 대해 말할 게 있으니 자네의 부친을 불러오게나."

"예, 명을 받들겠습니다."

그렇게 내 부름을 받고 불려온 과이심 관찰사 두르벤은 사 배를 올리며 예를 표했고, 난 곧바로 본론을 꺼냈다.

"그대 일족의 전사들이 최대한 속도를 내면 하루에 이동할 수 있는 거리가 얼마나 되는가?"

그러자 두르벤은 잠시 생각에 잠겨 있다가 답을 내놓았다.

"아마도 200리(약 78km)에 조금 미치지 못할 듯하옵니다."

"그 정도론 부족한 듯싶은데."

그러자 두르벤은 고심하는 듯 보이다 이내 답을 내었다.

"다소 무리를 하면 하루에 300리(약 117km) 정도는 갈 수 있 을 듯싶습니다."

"정녕 그게 최선인가?"

난 노골적으로 실망했다는 표정을 지으며 그에게 되물었고, 두르벤은 의아해하며 대답했다.

"주상 전하께서 신에게 바라시는 바가 어느 정도이옵니까?"

"일찍이 원국의 태조는 호라즘을 정복하려 나섰을 때 하루에 350리가량을 움직였고, 서역을 정벌했던 킵차크의 칸 바투는 400리가 넘는 길을 하루에 주파했네."

내가 원나라 선조들의 업적을 나열하자 두르벤은 놀란 표정을 지으며 대답했다.

"그렇습니까?"

"그리하여 원 태조의 핏줄을 이은 그대의 일족에게 그만한 역량이 있으리라 기대했는데……. 내가 너무 높게 평가했나 보군."

코르친은 칭기즈칸의 직계가 아니라 그의 친족 중 하나에서 이어진 가계이긴 하지만, 크게 보면 틀린 말은 아니지.

가별장 이브라이와 평소 이야기를 나눠본바, 그런 선조들을 자랑스러워하고 있었기도 했고.

네 선조도 했는데, 넌 못 하겠냐는 투의 말을 들은 두르벤은 눈에 불이라도 붙은 듯 보였고, 이내 내게 고개를 숙이며 답했다.

"신의 선조가 해냈다면 신도 얼마든지 할 수 있사옵니다.

부디 신을 믿고 맡겨주시옵소서. 실망시켜 드리지 않겠사옵니다."

코르친은 촉장 두르벤의 둘째 아들인 이브라이가 가별초의 대장이 된 데다, 조선에 적대하던 라이벌 부족 하르친을 흡수하고 인구를 두 배 이상 늘려 나날이 위세가 대단해져 가고 있었다.

내 아버지 때부터 충성을 바친 여진 일족 오도리에 비견할 만큼 세력이 거대해졌으니, 내게 더 잘 보일 기회라고 생각한 듯 보였다.

"그런가? 그럼 병참 임무의 자세한 이야기는 그대의 아들하고 해보게."

"예, 명을 받들겠사옵니다."

내 눈짓을 받은 이브라이가 그의 아버지를 데리고 천막 밖으로 나섰고, 난 이후 움직임에 대해 생각했다.

향후의 계획은 북명과 오이라트의 완충지이며 미래에 내몽골 자치구라 불리는 공백 지대를 빠르게 주파한 다음.

몽골계 군대로 위장한 채 천산 북쪽의 비단길을 따라 자리잡은 오이라트군의 역참과 보급기지들을 급습해 아군의 것으로 만드는 것이 목적이다.

그리고 코르친은 장악한 경로를 따라 내가 이끄는 기병 부대에 물자를 보급하는 게 주요 목표이며, 지금 요동에서 차출한 병사들은 점령한 요지의 방어를 전담하게 될 거다.

그렇다. 몽골의 최전성기만큼 빠르게 움직이는 것이 나의 계획이며, 그들의 전령이 동유럽에 있는 에센에게 도착하는 것보다 더 빠르게 움직이는 것이 내 의도이기도 하다.

속도를 장기로 삼는 유목 민족에겐 그보다 더 빠른 속도로 움직이는 게 최선이지.

과연 에센이 내 진군을 막을 수 있을까?

* * *

여름 날씨가 한창인 천산 북쪽의 대초원. 밤새도록 이슬이 맺혀 촉촉한 풀들을 뜯어 먹던 양들은 난데없는 진동에 놀라 겁을 먹었고, 말에 탄 목동들은 놀란 양들을 진정시키려고 나섰다.

"바타르, 저기 있는 양 떼들부터 먼저 이쪽으로 몰아! 한 마리라도 잃어버리면 아버지가 화내실 거야."

"알겠어! 작은형."

그렇게 놀란 양 떼들을 간신히 진정시킨 양치기 형제는 10리 밖에서 지나가는 병사들을 뛰어난 시력으로 확인해 보곤 한숨을 쉬었다.

"타이시께서 서역에서 전쟁 중이라고 하더니 거기에 지원군을 보내는 모양이네."

"그런가 봐. 그건 그렇고 정말 빠르게 달리네. 혹시 전황이
안 좋은 건가?"

"바타르, 불길한 소리 하지 마. 우리 큰형도 타이시를 따라
전장에 나섰는데, 그런 말을 왜 해?"

"미안해, 작은형."

예상과는 달리 양치기 형제가 확인한 이들은 에센 타이시
의 군대가 아니라 조선군이었다.

오이라트가 점거한 광활한 영역에서 조선군과 마주치는 이
들은 상대가 차마 적군이라 생각조차 해보지 못한 채, 아군이
라 생각하며 대수롭지 않게 여기고 있었다.

판금 갑옷은 짐말에 숨겨 매어둔 채, 몽골계로 위장하고 흙
먼지를 뒤집어쓴 그들을 멀리서 보고 구분하는 건 힘든 일이
었으며.

간혹 마주치는 탐마(探馬, 척후 부대)는 조선군의 길잡이로
나선 타이순 칸의 측근에게 속아 서역으로 진군하는 지원부
대쯤으로 알게 되었다.

그렇게 가혹하면서도 극한의 인내를 요구하는 행군이 이어
지자 기병대에선 누구라고 할 것 없이 고통스러워했다.

하루에 최소 100㎞에서 길게는 140㎞ 사이를 주파하는 고
속 행군이 이어졌기 때문이다.

그러나 이들을 선두에서 이끄는 국왕이 쉬지 않고 말 위에서 병사들과 같은 것을 먹고 지친 말을 갈아타며 모범을 보였기에 무관이나 병사들 역시 그 누구도 불만을 품지 못했으며, 선두에서 달리는 광무왕에게 뒤처지지 않으려 노력하게 되었다.

그런 극한의 진군은 천산 북로에 위치한 대규모 병참기지에 도착할 때까지 이어졌고, 뒤늦게나마 상대가 적군임을 파악한 그곳의 책임자는 부리나케 전투준비를 했지만 때는 이미 늦고 말았다.

병참기지는 반나절을 넘기지 못한 채 함락되었고, 광무왕이 이끄는 선봉대를 따라 달려온 코르친의 전사들이 그곳을 점거한 채 사로잡은 포로들을 사역해서 부서진 시설을 정비했다.

그렇게 하루간의 짧은 휴식을 마친 조선군은 다시금 재정비를 마친 후 길을 나섰고, 중간에 위치한 역참이나 소규모 보급기지를 함락하며 서쪽으로 진군을 이어갔다.

그렇게 보름여 만에 스무 개에 가까운 역참과 소규모 보급기지가 조선의 통제하에 놓였다.

너무나도 빠른 진격 속도에 점령한 요지를 지킬 인력마저 부족하게 된 조선군은 코르친의 후속 지원군을 기다리며 잠시 진군을 멈추려던 차에 예상 밖의 지원 병력 소식을 듣게 되었다.

오도리부(吾都里部)의 관찰사 겸 부윤 동소로가무가 뒤늦게나마 광무왕이 친정에 나섰다는 소문을 듣고, 일족의 전사들을 전부 이끌고 선봉대를 따라잡기 위해 나섰던 것이다.

"조선의 으뜸가는 번장을 자처하는 우리 일족이 전하께서 친정을 나서셨는데 가만히 있을 수 있겠느냐? 지난번 전쟁 동안 눈치만 보다가 뒤늦게 복속한 몽고계 놈들에겐 질 수 없지!"

선두에서 말을 달리는 동소로가무가 외치자 막내아들 동청례(童淸禮)가 더 크게 외쳤다.

"예, 아버지. 소자도 아버지를 따라 달리겠습니다."

"그래, 청례야. 이번 전쟁에서 공을 세우면 네 맏형처럼 주상 전하를 모시는 가별초가 될 수 있을지 모른다."

"소자가 전하를 직접 뵙지 못해 잘 모르긴 해도 전하의 공정한 성정을 볼 때, 시험을 거치지 않고 특채되는 건 불가한 일 아닙니까?"

"음, 그렇긴 하겠구나. 우리 청주 말고 다른 아이들은 번번이 시험에서 떨어지고 있으니……."

"걱정하지 마시지요. 다음 가별초 선발 대회의 장원은 소자가 될 것입니다."

"그렇지, 누가 너를 보고 아직 약관에도 미치지 못한 아이라고 보겠니."

동소로가무는 김종서에게 배웠던 양생법으로 맏아들 동청
주를 키웠고, 그런 맏아들은 상위권 성적으로 가별초에 합격
해 아버지를 기쁘게 했었다.

그런 맏아들보다 더한 자질과 덩치를 가진 막내는 보기만
해도 배가 부를 지경이었으니. 오도리부와 동씨 가문의 미래
는 참으로 밝다고 할 수 있었다.

한편 후룬이나 건주위를 비롯해 수많은 여진 일족들 역시
한발 늦게나마 오도리를 따라 달리고 있었다.

그렇게 화령 남단에서 대규모의 병력이 움직이자 화령 북쪽
에 거주하고 있던 차하르나 우량카이 같은 부족마저 움직였으
며, 이윽고 조선에 복속한 모든 부족이 전사들을 동원해 국경
지대의 서쪽으로 향했다.

후룬의 족장이자 지금은 후주(厚州)의 목사이기도 한 내요
곤은 기쁜 마음으로 외치며 말을 달렸다.

"지난 전쟁 때 전하를 따라나서지 못한 게 평생의 한으로
남을 뻔했는데, 이제야 그 한을 풀 수 있겠구나. 자, 어서 달려
라. 뒤처지면 안 된다!"

건주위의 현 족장이자 동평부(東平府) 미타주(湄沱州)의 곡창
지대인 금해군(琴海郡)의 군수인 적삼로 역시 병력을 움직이며
고심했다.

'이번 전쟁에서 공을 세우면 악적 이만주 놈 때문에 눈치만 보던 우리도 기를 펼 수 있게 되겠지? 주상 전하께서도 날 달리 보실 테고. 흐흐.'

한때 이만주의 대적자였던 심이적휼의 수하였으며, 그가 김종서에게 대패하고 죽자 이만주의 이인자 노릇을 하던 적삼로는 이만주마저 패하니 조선에 투항했었다.

또한 김종서를 대신해 건주위의 새 본거지 미타주를 다스리던 신숙주와의 친분을 쌓은 후, 나름대로 높은 위치까지 올라갔으며.

결국 건주위를 대표하는 자리에 올라 주상에게 정식으로 관직을 받을 수 있었기에 지금은 누구보다도 충성심을 보이지 못해 안달이 난 상태였다.

그렇게 저마다 수많은 생각을 품은 북방의 전사들은 그들의 군주를 따라잡기 위해 움직였고, 문자 그대로 북방이 요동치기 시작했다.

* * *

난 지금 조금은 황당한 심정이다.

내가 계획한 대로 오이라트의 역참과 보급기지들을 점령한 것은 성공적이었는데, 나름대로 규모가 있는 병참기지를 함락할 무렵, 보급을 담당한 코르친의 전령을 통해 귀를 의심할 만한 소식이 들어왔다.

내게 신종한 부족의 전사들이 누구라고 할 것 없이 날 따라 달려왔다는 것이다.

어느 정도는 이런 일이 생길 수도 있다고 짐작했었으나, 이만한 규모가 움직일 거라곤 예측하지 못했다.

이 극성 추종자들… 미래 말로는 사생팬? 아무튼 이들을 어찌해야 할지 고민하며 다음 목표인 역참 기지를 공격할 무렵, 오도리의 족장 동소로가무가 제일 먼저 우릴 따라잡는 데 성공했다.

"신 동소로가무가 주상 전하를 호종하러 왔사옵니다!"

난 덩치 큰 충견처럼 주인에게 칭찬을 바라는 듯한 동소로가무의 모습을 보며 엷게 한숨을 내쉬었고, 이내 그를 따라온 전사들의 수를 대강이나마 확인할 수 있었다.

"관찰사, 삼천이나 되는 정병을 데리고 여기까지 오느라 수고가 많았네."

"이들이 바로 오도리의 최정예 전사들이옵니다. 주상 전하께서 알아주시니 그저 감읍할 뿐이옵니다."

내 의례적인 말에 동소로가무는 해맑게 웃으며 답했기에 난 이어서 현실을 지적해 주었다.

"여기까지 온 것은 좋은데, 병참은 어찌 해결하려고 했나?"

그러자 동소로가무가 당연하다는 태도로 답했다.

"그거야, 현지에서 조달하면 될 문제가 아니겠습니까?"

그건 약탈로 보급을 해결하겠다는 말이었다. 아무 생각 없이 여기까지 달려왔다는 이야기나 마찬가지네.

일찍이 젊은 나이에 아버지에게 귀화했으며 북방의 일족 중에선 배운 편에 속하는 동소로가무가 이럴 정도니, 다른 이들은 안 봐도 뻔하겠어.

"지금 진군 중인 병대는 어디까지나 철저한 계획에 기반한 경로를 따라 움직이고 있네. 한시라도 빠르게 움직여야 할 판에 시간이 얼마나 걸릴지 모르는 현지조달은 언어도단, 따라서 이 많은 이들을 전부 데려가긴 곤란하네."

그러자 동소로가무가 침울해 보이는 표정을 지으며 대답했다.

"송구하옵니다……. 신이 마음만 앞서 큰 실책을 저지른 것 같습니다."

"전부 데려가진 못해도 자네가 데려온 다른 이들이 후방에서 병참 임무를 맡아주면 일이백 정도는 데려갈 수 있겠지."

"그것이 참말이시옵니까?"

"그래."

"그럼 신이 데려온 이들 중에서도 최정예들만 엄선하여 주상 전하를 호종케 하겠사옵니다!"

내 말에 일희일비하며 표정이 바뀌는 동소로가무의 모습은 마치 예전에 내 아이들과 놀아주던 커다란 개의 모습을 연상케 했고, 나도 모르게 웃음이 나오려는 걸 간신히 참아야 했다.

"그럼 눈앞의 목표부터 함락시킨 다음에 이야기하지."

"예, 명을 받들겠습니다."

그렇게 공격이 시작되었고, 여태 해왔던 것처럼 내가 직접 나설 필요조차 없었다.

변변한 성벽조차 없이 목책으로 방어되고 있던 오이라트의 병참기지에 판금 갑옷으로 중무장한 가별초의 돌격 부대가 도보로 전진했다.

돌격대는 목책을 끼고 싸우는 적의 공격을 받아가며 전투를 벌였고, 개중 일부가 도끼와 철퇴를 동원해 목책 해체 작업을 시작하자 단 2각 만에 진입로가 열렸다.

그 뒤엔 겸사복이 선두에 서고 뒤따라 오도리의 전사들이 들이닥쳐 적진을 휘저었고, 병참기지는 2시진 만에 함락되었다,

그렇게 전투가 압승으로 끝나자, 백 명의 전사를 엄선한 오도리 일족이 부대에 합류했고, 그중엔 동소로가무의 막내아들 동청례가 끼어 있었다.

동청례는 아직 십 대임에도 불구하고 아버지의 가르침을

잘 받았는지 가별초의 돌격대장인 맏형 동청주만큼이나 덩치가 거대해 보였다.

동청주의 가별초 동기들은 그에게 동생 이야기를 하며 감탄했고, 나도 거기에 맞춰 적당히 동씨 가문을 칭찬하자 동청주는 가족들과 함께 나를 모시고 전장에 나서게 된 게 영광이라며 기쁨을 표시했다.

난 점령한 병참기지에서 쓸 만한 식량을 가져갈 수 있을 만큼 챙기도록 지시했으며, 병사들이 그것을 챙기던 와중 보관되고 있던 대량의 화약과 조선의 것에 비하면 조악한 포환들을 발견할 수 있었다.

화포는 전혀 없이 화약과 포환만 있는 걸 보니, 화기는 싹싹 긁어서 전부 서쪽 전선에서 사용 중인가 보다.

난 에센도 없는 살림을 최대한 짜내어서 군대를 운영하고 있다는 사실을 확인하게 되었고, 내 계획대로 본국의 보급이 끊기면 그는 유럽에서 모든 물자를 충당해야 할 거다.

병참기지는 오도리의 일족이 맡기로 정해졌고, 난 이곳의 책임자로 남은 이에게 본래 보급을 담당하던 코르친과 협력해서 일을 진행하도록 지시했다.

그 뒤론 합류한 오도리의 전사들이 갈아탈 말을 배정한 뒤다시 길을 나섰다.

"자네마저 여기 올 줄은 몰랐는데."

난 다음 목적지인 역참을 점령하고 그동안 쉬지 못한 것을 감안해 하루 동안이나마 휴식을 취하던 중, 후룬의 족장 내요곤을 만날 수 있었다.

"신이 광무정난 당시 전하를 따라나서지 못한 게 한이 되었기에… 이리 나서게 되었습니다."

"혹시 자네도 병참을 도외시하고 현지조달 하겠다는 마음을 먹고 여기까지 온 것인가?"

"어찌 장수 된 자로서 군을 움직이는 데 있어 병참을 등한시할 수 있겠사옵니까?"

"그런가. 어떻게 조치했지?"

"신은 지금 데려온 일천의 전사 외에도 척후 오백과 기마 보급대 삼천을 동행시켜 전하께서 점령하신 천산의 병참기지에 대기시켜 놓았사옵니다."

그러자 내 곁에 서 있던 동소로가무는 얼굴이 벌게져 먼 곳을 바라보았고, 내요곤은 영문을 모르겠다는 표정으로 나와 그를 살폈다.

"그래? 그대의 공이 실로 크구나. 그래도 일천 전부를 데려가기엔 갈아탈 말이 모자라 일정이 지체될 듯하니, 개중에서도 승마에 능하고 무예가 뛰어난 이들을 엄선해 보게."

"예, 그럼 신 내요곤이 감히 주상 전하를 호종하겠사옵니다."

그렇게 후룬에서 엄선한 전사들 이백 명이 일행에 합류했고, 동소로가무는 1번장 오도리가 후룬에 밀렸다고 몰래 한탄하며 가슴을 치는 모습을 내게 들키고 말았다.

그렇게 우리 일행이 옛 킵차크 칸국의 영역에 도착했을 무렵엔 적삼로가 이끄는 건주위를 비롯해 우량카이 등 수많은 여진 일파가 속속들이 합류했고, 대부분 동소로가무처럼 창피를 당하며 소수만이 합류하게 되었다.

그리고 몽골계 부족들의 가세로 인해 5천으로 진군을 시작한 기병대는 어느새 1만에 도달하게 되었으며.

1만 기수의 열 배에 달하는 말들이 거대한 파도처럼 그 뒤를 따르게 되었다.

*　　　　　*　　　　　*

"타이시, 조선군이 천산의 병참 요새를 급습했다 합니다!"

1458년의 여름이 무르익어 갈 무렵, 카스피해 북쪽의 도시 사라이에 머물던 에센은 얼마 전 오스만이 요 몇 년에 걸쳐 돈강 중심부에 완공했던 거대한 요새 루스만 히사르를 점령한 채, 본격적으로 전세를 역전시키려는 계획을 짜고 있었다.

그러던 차에 전혀 생각지 못한 조선이 요지인 천산을 습격했다는 소식에 혼란스러워했지만, 이내 마음을 가다듬고 소식을 가져온 알락에게 되물었다.

"조선군의 규모는 얼마나 된다더냐."

"전령이 알린 바론 4천에서 7천 사이로 추정되는 기병들이라 했습니다."

"조선군이 천산을 공격한 게 언제지."

"25일 전이라고 합니다."

"그 뒤로 전황이 어찌 흘러갔는지는 파악했고?"

"요새에서 출발한 전령도 습격을 받은 상황에서 급하게 소식을 알리려 달려왔고, 중간 역참에서 다른 이와 교대했다고 합니다. 자세한 소식은 다음 전령이 도착해야 알 수 있을 듯합니다."

에센은 새어 나오는 한숨을 말과 함께 내뱉었다.

"조선이… 대체 무슨 속셈인 거지?"

알락은 잠시 고민하다가 요 몇 년 사이 있었던 일 중에서 유력한 사건을 떠올리며 답했다.

"아무래도 타이시께서 티무르의 군주에게 지속해서 압박을 가한 것이 원인이 아닐까요?"

"그들의 옛 핏줄을 상기시켜 준 게 뭐라고 공격을 받을 만한 일이 되겠느냐? 그들의 태조도 따지고 보면 대원의 후손이나 마찬가지인데."

"그래도 아국의 맹방이 되어 오스만을 공격하라는 요구가 그들의 심기를 거스른 게 아닐까요. 그래서 우리를 견제하기 위해 뒤에서 조선을 움직인 게 아닌가 싶습니다."

"그 정도로 두 나라의 사이가 돈독했던 건가."

"그런 듯합니다. 속하가 생각한 것 이상으로 두 나라의 관계가 깊었나 봅니다. 또한 저들은 사특한 이교를 믿고 있으니, 데우스의 가르침을 따르는 우리를 배척하는 듯합니다."

알락은 그의 군주 에센을 따라 개종했고, 어느새 동방 정교회의 교리와 가르침에 깊이 경도되어 독실한 신자가 되었다.

알락은 종교를 그저 통치의 수단으로만 여기는 군주와는 달리 에센의 시종이자 모스크바 대공의 아들 이반에게 라틴어를 배워 성경을 가지고 다니며 읽었다.

또한 이반과 함께 교리에 대해 논하는 모습을 자주 보여 사제들이나 모스크바의 귀족들에게 깊은 존경을 받으며 인망을 쌓았다.

"아무튼 일이 이리 되었으니, 본국에 있는 소로에게 전령을 보내야겠구나."

"타이시, 고작 5천의 병력만으론 후방을 어지럽힌다 한들 한계가 있습니다. 지금쯤이면 투먼 소로가 잘 수습하지 않았을까요?"

그러자 이제껏 담담해 보이던 에센이 분노하며 소리쳤다.

"알락, 넌 지난 전쟁 때 그리 당하고 배운 게 없는 거냐! 어림짐작으로 우리가 당해야 했던 치욕은 머릿속에서 깡그리 지웠어?"

"……."

"대답해!"

"죄송합니다. 속하가 큰 실수를 다시 한번 저지를 뻔했습니다."

알락은 북경을 점령한 상황에서 전령들이 보내는 정보를 보곤 조선군의 움직임이 요동으로 가는 길목을 수비하는 것으로 판단해 에센에게 보고했었고, 결국 오이라트군은 어림짐작된 정보로 인해 북경을 기습당했었다.

"그럼 네가 당장 할 일은 뭐라고 생각하나?"

"척후와 전령을 총동원해서라도 정확한 정보를 알아내는 것입니다."

"알아들었으면 당장 나가서 실행해라."

이후 알락은 천산으로 척후대를 파견했고, 자세한 소식을 알아보려 본국에 전령을 보내기 시작할 무렵, 오히려 사방에서 소식을 가져온 전령들이 속속히 사라이에 도착했다.

"10번 역참이 정체를 알 수 없는 군대에게 공격받았습니다!"

"천산 서쪽에 정체불명의 적군 출현!"

"다수의 주르첸(여진) 군대가 아국의 영토를 침입했습니다!"

"급보입니다! 칸이 카라코룸에서 탈출했다고 합니다."

알락은 거의 한꺼번에 쏟아지는 소식에 정신을 차릴 수가 없었고, 정보의 진위가 맞는지 확인하려면 많은 시간이 필요할 듯 보였다.

거기다 전령 대부분이 가져온 서신은 상황이 급박했는지 지극히 짧은 단문이었고, 개중 일부는 문장을 끝까지 완성하지 못한 것도 있었다.

그렇게 들어온 정보를 정리한 알락은 이내 인정하고 싶지 않은 현실을 깨달았다.

"설마… 조선군이 우릴 쫓아 서쪽으로 진군을 개시한 건가?"

알락은 에센에게 자신이 알아낸 바를 보고했고, 성벽 위에 올라 풍경을 살피던 오이라트의 군주는 애써 태연한 척하며 되물었다.

"칸이 탈출한 것이 사실이냐?"

"아직 진위가 확인되진 않았으나, 그럴 가능성이 높습니다."

"그럼 소로는 지금 뭘 하고 있는지 확인했고?"

"현재 수많은 역참이 습격당해 그러지 못했습니다. 조선군이 천산을 습격한 후 그대로 우리가 터놓은 길을 장악하며 움직이고 있는 듯합니다."

"그럼, 여기 적힌 바론 조선군의 규모가 삼만 이상이라는데, 이건 타당한 정보인가?"

알락은 일만의 정예병으로 빠르게 움직이는 조선군의 사정을 알지 못해 보고된 정보를 토대로 파악한 군사를 전부 합산한 채 보고서에 적은 것이었다.

"예, 천산을 습격한 선봉대가 오천이고 그 뒤를 따라온 주르첸을 비롯해 다른 놈들의 규모를 합산해 보면 삼만에 가까울 듯합니다."

에센은 하필이면 어째서 지금이냐며 절규하고 싶었지만, 이내 평소처럼 냉철한 표정을 지으며 말을 이어갔다.

"혹시 거기에… 그도 있다고 하더냐?"

"거기까진 확인할 수 없었습니다. 그도 이제 이전과는 비교조차 할 수 없이 거대해진 나라의 군주니 이곳까지 친정할 가능성은 적지만, 만약을 대비하는 것도 필요하다고 보입니다."

"지금만큼은 네 예측이 맞았으면 좋겠군. 나도 데우스에게 은총을 바라야 하는 건가……."

"만약 그들이 여기까지 온다 한들, 저들은 전부 기마로 이뤄진 병력입니다. 그러니 이곳의 성벽을 함락하는 건 요원할 듯싶습니다."

알락의 말대로 오이라트는 유럽의 고명한 공학자들을 거액으로 고용하고 노예로 부리는 카자크족을 동원해 사라이를 비롯한 요지에 거대한 성벽을 건축했고, 얼마 전엔 오스만의 거대 요새까지 점령해서 거점을 굳혔다.

"그것도 맞는 말이군. 그런데… 네가 볼 땐 저들이 지금쯤 어디까지 왔을 듯하냐?"

"마지막으로 도착한 전령의 소식을 감안하면, 아마도 킵차크(카자흐스탄)의 영역 근처에 도달했을 듯합니다."

"어쩌면 지금쯤 저기 보이는 거대한 호수 근처에 도달했을 수도 있지."

에센이 사라이의 남쪽으로 보이는 카스피해를 가리키며 말하자 알락은 곧장 반문했다.

"조선군의 기마가 출중한 것은 저도 겪어서 알고 있지만, 그 정도 행군은 일찍이 대원 시절의 선조들께서나 할 법한 위업이 아닙니까……?"

"넓은 곳에서 제대로 싸워본 적이 없으니 속단하기엔 일러. 어쩌면 우리의 선조들 이상일 수도 있지. 아무튼 당장 전선에 전령을 보내고 조선군의 습격에 대비하라고 전해."

"예, 알겠습니다."

그렇게 사흘 후, 말들이 지평선을 가득 채운 광경이 카스피해 동쪽에 펼쳐지며 에센의 우려는 현실이 되었다.

또한 카스피해 남쪽을 점거 중인 티무르의 국경에선 전쟁 전 배편으로 파견되었던 조선의 정예 화기병과 보병들, 그리고 티무르의 기병들이 북으로 움직이기 시작했다.

       *   *   *

드디어 고난의 여정이 끝났다.

내가 이끄는 군대가 한 달하고도 보름이 채 되지 않는 기간 만에 조선에서 카스피해가 보이는 우랄강 하류 근처에 도착한 것이었다.

이 정도면 전성기의 몽골에 비교할 만한⋯ 아니, 이 정도면 그들을 능가했을 수도 있겠어.

우린 짐말과 이동 중 갈아탈 말, 그리고 전투용 군마를 구분해서 세심하면서도 거침없이 빠르게 이동했고, 그 결과로 위업이나 다름없는 장거리 행군에 성공할 수 있었다.

"도착했노라."

그러자 나처럼 흙먼지에 절여져 얼굴조차 구분이 힘든 동소로가무가 조금은 쉰 목소리로 주변의 풍경을 둘러보며 말했지만, 목이 멨는지 말이 끝까지 이어지지 못했다.

"여기가 바로⋯⋯."

내가 그렇게 담담한 말투로 목적지에 도착했음을 알렸고.

그동안 불평 한마디 없이 묵묵히 나를 따라오던 이들은 누구라고 할 것 없이 감정을 폭발시켰으며, 기쁨의 함성을 지르며 제자리에서 타고 있던 말들의 앞다리를 올리는 등 간단한 묘기를 부렸고, 그 결과 드넓은 초원이 잠시 진동했다.

나 역시 흐뭇한 표정을 지으며 그들의 모습을 바라보았고, 그렇게 이어지던 열기가 잠시 소강되자 질문이 들어왔다.

"주상 전하, 곧바로 이적의 본거지를 탐색해서 급습하시겠습니까?"

내금위장 김수연은 평소처럼 냉정하면서도 침착한 말투로 물었는데, 내가 보기엔 그의 표정에도 숨길 수 없는 자부심과 기쁨이 묻어 나오고 있었다.

"아닐세. 당분간 강가에 진을 치고 병마를 쉬게 하면서 이곳에서 합류할 지원군을 기다리도록 하지. 적의 성세도 파악 못 한 채 군을 움직이는 건 이르네."

내가 가까이 보이는 우랄강의 지류를 가리키며 지시를 내리자 김수연이 고개를 숙이며 답했다.

"예, 신이 전하의 명을 받들겠사옵니다."

난 내금위장 옆에 있던 가별초 대장 이브라이에게도 당부했다.

"척후를 보내 근방을 살피게 하고, 행여라도 현지조달을 하겠다고 나서는 이들이 없도록 철저히 단속하게나."

"전하, 먼 길을 와서 말들의 상태가 썩 좋지 못합니다. 이제 데려온 말을 돌볼 인력이 필요한데, 주변에서 적당한 마을을 물색해 포로를 잡아 와서 해결하는 것도 나쁘지 않을 듯합니다."

"총원이 일만에 불과한 지금 상황에서 현지조달을 하겠다며 병력을 분산시켰다간 예상치 못한 사태에 직면할 수 있네."

"으음, 듣고 보니 그 말씀이 극히 지당하십니다."

"조만간 후속 병참대가 우릴 따라잡을 터, 그때까진 직책에 상관없이 전부 나서서 말들을 돌보는 것으로 하지. 그리고 혹시 모를 기습에 대비해야 한다."

"알겠습니다."

"그러니 언제든 이동할 준비를 하면서 군마들부터 우선하여 돌보도록 하라."

그러자 이브라이는 오이라트의 병참기지에서 조달한 양피지를 꺼내 내 말을 기록하기 시작했고, 난 그가 편히 받아 적을 수 있게 천천히 말을 이어갔다.

"그리고 병참대뿐만 아니라, 미리 파견시켜 놓은 보군과 티무르의 지원군도 도착할 테니 지금은 주변을 정찰하고 휴식을 취하는 데 전념하도록."

난 이후의 방침과 더불어 임시로 쓸 주둔지 설치에 대해 한참을 더 설명했고, 그것을 전부 기록한 이브라이는 고개를 숙이며 답했다.

"예, 신이 주상 전하의 명을 한 치의 오차 없이 받들겠습니다."

그렇게 쉼 없이 달려온 병력이 한 주가량의 휴식을 취하는 사이, 후속 병참부대가 우릴 따라잡는 데 성공했고 오래간만에 제대로 된 식사를 하게 된 병사들은 사기가 충천해 보였다.

그리고 일전에 전령을 미리 보내 움직이게 했던 보병과 티무르의 기병대가 합류하기 시작했다.

"티무르 측에서 알려주었던 정보를 종합해 본바, 현재 에센의 본거지는 이곳에서 1,000리 정도 북서쪽에 위치한 사라이 성이라 한다."

내가 지휘관들이 모인 자리에서 지도를 손으로 짚으며 설명하자, 가별장 이브라이가 물었다.

"그곳의 방비는 어떻다고 하옵니까?"

"티무르의 사신단이 예전에 그곳에 방문해 확인하기론 웬만한 성들보다 높고 견고해 보였다고 하더군."

그러자 총통위를 이끌고 티무르에 미리 파견되었고, 대대급 포병대까지 총괄 중인 총통위장 김경손이 내게 물었다.

"그곳이 아무리 단단한 성벽으로 둘러싸여 있다 해도 북경의 성곽보다 견고하겠습니까? 소장에게 공격을 맡겨주신다면 이적의 성을 무너뜨려 보이겠습니다."

이곳으로 파견된 티무르의 인사들이 알려주길 현재 사라이 성은 오이라트와 교류 중인 로마의 수도 콘스탄티노폴리스의 삼중 성벽 구조를 참고해서 개수했다고 들었다.

"일단 내 말부터 들어보게나. 일전에 듣기론 이곳의 축성법은 우리와는 다르다고 하네. 아국이나 중원처럼 두꺼운 성벽으로 방비하는 데 그치지 않고 이런 식으로 넓은 해자를 거쳐 이중 삼중으로 된 성벽을 겹겹이 쌓아 출입문 외에도 중간중간에 첨탑을 세워 방호력을 극대화하고 있지."

그렇게 내가 알고 있는 유럽식 성 구조도를 간단하게 그려 보여주며 김경손에게 설명하자, 그는 오히려 기뻐 보이는 표정을 지었다.

"진정 높은 산이야말로 힘겹게 올랐을 때, 보람을 느끼는 법이옵니다. 신이 반드시 난공불락이라 의심치 않을 이적 수괴의 성을 무너뜨려 주상 전하께 바치겠나이다."

"지금 아군의 화기만으론 그곳을 깨는 건 쉽지 않아, 그러니 적의 병참선을 차단하려 하네."

"아니옵니다. 신도 티무르에서 머물며, 그들의 협력을 받아 새로운 화기를 개발했사옵니다."

"그래? 어떤 화기인가?"

"티무르와 머저르(Magyar)라고 부르는 나라 출신 공인(工人)의 도움으로 기존에 쓰이던 것과는 비교조차 할 수 없는 거포를 주조했사옵고, 완성한 포는 이곳의 호수를 통해 배편으로 운반 중이옵니다."

잠깐, 머저르면 미래에 헝가리라고 부르는 나라인데… 거기 출신 기술자라고? 혹시…….

"대체 이국의 장인이 얼마나 대단하길래, 신형 화포를 만들 수 있었던 건가."

"그 공인은 저들 말로 우르반이라 부르는 이였사옵니다."

역시나, 그였구나.

"……."

"신이 그를 처음 만난 자리에선 통변을 통해……."

내가 잠시 할 말을 잃자 김경손은 신이 났는지 그를 처음 만난 이야기부터 시작해 사기꾼 같았던 첫인상과 이후 그가 겪었던 제조 과정의 이야기를 거쳐 새로운 거포의 제원에 관해 설명했다.

새 화포는 포신 길이만 약 9미터에 무게만 20톤에 가까웠고, 포의 구경도 80센티미터에 근접한 흉악한 무기였다.

김경손이 침을 튀겨가며 자랑한 화포는 바로 콘스탄티노폴리스 공성전에 동원되었던 바실리카 포, 속칭 우르반 거포라 부르는 공성 병기였던 것이다.

본래 헝가리 출신인 우르반은 자신의 재주를 사줄 이를 찾아 여러 나라를 떠돌았다고 한다.

그러던 중 로마의 황제인 드라가시스, 즉 콘스탄티노스 11세에게 자신이 구상한 대포 제작을 권하다가 거절당했고, 결국

그의 대적자인 오스만의 군주 메흐메트에게 고용되어 천년 고
도 콘스탄티노폴리스의 성벽을 무너뜨리는 데 일조했지만, 본
인은 거기서 전사하고 말았다.

그런데 역사가 틀어져 콘스탄티노폴리스 공방전이 벌어지
지 않자 티무르까지 흘러 들어갔고 뛰어난 공학자이기도 한
현왕 울루그 벡을 만나 일자리를 얻을 수 있었나 보다.

"제조 비용은 어찌 처리했는가?"

들떠 있는 김경손의 이야기가 너무 길어질 것 같아 난 주제
를 돌렸고, 그는 이내 진지한 표정을 지으며 답했다.

"신형 화포의 제조 비용은 티무르의 군주가 전부 감당했사
옵니다."

"그만한 포를 만들려면 엄청난 재정이 들었을 텐데, 나중에
아국에 청구하겠다고 하던가?"

"아니옵니다. 티무르의 군주가 신에게 사람을 보내 이르길,
일전에 아국에게서 받았던 은혜에 비하면 별것 아니라며 겸양
을 표했사옵니다."

세자 시절의 날 호위하던 김경손의 성격은 진중하면서도
불필요한 말을 하지 않는 편이었고 근엄함의 화신이라 불러도
손색이 없던 이였다.

그런데 현 농조판서 이천의 뒤를 이어 총통위장을 역임하
고 나를 따라 북경성 공방전을 겪더니 성격이 많이 바뀌었다.

이런 걸 미래 말로 하면 화력 덕후라고 하던데. 참 바람직한 성품이라 할 수 있지. 마치 나처럼 말이야.

그렇게 화포에 대한 이야기가 끝나자 나와 지휘관들은 지도를 보며 본격적인 공격 계획에 대해 논의했고, 신형 거포가 배편으로 도착하는 대로 움직이도록 방침을 세웠다.

난 화포를 육로로 수송하기 위해 따로 인원을 배정하며 티무르 측의 지원으로 새로 이어진 보급선마저 안전하게 확보된 것을 확인했다.

그렇게 준비를 마치자 1만의 기병과 3만의 보병, 그리고 티무르 소속의 1만 병사를 전부 이끌고 북서쪽으로 진군을 시작했다.

에센도 지금쯤이면 우리 군의 존재를 확인했을 텐데, 척후들이 보고하길 여전히 성안에서 움직이지 않고 있다고 한다.

혹시, 외부의 원군이라도 기다리는 건가?

＊   ＊   ＊

정비를 마친 조선·티무르 연합군이 진격을 시작할 무렵, 발등에 불이 떨어진 에센은 현 상황을 파악하고 돈강의 전선에 퍼져 있던 병력을 사라이로 소집하곤, 곧바로 오스만에 대항해 유대 중이던 주변국에 전령을 보내 도움을 청했다.

에셴은 이교도 국가인 티무르가 신앙의 적 오스만을 따라 참전했고, 불신자들이 진정한 신앙의 수호자인 자신을 협공 중이라며 자신을 포장했다.

하지만 동양에 비하면 왕의 권한이 일개 지방관만도 못한 이들이 많은 데다 귀족들이 끊임없이 반란을 일으키는 사정으로 대부분 난색을 보였지만, 그들과는 차원이 다른 권력을 쥔 거물이 에셴에게 힘을 실어주었다.

트란실바니아의 총독 후냐디 야노슈(Hunyadi János)가 제자와 함께 3만의 병력을 동원해 참전을 선언한 것이었다.

후냐디는 평생을 오스만에 대항한 명장이자, 전쟁 도중 사망한 헝가리 왕의 섭정으로 나라를 다스리면서도 알바니아의 제르지를 지원해 오스만의 전대 술탄이자 메흐메트의 아버지인 무라트 2세를 격파해 죽게 만든 이였다.

그는 바티칸의 교황에게 직접 신앙 세계의 방패라며 칭송받았던 이였으며, 이명인 순백의 기사로도 유명했다.

또한 오이라트와 오스만의 전쟁으로 운명이 바뀐 이기도 하다.

후냐디는 오스만의 침공에 대항해 벌어진 베오그라드 공방전 당시 압승을 거두었고 처참하게 패배한 메흐메트는 자살을 시도할 정도의 충격을 받았다.

그러나 전쟁을 승리로 이끈 본인은 성안에 퍼진 전염병으로 인해 허무하게 죽어야 했던 비참한 결말을 피해 동유럽 일대에서 커다란 영향력을 구사하고 있었다.

후냐디는 병력을 소집해 전장으로 이동했고, 말을 타고 이동하던 중 그의 곁에 있던 제자가 후냐디에게 물었다.

"스승님, 에센을 굳이 지원하시는 이유를 이 제자가 알 수 있겠습니까? 비록 그가 개종하고 신앙의 수호자를 자처한들 그의 근본은 이교도이며 침략자나 다름없는 타타르의 군주입니다."

"우리의 진정한 신앙을 지키기 위해서라면 그 누구든 이용해야 한다. 또한 그가 신앙의 수호자를 자칭하며 전면으로 나선 덕분에 우리가 오스만의 압박에서 벗어나 내실을 쌓을 수 있었잖느냐."

"그건 맞는 말씀이군요."

"그리고 이건 그에게 진 빚을 갚는다고 보면 된다. 또한 이 기회에 오스만에게 회복 불능의 타격을 줄 수도 있으니 절호의 기회지. 또한 크루야(Kruja)의 스칸데르베그(Skanderbeg)도 기회를 봐서 참전하려 들거다."

"그렇긴 해도 전 조금 꺼림칙합니다."

"어떤 면이?"

"소식을 듣자 하니, 티무르를 도와 진격 중인 군대도 동방에서 온 타타르의 일파라니까요."

"혹시 적의 기병이 염려되는 거냐? 안심하거라. 그들을 막기 위해 바겐부르그(Wagenburg, 전투 마차) 다수를 준비해 두었으니."

"염려한 건 아닙니다. 그저 꺼림칙한 거죠. 그건 그렇고 스승님께선 이번 전쟁에 타보르(Tabor) 진형을 활용하실 생각이십니까?"

타보르는 조선에서 차전(車戰)이라 불리는 마차를 활용한 대기병 전법의 일종이다.

"그래. 얀 지슈카가 지난 후스 전쟁에서 징집병을 동원해 손쉽게 기사를 무력화하는 대응법을 질리도록 보여주었었지. 나도 그의 영향을 받았고. 기사들이 수레에 가로막혀 무력하게 죽는 광경을 본 적 없나?"

"스승님께 배워서 알고는 있지만, 전 그 전쟁 때 아기였습니다."

"그런가, 네가 노안이라 자꾸 착각하게 되는구나."

스승의 농담에 제자는 피식 웃으면서 답했다.

"예, 제가 이리 보여도 아직 30세가 안 됐습니다."

"그건 그렇고, 네가 내 지지로 왈라키아의 공작이 되었는데, 다시 만난 자리에서 선물이 없다니 조금 서운한데."

"스승님께선 오스만을 막아내라고 절 그 자리에 임명한 것 아닙니까. 그렇기에 전 그 역할을 충실히 하고 있지요. 또한 이 작위는 제가 아버지에게 물려받았어야 마땅하니……."

제자는 아버지를 잃었던 과거를 떠올리며 분노했고, 그의 스승은 곧바로 그 일을 상기시키듯 말했다.

"일전에 왈라키아의 귀족 수백을 처형했다고 들었다."

그러자 분노하던 제자는 금세 웃으면서 대답했다.

"예, 정확히는 532명입니다. 그들이야말로 왈라키아를 어지럽히고 제 아버지를 직접 죽인 원수들이었으니까요. 물론… 그들을 부추긴 악의 근원을 죽이지 못한 게 아쉽긴 하지만, 만족하고 있습니다."

사실 그의 아버지는 후냐디와의 갈등 때문에 죽었기에 둘은 원수이면서도 사승 관계로 얽힌 사이였고, 스승이 답했다.

"아버지의 원수를 갚고 싶다면 지금이라도 그 검을 뽑아 날 찌르면 되겠구나."

"그러기엔 이미 늦은 거 같습니다. 사실 제가 그럴 마음만 먹었다면 스승님의 목은 성치 않았을 겁니다."

"자고 있을 때 찌르면 간단했을걸."

자신의 목숨을 아무렇지도 않게 말하는 스승의 모습을 본 제자는 웃고 있던 표정을 바꾸며 말을 이어갔다.

"스승님이야말로 이교도들과 술탄에 맞서 우리의 신앙을 지켜주실 분입니다. 스승님에 대한 미움은 불신자들에게 품은 제 분노에 비하면 하찮기 그지없지요."

여태 평온한 표정을 짓던 후냐도 제자의 험악한 모습을 보곤 잠시 긴장했지만, 이내 태연한 표정을 지으며 말을 이어 갔다.

"요즘 네 별명이 널리 퍼지고 있는 모양이구나."

"혹시 용의 아들 말입니까?"

"아니, 그건 네가 자칭한 거고, 요즘은 가시공이란 별명이 더 유명하더구나."

"하, 조금 부끄럽군요. 이교의 무리에게 본보기를 보이려 했던 것뿐인데, 그런 별명이 생길지는 몰랐습니다."

"그러는 너도 그 별명이 마음에 든 듯하구나."

"감히 제게 맞서는 신앙의 적에게 공포를 줄 수 있으니, 나쁘지 않다 여기고 있습니다."

"그래, 전장에선 뭐든지 이용해야 하는 법이지. 그게 공포이든, 허세이든 간에 말이야."

"예, 맞는 말씀이십니다."

"그건 그렇고, 적에 대해 방심은 금물이다."

"물론입니다. 스승님께서 이렇게 적의 기병에 대해 방비하셨으니 이 제자는 기사들을 지휘하도록 하지요."

"그래, 기사들의 지휘는 네게 맡기마."

"아까 제게 적의 기병을 두려워하냐고 말씀하셨는데, 타타르의 기병들이 무섭다는 건 옛말입니다. 고작 화살로는 우리의 갑옷을 뚫을 수 없으니까요."

"마치 그들을 상대해 본 적이 있는 것처럼 말하는구나."

"일전에 오스만에 고용된 쿠만 용병들을 상대해 본 적이 있습니다."

"그래?"

"예, 그들의 생김새는 우리와 비슷했지만, 천박한 타타르 놈의 핏줄이 섞인 놈들이라 그런지 철저하게 활을 쏘고 빠지는 전법을 쓰더군요."

"그래서 어찌 대응했느냐."

"기사들이 입은 갑옷의 방호력을 믿고 몰이사냥을 하듯이 움직였지요. 결국엔 가진 화살이 다 떨어지고 아군의 경기병에게 붙잡힌 사이, 제 기사들이 돌격해서 꼬챙이에 꿰인 신세로 만들어주었습니다. 오스만의 이교도들이나 먹는 천박한 음식처럼요."

후냐디는 자신의 최고 걸작인 제자가 지닌 뿌리 깊은 증오를 다시 한번 확인하자 웃으면서 답했다.

"체폐슈(가시) 공작, 이번 전쟁에서도 그렇게만 하게."

"예, 그리하죠. 그런데 스승님께서 그리 부르니 조금 어색합니다. 그건 적들에게 불리는 이름으로 족합니다."

"그럼, 예전처럼 용의 아들, 드러쿨레아라고 불러줄까?"

"예, 그리 불러주시지요. 본래 그쪽이 용공이신 아버지를 기리기 위한 명칭이니까요."

　그렇게 자신을 드러쿨레아로 자칭하는 후냐디의 제자는 바
로 왈라키아의 블라드 3세, 먼 훗날 드라큘라로 유명해진 인
물이었다.

제5장

검은 기사

저마다 다른 목적을 지닌 군대들이 카스피해의 북서쪽으로 이동하고 있을 무렵, 오이라트와 기나긴 전쟁을 치르고 있던 오스만에 불리해지던 전황을 타개할 만한 희소식이 들어왔다.

"신앙의 형제이긴 하나, 적성국이나 다름없던 티무르가 아무 속셈도 없이 우릴 도울 이유는 없겠지. 어쩌면 불신자들이 우릴 기만하려는 술책일 수도 있다."

대오이라트 전선의 보루이기도 한 요새 다르 알 히사르의 모스크(예배당)에서 메흐메트가 살라트(예배)를 마친 후 보고서를 읽으며 말을 꺼내자 그의 총신 자아노스가 답했다.

"술탄이시여, 일전에 우리가 주요 거점인 루스만 히사르를 빼앗긴 후… 그곳을 구심점 삼아 전진기지를 짓던 불신자들의 병력이 전부 물러난 것은 명확하게 확인된 사실입니다."

"그게 우릴 유인하려는 기만 작전일 수도 있지."

"물론 그럴 가능성이 없는 것은 아니지만, 지극히 저들이 유리한 상황에서 그럴 이유가 없지 않습니까? 이 기회를 살려 잃었던 요새를 수복하시는 게 어떻겠습니까."

"아니, 그래도 가능성이 없는 건 아니다. 티무르의 군대에 보낸 사신이 돌아오기 전까진 이대로 전선을 유지하도록."

"알겠습니다. 그나저나… 술탄께서도 많이 변하셨군요."

"그댄, 지금 내 어떤 부분을 말하는 것이냐?"

"개전 초기엔 강 건너에서 타타르의 기병에게 당해 퇴각하는 아군 모습을 보곤, 홀로 말을 몰아 강을 건너려고 하시지 않으셨습니까."

"그땐 나도 어렸으니까. 내가 생각해도 너무 무모했어."

메흐메트는 원역사의 콘스탄티노폴리스 공방전 당시, 마르마라의 해역에서 145척의 오스만 함대가 지원 물자를 싣고 로마의 수도로 이동하던 4대의 함선에 대패하는 광경을 지켜보곤 바다로 뛰어들려 했던 성품을 지니고 있었지만, 전쟁을 겪으며 변해가고 있었다.

"지금도 여전히 젊으십니다."

아직도 20대인 메흐메트는 아끼는 신하의 농담에 엷은 웃음을 지으며 답했다.

"그래, 젊다는 건 특권이기도 하지. 실패해도 다시 일어설 기회를 주니까. 살날이 얼마 남지 않은 늙은 여우들이 감히 나와 이 나라를 흔들려 하지만, 이번 전쟁만 끝나면 일거에 정리해 버릴 거다."

"그러고 보니, 늙은 여우 할릴 파샤와 셰이크 악셈세틴이 손을 잡은 모양입니다."

할릴과 셰이크는 각각 정계와 종교계를 아우르는 거물이자 메흐메트의 옛 스승이었다.

하지만 귀족들의 힘을 약화해 전제군주로 거듭나려는 옛 제자를 싫어했기에 메흐메트의 강력한 정치적 대적자이기도 했다.

"나도 안다. 루스만 히사르가 함락되었을 때 그들은 교묘하게 내 권위를 깎아내렸고, 발토울루 놈의 책임을 물어 처형하고 군사를 물리라 지껄이는 편지를 여러 번 보냈었지."

"사실 그땐 술탄께서도 진노하시어 총독을 처형하려 하시지 않았습니까."

"그랬었지. 하지만 생각해 보니 늙은이들이 바라는 대로 해줄 수는 없더군. 그리고 여기서 군대를 물리면 타타르 놈들이 가만히 있겠느냐? 우리가 여기서 저들을 막아내는 덕에 후

방에서 편히 지내는 것도 모르는 배은망덕한 늙은이들이 감
히……."

"사람이 나이가 들수록 현명해진다는 말은 저들에겐 해당
하지 않는 거 같습니다. 그런데… 발토울루가 목숨을 건지긴
했어도, 병사들이 보는 앞에서 매를 맞고 재산과 직책도 전부
몰수당했으니 죽은 거나 다름없는 것 아닙니까?"

그러자 메흐메트는 코웃음을 치며 대답했다.

"훗, 어쨌든 살아는 있으니 그만이지. 그건 그렇고 휴대용
토프(화기)의 개량은 어찌 되어가고 있나?"

"그게, 잡는 부분을 길게 늘여 창처럼 만드는 데는 성공했
지만, 적들처럼 마상에서 자유로이 다루도록 숙련시키는 데는
시간이 좀 더 걸릴 듯합니다."

오스만은 기병용 화기인 화창을 이용해 치고 빠지는 오이라
트의 정예 기병대에게 지속적인 피해를 보았고, 그에 맞서 같
은 전법을 쓰려고 노력 중이던 것이다.

"우리의 자랑, 예니체리의 역량이 타타르 놈들보다 못하다
는 건가."

"토프를 다루는 병사 중에선 기마를 연습하지 않은 이들이
태반이니 어쩔 수 없습니다. 결국 기병대에게 기대를 거는 수
밖에 없습니다."

"그런가, 결국 시간이 더 필요하단 말이군."

"술탄께서 바라시는 기병 전력과 화력의 기준을 충족시킬 만한 군대는 세상 어디에도 없을 겁니다."

"그렇기에 우리 군을 그렇게 만들려 노력하는 거 아닌가. 저 불신자들에게 밀리고 있는 것도 엄연한 현실이고."

"그렇지만, 아군은 지금까지 타타르와의 회전에서 진 적이 없습니다."

"회전에 정신 팔린 사이에 요새가 함락당했는데, 그게 자랑스러운 일인가."

"그래도 저들의 화기 수준으론 전면전을 벌이면 우리의 상대가 안 되는 것이 입증되지 않았습니까?"

"아직 숨겨두고 있는 수가 있을지도 모르지. 저들도 개전 초기엔 토프를 사용하지 않았잖는가. 그리고 사마르칸트에서 만났던 동방의 고위 관료가 했던 말이 아직도 잊히지 않는다."

"아, 미당의 산지에서 왔다는 이 말입니까?"

"그래, 그는 내가 보여줬던 신형 토프를 보곤 구닥다리라 평했었지."

"그건 허세가 아닐까요? 우리 오스마니예보다 기술이 뛰어난 나라가 있을 리가 없잖습니까."

"동방엔 우리가 모르고 있는 나라가 많을 거다. 단 하루의 만남이었지만, 그가 지닌 지식이 대단함도 확인했었지."

"대체 어느 정도길래 그렇습니까?"

"내가 알아본바, 그는 이국인이면서도 울루그 벡에게 지극한 총애를 받았고, 반란으로 혼란해졌던 사마르칸트를 잘 수습했지. 비록 알라를 섬기진 않지만 우리말도 능숙했고 알라의 가르침도 공부했는지 전부 꿰고 있더군."

"그렇군요. 어느 나라든 현자는 있는 법인가 봅니다."

"음, 이제 다 되었군. 전령을 불러라."

그렇게 자아노스와 이런저런 이야기를 하던 술탄 메흐메트는 동시에 손을 움직여 전선의 지휘관들에게 보낼 맞춤형 작전지침을 작성했었고, 대화를 마칠 무렵엔 약 서른 통의 서신을 완성할 수 있었다.

*   *   *

내가 군대를 이끌고 오이라트의 본거지인 사라이와 이어진 볼가강 줄기를 길잡이 삼아 이동 중일 때, 의외의 소식이 들어왔다.

"주상 전하. 열흘 전에 척후대가 아군의 북서쪽, 1,000여 리의 밖에서 적으로 추정되는 군대가 강을 따라 진군 중인 걸 발견했다고 하옵니다."

가별장 이브라이의 보고에 난 곧바로 되물었다.

"적으로 추정된다 함은 에센의 군대가 아니란 뜻인가?"

"예, 처음 보는 깃발이나 문장이 즐비했고, 지휘관이나 병사들의 복장도 에센의 사특한 무리와는 달랐다고 하옵니다."

에센이 이곳에서 우호를 쌓은 이들에게 원군을 지원받았나 보다.

"그럼 적군의 규모는?"

"뒤이어 정확한 소식이 들어오겠지만, 최초로 발견한 척후의 말에 의하면 최소 2만 이상은 되어 보인다 했사옵니다. 다만, 기이한 형태로 행군하고 있다 합니다."

"어떤 형태를 말하는가."

"선두에 위치한 1만의 병력을 제외하곤, 적게는 몇 백에서 많게는 천여 명 단위로 부대를 나눠 긴 간격을 두고 이동 중이라 합니다."

아아, 무슨 일인지 알 것 같네. 보야르, 즉 기사나 귀족에 해당하는 지배계층들의 알력 때문인가 보다.

"그런가, 적의 진행 경로는 파악했고?"

"예, 그들이 흩어져 있긴 하나, 같은 방향으로 향하는 것을 보아 명백히 이적의 본거지로 이동하고 있음이 분명하다 하옵니다."

사라이에 머무는 에센의 본대도 어느 정도 규모가 있을 텐데, 온전히 적에게 합류하게 둘 수는 없지.

부대 단위로 흩어져서 이동 중인 걸 이용해야겠어.

"동 부사, 자네에게 가별초 3개 중대를 포함해서 소수의 별동대 지휘를 맡길 터이니, 그들을 이끌고 따로 움직이는 적을 급습하라."

내가 가별초의 돌격대장인 동청주에게 지시하자 그는 이내 내게 고개를 숙이며 답했다.

"신 동청주가 주상 전하의 지엄한 군령을 받들겠습니다."

그러자 내금위장 김수연이 안도한 듯한 표정을 지으며 고개를 돌렸기에 물었다.

"내금위장은 어찌하여 그러는가?"

"아무것도 아니옵니다."

"아무것도 아닌 게 아닌 거 같은데, 바른대로 고하게."

"실은… 주상 전하께서 친히 나설까 염려하여 그리하였사옵니다."

"고작 이런 일에 그리 생각하는 건 심하지 않은가."

내가 약간 장난스러운 어조로 핀잔을 주자 김수연은 어찌할 줄 모르는 표정을 지으며 답했다.

"송구하옵니다."

하긴, 김수연이 겸사복장이던 시절, 전 내금위장이자 지금은 화령 절도사인 박강과 함께 전장에 뛰어든 나를 지키려 필사적으로 싸웠었으니 그럴 법도 하지.

"자네가 염려할 만한 일은 벌어지지 않을 걸세."

"그렇사옵니까?"

"그렇네, 이번엔 어디까지나 군을 지휘하기 위해 온 것이야."

앞으로 전황이 어떻게 흘러가게 될지는 모르겠지만, 이게 내 진심이기도 하다.

되도록 내가 전장에 뛰어들 일이 없는 게 좋은 거겠지.

* * *

별동대의 지휘관으로 임명된 동청주는 중요한 임무를 맡았다는 기쁨이 앞섰지만, 그와 동시에 알 수 없는 중압감도 받았다.

그는 불안감을 빠르게 떨치려 노력했고, 가별초 300명을 포함해 총 800여 명의 소수 정예로 이뤄진 기마 부대로 말을 갈아타며 빠르게 움직였다.

동청주가 이끄는 돌격대는 1,000리 길을 단 나흘 만에 주파했고.

반나절 동안 수면을 겸해 휴식한 후, 반나절 만에 현 우크라이나 북동쪽에 위치한 돈강의 상류를 따라 행군 중인 적을 40여 리 밖에서 따라잡을 수 있었다.

선봉대는 적과 거리가 점차 가까워지자 척후병의 안내에

따라 적의 시야에 파악되지 않게 숲을 따라 움직였고, 숙영 중인 적을 포착했다.

선봉대는 동이 틀 무렵을 습격 시기로 정한 뒤 숲에서 적들을 지켜보며 휴식을 취했고, 정해진 시간이 되자 공격 준비를 시작했다.

또한 가별초 대원들은 적정을 파악하고 온 척후의 보고를 들으며 짐말에서 판금 갑옷을 꺼내 무장을 갖추기 시작했다.

"동가야, 불안하냐? 어째 평소보다 입는 속도가 많이 느린데?"

동청주의 가별초 동기이자 지금은 그의 부관으로 임명된 우랑카이 출신의 이수가 중무장하던 평소와는 다르게 안면 개방형 투구와 흉갑만 차려입은 후 묻자, 그는 애써 별거 아니라는 투로 답했다.

"그럴 리가 있나. 그냥 생각할 게 많아서 그런 거야."

"아니긴, 이 형님이 널 한두 해 보냐? 불알이 쪼그라든 표정에다 뭐부터 입어야 할지 모르는 모습인데, 긴장부터 풀어."

"그런 거 아니래도."

"이제껏 명령만 따르다 단독으로 임무를 맡은 건 처음일 테니, 네 맘이 이해가 안 가는 건 아냐."

"하, 네가 대체 뭘 보고 그런 말을 하는지 모르겠는데……."

그러자 이수는 음흉한 미소를 흘리며 동청주의 말을 잘랐다.

"흐흐, 지휘관이 티 나게 불안한 표정을 짓고 있으면 쓰나. 궁사로 이 작전에 지원한 청례도 널 지켜볼 텐데, 동생에게 멋진 형으로 보여야 하지 않겠어?"

그러자 동청주는 지적받은 표정을 숨기려 장착이 끝난 면갑의 가리개를 내리고 잠시 심호흡을 하며 숨을 골랐다.

이내 평정을 찾은 그는 익숙한 손놀림으로 판금 갑옷을 장착했고, 그 광경을 지켜본 이수가 감탄하듯 말을 이어갔다.

"이제야 좀 평소다워졌네."

"고마워. 자칫하면 실수할 뻔했네. 네 눈은 속일 수가 없다."

"내가 타고난 안력도 좋지만, 사람 살피는 눈도 꽤 쓸 만하지. 그리고 동기 좋다는 게 뭐냐. 그리고 넌 우리 막내나 다름없는데 형님으로서 당연히 동생을 챙겨야지."

동청주는 가별초 1기 중에서도 가장 어린 나이였으며 평소 본인은 질색했지만, 동기들에게 동생 취급을 당했다.

"자, 실없는 소리 그만하시고, 이수 공께서 총통위에서 지원해 준 병력 지휘를 맡아주시오."

동청주가 공적인 자리에서 쓰는 말투로 진지하게 답하자 이수는 이내 장난기를 거두고 대답했다.

"예, 소장이 동 부사의 명을 받들지요."

이어서 다른 지휘관도 100명 단위의 중대로 나눠 적재적소에 배치한 동청주는 근엄한 목소리로 외쳤다.

"전군, 진격하라!"

그렇게 동청주의 지시에 맞춰 중갑 기병은 사람의 걸음보다 약간 빠른 속도로 천천히 움직이기 시작했고, 경무장을 갖춘 기마 궁사와 총병은 한 발 앞서 빠르게 적진으로 달리기 시작했다.

그렇게 선두에 나선 기마 궁사들은 궁시의 정확도를 위해 적진의 100미터 앞에서 말을 세웠다.

그러자 적의 진영에선 이들을 일찌감치 발견한 감시병들이 소리를 지르며 우군을 깨우는 광경을 볼 수 있었다.

200여 명의 기마 궁사는 맹화유를 재어둔 화살에 불을 붙였고 지휘관의 지시에 맞춰 일제히 발사했다.

조선군 측에선 알아들을 수 없는 고함들이 다급하게 쏟아졌고 동시에 적게나마 화살이 궁사들을 향해 날아왔지만, 그들은 침착하게 불화살 공격을 이어갔다.

그렇게 물로는 꺼지지 않는 화마가 적의 진영을 휩쓸기 시작했다.

거기다 화약을 보관해 둔 장소에 불이 붙었는지 중심부에서 거대한 폭발이 일어났고, 거기에 휘말린 적병들은 일거에 목숨을 잃게 되었다.

그렇게 조선 측이 의도하지 않은 폭발 덕에 불이 더 크게 타오르고 있을 때, 적들의 지휘관인 듯한 이가 전면에 나서서 고함을 치며 병력을 정비하려 했지만, 그의 지휘는 오래가지 못했다.

적진으로부터 이백여 미터 떨어진 후방에서 총통위 대원들과 함께 전황을 지켜보던 지휘관 이수가 나섰던 것이다.

그는 본래 초대 가별초 선발 대회 당시 궁시 종목의 우승자였지만, 총에 대해 알게 된 후 깊이 매료되어 자진해서 착호갑사대에 파견되어 호랑이를 과녁으로 삼아 저격수 훈련을 받았었다.

그는 유목민 중에서도 유독 초인적인 시력을 타고났기에 뛰어난 활 솜씨를 자랑했었고, 그것이 사격 솜씨에도 지대한 영향을 미쳐 지금은 조선 최고의 저격수 중 한 명이기도 하다.

이수는 적의 지휘관을 확인한 후 주상 전하께 친히 하사받았던 명마에서 내린 다음 앉게 했고, 말안장을 천보총의 지지대 삼아 저격을 시도해 목표의 머리통을 꿰뚫어 버렸다.

그렇게 지휘관으로 추정된 이의 저격이 성공하자, 조선에서도 고급형 화기인 수석식 강선총을 장비하고 있던 총통위 소속의 기마 총사들 역시 일제히 사격하며 수많은 사상자를 양산하기 시작했다.

그렇게 적진의 혼란이 가중될 무렵, 뒤늦게나마 무장을 갖춘 적군의 기사 100여 명이 말을 타고 움직이는 광경이 이수에게 포착되었다.

하급 지휘관들의 필사적인 수습 덕에 화재 현장에서 벗어나 대열을 정비한 적의 궁사들이 일제히 반격을 시작했다.

하지만 첫 번째 화살 공격은 허무하게 빗나가고 말았다.

기마 궁사들이 일찌감치 그 광경을 전부 지켜보곤, 빠르게 말을 몰아 자리에서 이탈했던 것이다.

그 후 끊임없이 움직이는 표적을 맞히려는 적군의 눈물겨운 노력이 이어졌지만, 전부 헛수고가 되고 말았다.

게다가 뒤이어 시작된 기마 궁사와 총사들의 반격으로 적 궁수의 수는 계속 줄어만 갔다.

그러자 갑옷조차 제대로 갖추지 못해, 중장 보병이란 직책이 무색해진 이들이 뒤늦게나마 분투 중인 궁수들을 보호하기 위해 화마를 비껴간 수송용 마차 5대를 인력으로 끌고 와 엄폐물로 삼았고, 그 결과 추가적인 사상자의 수를 줄일 수 있었다.

적군들이 마차를 중심으로 뭉쳐 대열을 정비하자 그 뒤를 이어 살아남은 장창병이 모여 진열을 갖추려 할 때, 이들이 예상하지 못한 지원군이 나타났다.

그들이 알고 있는 고명한 보야르, 즉 기사나 그들이 이끄는 부대만큼 대단해 보이는 기병대가 달려오고 있었다.

현 유럽의 그 어떤 기병보다 더 뛰어난 무장을 갖춘 국왕 직속 중갑 기마대, 가별초가 어느새 전력 질주를 시작하며 들이닥친 것이었다.

뒤늦게나마 적군의 기사들이 맞돌격을 하려 했으나 속도를 올릴 시기를 놓쳐 버렸고, 인원수조차 심하게 차이가 나니 그들은 파도에 휩쓸려 가는 모래처럼 흩어져 버리고 말았다.

손쉽게 적의 기사들을 돌파한 가별초는 적군이 엄폐물로 삼던 마차 옆면으로 돌아서 파고들었고, 적군들은 갑옷을 제대로 갖추지 못해 가별초의 기병창 돌격에 두세 명씩 꿰이고 말았다.

그렇게 보병의 진형 안쪽으로 파고든 가별초는 곧바로 각자 준비한 병기를 꺼내 남아 있는 적들을 섬멸했다.

적군은 운 좋게 선봉의 공격을 피한들 뒤따라오는 기마에 치이거나 깔려 죽었다.

또한 필사적인 반격으로 조선의 몇몇 기병들을 낙마시키는 데 성공한 이들도 있었으나, 그들은 이내 자신들도 알고 있는 사실을 상기하게 되었다.

중무장한 기사는 말에 타고 있지 않아도 재앙이나 다름없다는 사실을 몸으로 증명당한 적군은 전의를 잃었다.

결국 공포에 질린 적군은 힘겹게나마 유지하고 있던 전의를 잃고 사방으로 흩어지기 시작했다.

그렇게 대형에서 이탈해 뿔뿔이 흩어진 이들은 곧바로 기마 궁사와 총사들의 좋은 표적이 되었다.

그렇게 동이 트기 직전에 시작한 전투는 날이 완전히 밝아지기도 전에 끝이 났다.

평소 순백의 기사 후냐디를 존경해서 참전했던 헝가리의 고위 귀족은 머리에 총알구멍이 났으며, 그가 이끌던 병력 천여 명은 지극히 소수의 생존자만 남긴 채 와해되고 말았다.

그렇게 성공적으로 첫 번째 습격을 성공한 동청주는 자신감을 얻었고, 뒤이어 흩어진 채 선두와 떨어져 따로 진군하던 헝가리와 왈라키아의 귀족들을 사냥하기 시작했다.

*　　　　*　　　　*

헝가리—왈라키아 연합 지원군의 총사령관 후냐디 야노슈는 원병을 이끌고 행군하던 중, 목적지인 사라이 성을 목전에 둔 상황에서 좋지 못한 소식을 들었다.

"후방에서 적 기병대의 습격을 받았다고?"

식사 중에 문장관(紋章官) 겸 기록관인 귀족을 맞아 대략적인 보고를 받은 후냐디는 잠시 미간을 찌푸렸지만, 이내 평정을 되찾고 되물었다.

"그럼 확인된 피해 상황은? 그리고 습격한 적의 정체는 알아냈는가?"

"섭정공 전하, 확인된 전사자만 삼백에 달한다고 합니다. 그리고 전장에 남아 있는 흔적이 전부 말발굽뿐이기에… 이교도의 나라, 티무르를 따라왔다는 타타르족의 기병대로 추정된다 합니다."

국왕이 부재한 상황에서 후냐디가 죽지 않고 건재한 지금엔 헝가리의 실권은 대부분 그에게 있었고, 모든 귀족은 그를 왕이나 다름없이 대우하고 있었으며 현 섭정공이 왕위에 오르는 것을 당연시하고 있었다.

"삼백이면 타타르의 군대를 맞아 싸운 것치곤 적은 피해가 아닌가?"

"아닙니다, 페슈트의 대공께서 명을 달리하셨고… 그 외에도 수많은 보야르가 전장에서 스러져 갔기에 엄청난 손실이자 비극이라 할 수 있습니다."

그러자 후냐디는 살짝 짜증을 내며 물었다.

"그댄 지금 전사한 영주나 보야르의 수만 파악해서 보고한 것인가?"

그러자 젊은 문장관은 무엇 때문에 순백의 기사의 심기를 건드렸는지 잘 몰라 의아해하며 물었다.

"예? 예, 그렇습니다. 섭정공 전하, 징집병이나 용병의 전사자를 파악해서 무엇하겠습니까?"

후냐디는 문장관의 멍청한 일 처리에 잠시 학을 떼었지만,

그는 상대가 고위 귀족인 데스포티스(전제공)의 아들이며 자신을 존경하여 참전한 것을 잘 알고 있었다.

그는 평생을 이런 이들의 실수를 수습하고 잘 다독여 단결을 이뤄내 오스만을 막아냈었기에 이내 마음을 가라앉히고 평온한 어조로 물었다.

"알겠다. 그럼 습격을 받은 부대의 수가 몇이지?"

문장관은 후냐디의 기분이 풀린 것으로 보이자 내심 안도하며 빠르게 대답했다.

"총 6개의 부대가 당했다고 합니다."

"습격받은 부대의 책임자들을 보고하라."

그러자 문장관은 본래 직책에 충실하게 전사한 고위 귀족들의 가문을 그들이 가진 시시콜콜한 작위마저 전부 나열하며 보고했다.

쓸데없이 거창하면서도 긴 보고를 참고 들은 후냐디는 지휘관으로 나섰던 이들의 이름을 확인하곤, 기억하고 있던 그들의 병력을 떠올려 대략적으로나마 피해를 파악할 수 있었다.

'적이 포로를 아예 잡지 않았다니, 최소 이천에서 삼천가량의 전사자가 나왔다는 건가. 이거… 생각보다 피해가 크군.'

그러자 젊은 문장관은 자신의 감상을 덧붙였다.

"이교도이자 동방에서 온 야만인들은 최소한의 예법조차

모르는 게 분명합니다."

"그건 또 무슨 이야기인가?"

"저들은 우리의 고결한 보야르들을 포로로 잡지 않고 잔인하게 학살한 것도 모자라, 그들의 시체에서 갑옷마저 전부 벗겨 가버렸다고 합니다."

그러자 평생을 오스만에 맞서 별의별 수단을 전부 동원했었던 후냐디는 별다른 반응 없이 덤덤하게 대꾸했다.

"저들은 보야르를 인질로 잡으면 몸값을 받을 수 있다는 걸 아예 모르고 있는 듯하군."

그러자 문장관은 과장된 몸짓을 하며 연극풍으로 말했다.

"그럼, 이제 저의 군주이신 순백의 기사께서 저 무지한 이교도 야만인들의 본대를 찾아 예법을 알려주시고 그들이 가야 할 지옥으로 보내주실 차례로군요."

"그 전에 해야 할 게 있다. 당장 진군을 잠시 멈추고 진군 중인 모든 부대는 내가 있는 본대에 집결하도록 전하라."

"예."

"그리고 적은 분명 소수로 움직이고 있을 터, 후방으로 타보르 부대를 파견해 적의 습격에 대비하도록 하라."

"알겠습니다. 모든 일은 섭정공 전하의 뜻대로 이뤄질 것입니다."

그렇게 후냐디는 기민하게 대응하여 후방에 대기병 전력인 전투 마차 부대를 보냈고, 그와 동시에 왈라키아 공 블라드 3세에게 일전에 맡겼던 본인의 기병대와 더불어 다른 귀족들의 직속 기병대의 지휘권마저 강제로 이양해 혹시 모를 대규모 습격에 대비했다.

왈라키아에서 귀족들을 상대로 피의 숙청을 벌여 귀족사회에서 명성이 자자하던 블라드는 귀족들의 반발을 전부 공포로 억눌러 스승의 기대에 훌륭하게 부응했다.

한편, 5일 전에 적의 부대를 발견하곤 사방이 트인 장소에서 습격하고자 거리를 두고 추격하던 조선의 별동대는 목표가 100여 대가량의 생소한 마차를 이끌고 움직이는 지원군과 합류하는 걸 발견했다.

"동가야, 저기 보이는 저 수레들은 아무래도 차전(車戰)의 용도라 봐야겠지?"

약 30리 밖에서 맨눈으로 그 광경을 확인한 이수가 별동대장 동청주에게 묻자, 그는 망원경에서 눈을 떼며 답했다.

"아무래도 그런 것 같은데, 여기서도 저런 걸 쓰는 군대가 있었나 보네. 여기 사는 서이(西夷)들은 갑옷만 번지르르하고 쉬운 놈들뿐이라 생각했었는데, 개중에도 나름대로 머리가 돌아가는 이가 있었나 봐."

이들은 노획한 고위 귀족의 판금 갑옷이 화려한 것과는 다르게 너무도 쉽게 강선총에 관통된 것을 보곤 치장을 위한 장식품 정도로 생각하고 있었다.

"흠, 아국에서 쓰는 차전용 수레와는 생긴 게 다르네. 옆면에 뚫려 있는 구멍들은 화기나 노를 쏘기 위해 고안된 거 같고."

"저기 움직이는 병사들이 명국식 소총통하고 비슷하게 생긴 막대를 들고 있는 걸 보니, 그 짐작이 맞는 거 같아. 그리고 수레가 상당히 높은 걸 보니 억지로 돌격한다 해도 기마의 이점마저 빼앗기게 될 듯하네."

"그래도 화시로 전부 불태워 버리면 간단한 문제 아냐?"

그러자 동청주는 고개를 저으며 답했다.

"지금 가진 전력만으론 목적을 달성하기 어려워. 우리가 가져온 맹화유도 전투를 거듭해 거의 다 써버렸잖아."

"그래도 여태 들인 시간이 아까운데…… 그리고 다들 전리품으로 거둔 말과 갑옷이며, 생전 처음 보는 금화 때문에 의욕이 넘치고 있다고."

"아닐세. 이제까지 쫓아온 게 아깝긴 해도 지금은 다른 목표를 찾는 게 낫겠지. 이건 군령이네."

동청주가 공적인 어투를 바꾸자 편하게 이야기하던 이수는 곧바로 태도를 바꿨다.

"알겠습니다. 그럼 다른 이들에겐 소장이 잘 알아듣도록 전달하지요."

그렇게 별동대는 추적을 멈추고 다른 목표를 찾았지만, 척후들이 발견한 다른 부대들 역시 전투 마차의 호위를 받고 있어 습격이 요원해졌다.

헝가리 연합군이 그렇게 대응하자 흩어진 부대들을 사냥하던 동청주의 별동대는 더는 재미를 볼 수 없었기에, 결국 돈 강 상류의 전장에서 빠르게 이탈했다.

별동대는 사살한 귀족들에게 거둔 말에 전리품을 가득 싣고 본대에 다시 합류했고, 주상의 칭찬을 받았다.

또한 그들이 가져온 전리품 절반가량은 공을 세운 별동대에게 돌아가 그들의 사기는 한없이 높아졌다.

*   *   *

파견했던 별동대가 시간을 끌어준 사이, 내가 이끄는 본대는 볼가강의 하류를 건넌 후에는 우측에 강변을 끼고 빠르게 북상했다.

그 결과 1458년의 8월 중순경, 멀리서나마 성이 보이는 곳까지 도착할 수 있었고 가별장 이브라이가 척후의 소식을 가져와 보고했다.

"주상 전하, 이 정도 속도면 대략 삼 일 후에는 목적지인 이적의 본거지에 도착할 듯하옵니다."

"그런가. 적의 지원 부대 상황은?"

"동 첨사의 별동대가 거둔 성과 덕인지 전보다 천천히 이동 중이라 하며, 아군보다 열흘에서 보름가량은 늦게 도착할 거라 하옵니다."

그 정도면 에센의 지원군에게 방해받지 않고 포진을 마치고도 남을 시간을 벌었다고 할 수 있지.

"이적들은 여전히 성안에서 움직이지 않고 있다고 하는가?"

"예, 저들은 아무래도 지원군이 오기 전까진 전력을 최대한 보존하려 하는 듯합니다."

"그럼 아직도 저들의 수가 어느 정도인지 파악하지 못했겠군."

"송구하오나 그렇사옵니다."

"알겠네. 다른 소식은 더 없는가?"

"오스마니예라는 나라에서 사신을 보냈기에 유스프 공이 그들을 접견하려 한다 합니다."

오스마니예면… 저들과 전쟁 중인 오스만에서 사신을 보냈다는 건가.

현재 티무르의 제후국인 카라코윤루, 즉 흑양 왕조의 방계인 유스프는 티무르의 변경백으로 북쪽 국경을 지킨 노장이라 한다.

내가 이곳에 오기 전까진 이름도 몰랐고, 원역사에선 울루

그 벡이 반란으로 죽고 벌어진 혼란기에는 카라코윤루에 투항해서 분열에 일조한 인물 중 하나였겠지만, 역사가 바뀐 지금은 여전히 울루그 벡의 충신이라고 한다.

아직 우리의 존재를 전면에 내세우고 있지 않았기 때문에 오스만에선 나름대로 이름이 알려진 유스프가 이번 원정의 책임자라고 생각하고 있는 듯하다.

사실상 조선과 형제의 나라나 다름없는 우호국 티무르를 이곳의 패권국으로 재건하는 게 이번 원정의 부차적인 목적이기도 했으니, 그가 외부의 주목을 받는 건 잘된 일이었다.

당분간 내 존재는 철저하게 숨겨야겠어.

난 이후 유스프에게 사람을 보내 오스만의 사신에게 대응할 방침 몇 가지를 전해주었고, 조선의 국명을 알리는 것은 상관없지만 내가 이곳에 온 것은 당분간 철저하게 숨기라고 지시했다.

그렇게 내 지시를 받은 유스프는 그간 오스만에게 쌓인 게 많았었는지 생색을 부리며 상호 관계의 우위를 점했으며, 그간 자세히 알 수 없었던 오스만과 오이라트의 전황에 대한 정보도 들을 수 있었다고 한다.

오스만의 사신이 말하길, 파악된 오이라트의 총병력은 9만 정도라고 하며, 그들이 빼앗긴 요새 루스만 히사르에 주둔 중인 병력이 최소 5만 이상이라 한다.

거긴 현재 오스만·오이라트의 전선에서 제일 중요한 요충지기에 그곳에 머무는 병력은 전혀 이동하고 있지 않다고 한다.

또한 그 외에 자잘한 전초기지 같은 곳에 주둔하던 병력의 수도 합산하면 거의 2만에 가깝다고 한다.

오스만에서 파악하기론 루스만 히사르의 수비병 대신 그들을 전부 급하게 철수시켰다고 하니, 지금 사라이에 머무는 병력은 3만에서 4만 정도라고 볼 수 있을 듯하다.

그럼 지금 아군의 수가 5만 정도니 수적으로 우위긴 하지만, 적들이 볼 땐 그 정도의 병력으론 공성전에선 불리하지 않을 거라 생각하고 있겠지.

그리고 또한 현재 병력 배치 상황은 에센이 최대한 머리를 짜낸 듯하다.

전방의 중요한 요새도 지키면서 원군을 이용해 조선·티무르의 연합군보다 수적 우위를 점유해 장기전으로 끌고 가면 충분히 버틸 수 있을 거라고 믿는 거겠지.

물론 거기엔 나름대로 최신식 기술로 보강한 이중 구조의 성벽을 믿고 있을 테고.

하지만 난 절대 그 예상대로 흘러가게 두진 않을 거다.

그렇게 우린 오스만의 사신이 물러난 후엔 진군을 재개했고 동이 틀 무렵, 마침내 목적지인 사라이 성에 도착했다.

성을 가까이서 보니 내가 생각한 것보다 성벽의 구조가 더 견고해 보였다.

넓이만 해도 70자(약 20m)에 가까운 해자가 성벽 주변을 감싸고 있었고, 외벽의 높이는 25척(8m)가량에 내벽의 높이도 50척(15m)에 가까워 보였다.

그리고 성벽의 둘레도 최소 10리(4km) 이상으로 보였다.

그러자 총통위장 김경손은 거대한 금덩이라도 본 것처럼 눈을 빛냈고, 우리 군이 공성 준비를 시작하려 군을 전진 배치하자 성안에서 본 적 있던 이가 사신으로 나왔다.

일전에 내게 포로로 잡혔던 에센의 최측근 알락이 나선 것이었다.

그러자 나 대신 유스프가 나서서 그를 맞이했고, 그는 한동안 이야기를 나눈 후 성으로 돌아갔다.

그렇게 사신이 물러나자 유스프가 나를 찾아와 역관을 통해서 나눴던 이야기를 보고했다.

"유스프 공이 주상 전하께 아뢰길, 저들이 지금이라도 군대를 물리면 그냥 보내줄 수 있다고 했답니다."

"그리 나오다니 어처구니가 없구나. 그래서 뭐라고 대답했다고 하는가?"

그러자 역관이 다시 그의 말을 받아 고했다.

"유스프 공은 사특한 이적의 사신에게 지금이라도 이곳에서 물러나 본래 살던 곳으로 돌아가면 무사히 보내주겠다고 말했다고 합니다."

"그런가, 참으로 잘 말해주었구나. 그래서 상대가 뭐라고 했다고 하느냐?"

"이적의 사신이 말하길, 그들의 높고 굳건한 성벽은 절대 무너지지 않는다며 누가 이기는지 보자고 자신만만하게 승리를 장담했다 합니다."

"그런가."

그러자 유스프는 조금 불쾌한 표정을 지으며 말을 이어갔고, 역관이 그의 말을 통역해 주었다.

"또한 정교회의 수호자이자 성인인 에센을 추종하는 나라가 많으니, 이교도이자 불신자인 우리의 군대는 저들의 신 데우스의 이름으로 모래알처럼 흩어질 거라 했답니다."

"······."

에센이나 그 수하들이 정교회로 개종한 것은 알고 있었지만, 데우스의 이름을 외치는 오이라트를 직접 보게 될 줄이야.

이게 사전에서 보았던 문화 충격이란 개념인가.

그렇게 의미 없는 협상이 결렬된 채로 시간이 조금 흐르자, 오이라트 측에서 성벽 위의 화포를 발사해 군을 배치 중인 우릴 반겨주었다.

커다란 북을 치는 듯한 정겨운 폭발 소리와 함께 피리와도 같은 파공음이 울렸고, 그 소리를 들은 난 익숙한 음악을 들는 것처럼 정겨운 마음조차 일었다.

그러나 저들이 가진 화포로는 결코 우리에게 닿지 않으니, 저들의 발포는 완전히 실패한 연주나 다름없지.

저들은 시간이 그리 흘렀는데도 여전히 화포의 개량조차 못 한 듯 보인다.

우리가 제대로 된 연주가 뭔지 몸소 보여줘야겠네.

그렇게 우리 군이 본격적인 공성 준비를 시작한 지 2시진이 흘렀고, 총통위와 화포 대대는 능숙하게 땅을 파곤 파낸 흙을 포대에 채워 배치한 화포 주변에 쌓고 있었다.

"총통위장, 방포 준비는 어느 정도 되어 가는가?"

공성 준비를 지켜보던 내가 그를 불러 묻자, 김경손은 고개를 숙이며 답했다.

"송구하옵니다. 모든 포를 방열하려면 시간이 한참 더 필요하옵니다."

"그런가. 하긴 그걸 준비하려면 시간이 더 걸리겠군. 그럼 느긋이 기다리도록 하지."

내가 오이라트군의 산발적인 포화를 지켜보며 반나절 가까이 시간을 보내자, 마침내 김경손의 보고가 떨어졌다.

"모든 포가 방열 준비되었사옵니다. 전하께서 명을 내려주시옵소서."

"알겠다. 공격 개시의 포문을 열어야 하니, 그것들부터 발사

후 곧바로 일제 포격을 시작하라."

"예."

"방포."

"방포하라!"

그렇게 내 지시에 맞춰 이제껏 들어본 적 없고 어떤 화포와도 비교조차 할 수 없는 거대한 굉음이 전장에 울려 퍼졌다

—콰콰콰콰쾅!

그래, 이게 바로 진정한 거장의 연주지.

진정한 거장에 어울리는 악기……. 사실은 역사에 길이 남을 공성포인 우르반 거포가 마침내 전장에서 선을 보인 것이다.

뒤이어 소규모 지진이라도 난 듯 진동이 땅을 울렸으며, 목표인 성벽에선 저들의 신앙에서 말하는 천사의 나팔 소리와도 같은 음이 퍼졌다.

그렇게 대가의 악기가 힘차게 전주를 시작하자, 뒤이어 300여 문의 대구경 공성포에서 발사된 포환들이 일제히 사라이의 성벽을 두드리며 전장의 교향곡을 연주하기 시작했다.

*   *   *

오이라트군에겐 악몽과도 같은 포격이 시작된 지 열흘이 되던 날, 굵은 빗줄기가 쏟아졌고 끝도 없이 울리던 포성은 잠시

멈추게 되었다.

그들이 신앙처럼 믿고 있던 성벽은 생전 처음 보는 거대한 화포의 공격에 비명을 지르듯 삐걱거렸고, 일주일이 채 되기도 전에 곳곳에 금이 가 있었다.

"데우스께서 우릴 구원하려 비를 내려주고 있으심이 분명합니다."

"……."

오이라트의 군주 에센은 알락에게 대답하지 않은 채 생각에 잠겼고, 이내 자신의 전략이 잘못된 것인가 떠올려 보았다.

에센은 내심 불안하긴 했지만 나름대로 효율적인 전략을 짜고 그것을 훌륭하게 실행했었다.

적들이 성 근처의 마을에서 식량을 얻지 못하게 불태운 후 주민들을 성으로 이주시켰고.

마자르(헝가리)의 원군이 합류하게 되면 적의 후방을 칠 수 있도록, 대오스만 전선에서 물러나게 한 기병대를 서남쪽의 요새에 대기시켜 두었었다.

그는 북경에서 이미 겪어본바, 조선군이 대량의 화포를 가지고 올 것이라 짐작했었고, 대량의 화포를 가지고 이동하려면 꽤 많은 시간이 소요될 거라 생각했었다.

하지만 그의 예상은 빗나갔다.

원군의 도착 시각은 예상보다 늦어졌으며, 조선 측의 진군이 훨씬 더 빨랐다.

사라이를 끼고 카스피해로 흐르는 볼가강을 통해 대량의 뗏목과 배들이 짐과 화포를 실은 채 군대를 따라온 것이다.

이곳을 지배하던 에센은 유목민의 고정관념 때문에 강을 식수나 수차용으로밖에 사용할 줄 몰랐지만, 조선군이 사용한 방법이 바로 볼가강의 올바른 사용법이었다.

본래 볼가강은 러시아의 천연 운하나 다름없는 강이었으며, 후세에는 주요 수상교통로 겸 수운의 중심이 될 젖줄이기도 하다.

'항상 이런 식이었지. 그와 엮이는 순간, 내 예측이나 계획은 언제나 틀어지고 말아……. 저들을 이끄는 장수는 티무르 출신이라 하지만, 분명 그가 이곳에 와 있겠지.'

그렇게 내리는 빗줄기를 보며 생각을 마친 에센은 감상을 늘어놓는 대신 지시를 내렸다.

"이 틈에 금이 간 성벽에 기둥을 세워 보강 작업을 해야 한다. 노예들을 외벽으로 내보내고, 내벽은 병사들에게 맡겨라."

"예, 알겠습니다. 혹시 다른 명령은 없으십니까?"

"이참에 적의 거대한 화포를 무력화시켜 주었으면 좋겠군."

"으음… 그건 속하의 능력으론 불가능한 일 같습니다."

알락의 진지한 대답에 에센은 살짝 웃으면서 말을 이었다.

"나도 안다. 그냥 푸념해 본 거지."

"그래도 제가 나름대로 성벽 위에서 관찰해 본 결과, 그 무지막지한 거포에도 단점이 있었습니다."

"그런 게 있었나?"

"예, 그 거포의 수는 총 5문이고, 한 문당 하루에 발사하는 횟수는 10번이 채 되지 않았습니다. 또한 한 번 발사하고 나선 포신을 식혀야 하는지, 다음 공격까진 꽤 오랜 시간이 필요해 보였습니다."

"흠, 그 가공할 화기에도 그런 맹점이 있었던 건가. 내가 먼저 알아냈어야 했는데, 너무 초조했나 보군."

"아닙니다. 타이시께선 근래 잠도 줄이시면서 군략을 짜고 계시지 않습니까."

"내 알량한 예상이 빗나갔으니, 그걸 벌충하려면 별다른 수가 있겠나."

"그래도 원군만 무사히 도착하면 합공해서 적을 몰아낼 수 있지 않겠습니까? 그때까지만 버티면 역전할 수 있을 겁니다."

"이 비는 우리에게만 정비할 기회를 주는 게 아니다. 원군이 도착한들, 형편 좋게 합공을 시작할 순 없다."

"어째서 그렇습… 아!"

의아해하던 알락이 뭔가 생각난 듯 소리치자 에셴이 바로 답했다.

"이곳에서 오랫동안 지내며 겪어보았으니 알 것 아니냐. 지금처럼 비가 계속 내리면… 여기가 초원이라 한들, 발이 빠지는 진흙탕이 되어버리지."

"기병을 동원할 수 없다 해도 병력이 우세한 아군 측이 더 유리한 것은 변함이 없습니다."

그러자 에센은 자금성에서 겪었던 치욕을 떠올리며 답했다.

"넌 조선 국왕 친위대의 실력을 직접 본 적이 없으니 그렇게 말할 수 있겠군."

"저도 익히 들어서 알고는 있지만… 그때와는 사정이 다르지 않습니까. 지금은 우리에게도 그들만큼이나 강한 정예 용사들이 있습니다."

알락의 말대로 지난 시간 동안 에센은 칸의 케식이란 명목으로 사람을 모아 광무정난에서 잃었던 자신의 친위대를 재건했고, 그들 중 일부는 동유럽의 귀족 자제들도 있었기에 나름대로 전투 능력이 오른 편이었다.

그들은 모스크바의 기술로 만들어낸 판금 갑옷으로 무장 중이었기에 종합적인 전력은 확실히 전보다 우위라고 할 수 있었다.

"케식의 장비는 좋아졌지만 실전 경험이 부족하다. 차라리 땅이 완전히 마르길 기다려서 합공을 하는 편이 낫다."

"예, 알겠습니다. 저는 이만 명령을 하달하러 가지요. 타이시께서도 이참에 쉬시는 것이 어떻겠습니까?"

"알겠다. 네 조언대로 하지."

에센은 비로소 온종일 귀가 먹먹해질 정도로 들어야 했던 굉음에서 벗어나, 빗소리를 자장가 삼아 잠이 들 수 있었다.

그렇게 일주일 정도 비가 더 내렸고, 충격과 공포에 시달리던 오이라트 병사들도 나름대로 안정을 찾을 무렵, 의외의 사태에 직면했다.

"역병이 돈다고?"

"예, 이곳 출신 주민의 말론 페스티스(Pestis), 검은 죽음이라는 병이라는데, 저도 고향의 노인들에게 같은 증상의 병에 대해 들어본 바가 있습니다."

"환자의 수는."

"약 백여 명이 발병했다고 합니다. 그들은 일찌감치 제 지시로 격리한 상태입니다."

"그럼, 병의 대처법은 있나?"

"제가 들은 바론 병자와 시체를 전부 태우는 방법뿐입니다."

에센은 생각 이상으로 과격한 알락의 말에 살짝 놀라 실눈을 크게 뜨며 답했다.

"산 자와 죽은 자를 가리지 않고 모두 태워야 한다는 건가?"

"예, 이 병에 걸린 자는 손발이 검게 변하면서 병을 퍼뜨리는 데다, 백약이 무효하다고 들었습니다. 더 큰 희생을 내기

전에 모두 태워야 합니다."

"그럼, 이 일은 네게 맡길 테니 알아서 해라."

"알겠습니다."

다음 날 잠시 비가 그친 틈을 타 알락은 정교회의 사제들을 데리고 마리아를 그린 성화상(聖畵像)을 행렬 중심에 세운 채 병자들을 격리한 장소로 향했다.

"여기서 내보내 주시오!"

"제발 살려주세요!"

"제발 자비를……."

"엄마……."

병사나 민간인부터 인종을 가리지 않고 발병해 격리된 환자들이 고통으로 울부짖으며 소리쳤지만, 알락은 말없이 격리된 건물을 지켜보다가 성호를 긋고는 낭송을 시작했다.

"키――리―에―― 엘―레이손. 크리스테 엘―레이손. 키――리―에― 엘―레이손."

알락이 사제들과 함께 정교회의 미사를 여는 키리에 엘레이손(Kyrie Eleison, 자비송)을 부르자, 절규하던 병자들도 구절을 따라 부르며 금세 잠잠해졌다.

그렇게 병자들이 침묵하자, 이어서 알락이 성화상을 잠시 바라보곤 크게 소리쳤다.

"이 가여운 어린양들에게 성모의 축복이 내릴 것이로다."

그러자 이 지방의 주민이던 카자크 노인이 판자로 막혀 있는 창틈으로 바깥을 살피며 외쳤다.

"보야르께선 저희를 낫게 해주시려는 겁니까?"

"너희가 그 병에 걸린 것은 어디까지나, 천국에 가기 위해 그분께서 내린 시련 중 하나로다. 그러니 마땅히 감내해야 할 터."

"이 어리석은 죄인이 감당하기엔 너무나도 벅찬 시련입니다. 부디 자비를 베풀어 주십시오."

"그래, 오늘 여기까지 온 것은 너희들을 속박에서 자유롭게 만들고 자비를 보이기 위함이다."

"저흴 여기서 내보내 주실 겁니까?"

"그래, 그분께 시련을 받은 너희의 육체를 성스러운 불로 정화해 천국으로 보내주지."

"예?"

"부디 그대들이 천국에서 편하게 쉴 수 있길 바라네."

그제야 알락이 뭘 하려는지 깨달은 노인은 얼굴이 창백하게 질렸고, 이윽고 환자들에게 소리쳤다.

"저들이 우릴 태워 죽이려 한다! 당장 여기서 나가야 해!"

그렇게 나름대로 몸을 움직일 수 있는 경중의 병자들이 어떻게든 격리된 장소에서 나가보려 문과 창문을 두들겨 봤지만, 소용없었다.

병으로 인해 검게 변해가는 그들의 손은 피로 물들어졌으며, 이내 성직자들이 붙인 불로 인해 연기를 들이마시곤 안쪽으로 몸을 피했다.

그렇게 격리 장소는 시커먼 연기를 뿜어내며 타들어갔고, 사제들은 정교회의 찬미가를 부르며 그 광경을 처음부터 끝까지 지켜보았다.

'주여, 자비를 베푸소서. 그리스도여, 부디 자비를 베푸소서……. 더 고통을 받기 전에 저들을 구원하소서.'

알락은 생각한 것 이상으로 참혹한 광경에 속으로 자비송을 외우며 눈을 감고 말았다.

마침내 타오르던 불이 꺼지고 정화라고 자칭한 작업이 끝나자 알락이 입을 열었다.

"니콜라이 주교, 다음은 사자들을 정화할 차례요."

그러자 에센의 세례 의식을 주관해 그 공으로 모스크바의 주교가 된 니콜라이가 답했다.

"알겠습니다. 또한 정화 성사만큼 중요한 일이 있습니다."

"더 필요한 게 있습니까?"

"지금처럼 정화의 성사를 하는 것만으론 어수선한 민심이 가라앉지 않을 겁니다."

"그럼 어떻게 해야겠습니까?

"이 사태의 배후엔 분명 원흉이 있을 터……. 그 근원을 제거해야 합니다."

"무슨 근원 말이오?"

"사악한 이교도와 결탁해 병을 퍼뜨린 바바 야가(Baba Yaga, 마녀)가 있을 겁니다. 우리가 반드시 흉수를 잡아 정화해야 합니다."

알락은 이내 니콜라이의 의도를 눈치챘지만, 그 자신도 필요하다고 생각하며 긍정적인 의사를 표했다.

"으음… 그런 일은 해본 적이 없어 잘 모르니, 주교께서 일을 주관하시면 되겠군요."

"절 믿고 맡겨주셔서 감사합니다. 제가 반드시 이 성스러운 땅을 예전처럼 정화해 보이도록 하지요."

니콜라이를 비롯한 정교회 사제들은 이교도, 그것도 타타르의 군주에게 직접 세례를 주관한 사라이 성이야말로 기적이 일어난 장소라고 생각해 신성시하고 있었다.

이들은 그렇기에 이곳을 침략한 이들을 증오했고, 더불어서 그들과 신앙을 공유하면서 나름대로 그들을 존중하며 통치하고 있는 에센을 존경하고 있기도 했다.

니콜라이는 동방 정교회의 최고 지도자인 총대주교에게 기적을 일으킨 거나 다름없다는 찬사마저 들은 적이 있었기에, 오이라트와 사라이에 대한 애착이 남다를 수밖에 없었다.

그렇게 자신의 성소가 더럽혀졌다고 분노한 니콜라이 주교는 이단 색출을 겸해 마녀사냥을 시작했고, 성 곳곳에선 정화의 연기가 끊이지 않게 되었다.

*　　　*　　　*

여름이 끝나자마자 곧바로 날씨가 서늘해진 것도 모자라 갑작스레 쏟아진 가을비로 인해 우린 잠시 공격을 멈춰야 했었다.

게다가 만에 하나라도 볼가강이 범람할 것을 대비해 강가에 진을 치고 있던 치중대는 진영을 옮겨야 했었다.

"전하, 이곳의 우기도 이제 끝난 것 같사옵니다. 해가 뜬 상황에서 간헐적으로 내리던 비도 이제 그쳤사옵니다."

난 총통위장 김경손의 보고에 가장 신경 쓰고 있던 것을 물었다.

"보관하던 화약의 상태는 어떠한가?"

"간혹 비가 새어 젖어서 못 쓰게 된 것도 일부 있긴 하나, 대부분이 무사하옵니다."

"그런가, 실로 다행이군."

"또한 티무르에서 출발한 배편을 통해 후속 치중이 들어오고 있을 테니, 화약에 대해선 염려하지 않으셔도 되옵니다."

김경손의 말이 맞다. 이번 전장의 장점은 카스피해와 볼가강을 통해 보급을 받을 수 있는 거지.

"그래, 적의 원군에 대비한 목책 설치는 어찌 되어가고 있는가?"

"어제 밤을 새워 전부 작업을 마쳐놓았사옵니다."

"그런가. 작업에 동원한 병사들을 쉬게 하고, 화포 대대는 오후부터 정비를 마치는 대로 공격을 재개하게나."

"예."

"비가 올 때도 당부했었지만, 땅이 완전히 마를 때까진 병사들의 신발과 족의(足衣)를 자주 갈아 신기도록 하게. 참호 안에 고인 물은 최대한 빠르게 제거하고."

"예, 다시 한번 전군에 전파하도록 하지요."

난 티무르 담당 통역이자 연락책을 맡은 역관에게도 말했다.

"자네도 유스프 경을 다시 한번 주의시키게. 지난번처럼 대처를 소홀히 해 병사들의 상태가 좋지 못하면 좌시하지 않겠다고."

그러자 역관이 고개를 숙이며 답했다.

"그도 지난번에 병사들을 제대로 단속하지 못한 실책을 통감하며 자책하고 있사옵니다."

"그런가. 앞으로 지켜보지."

갑작스럽게 내린 비로 화약을 젖지 않게 보관하는 것도 큰 일이었지만, 그보다 중요하게 여긴 건 병사들의 비전투손실을 막고 전투력을 유지하는 것이었다.

그렇기에 난 병사들이 신고 있는 가죽 장화를 자주 불에 말리고 젖은 말(襪)을 주기적으로 갈아 신으며 발에 돼지기름을 바르도록 지시했다.

내 지시를 받은 지휘관들은 수시로 병사들의 발 상태를 검사했고, 일부 지시를 어긴 이들에게 제재를 가하자 모두가 내 지시를 철저하게 따르게 되었다.

거기다 종군 중인 양국의 의원들까지 총동원해서 혹시 모를 전염병에 대비하게 하여 비전투손실을 차단할 수 있었다.

그렇게 우리 군은 오후가 되자 화포의 정비를 마치고 포격전을 재개했는데, 근 사흘이 지날 동안 성안에서 이상한 점이 발견되었다.

성안 곳곳에서 화재라도 난 듯 연기가 올라오고 있던 것이다.

"실화로 화재라도 일어난 건가? 아니면……."

내 혼잣말에 가별장 이브라이가 답했다.

"혹여 반란이라도 벌어진 게 아닐까요."

"그렇게 보기엔 일정한 간격을 두고 연기가 올라오고 있네. 반란으로 전투가 벌어졌다면 저것보단 많은 연기가 동시다발적으로 일어났겠지."

"으음. 듣고 보니 그 말씀이 지당한 듯합니다."

"그건 그렇고, 적의 원군은 어디까지 왔다고 하던가?"

"일전의 보고론 지척에 도달했다고 하니, 아마 내일쯤이면 도착하게 될 듯합니다."

"그런가. 다들 언제든 출전할 수 있도록 준비하게나."

"예."

이브라이가 대답하는 동시에 굉음이 울려 퍼졌고, 병사들의 환성이 쏟아졌다.

"와아아아아!"

난 곧장 소리의 근원으로 눈을 돌렸고, 공격 중이던 외벽 중의 한 곳에서 엄청난 분진이 흩날리는 것을 보게 되었다.

"전하! 외벽이 무너졌사옵니다."

총통위장 김경손은 북경에서 보았던 환희에 찬 표정을 지으며 내게 달려와 보고했고, 나 역시 가벼운 미소를 지으며 답했다.

"잘했네. 그대의 공이 컸어."

"이것이 어찌 신이 혼자 해낸 일이겠사옵니까? 이 모든 것은 병사들의 공적이며, 무엇보다 우리를 이끌고 계신 전하의 성덕 덕분이옵니다."

"거기엔 자네의 공도 포함되어 있으니 겸양하지 않아도 되네. 그보다 외벽 일부가 무너진 것이고, 내벽도 남아 있네. 또한 적의 원군도 도착할 테니 이제부터가 본격적인 시작이라 할 수 있네."

"여부가 있겠사옵니까. 신도 다음 상황에 대비해 총통위의 본대를 준비하고 있사옵니다."

"그런가, 그럼 그대가 친히 나서 먼 길을 온 객을 맞이해 줘
야겠군."

그렇게 외벽이 무너진 다음 날, 나와 에센이 기다리던 헝가
리 왕국의 지원군이 도착했고 마침내 본격적인 전투가 시작되
게 되었다.

*   *   *

"우리가 많이 늦었긴 한 모양이군. 성벽 일부가 붕괴한 모양
이다."

목적지인 사라이 성 북서쪽 방면에 도착한 후냐디가 전황
을 살피며 말하자 블라드가 대답했다.

"적의 진형이나 병력 배치를 보니 바로 전투를 시작하는 건
힘들 듯합니다."

"그래. 별동대를 동원해 우리의 진군을 방해한 건 먼저 포
진을 짜기 위함이었겠지."

"그리고 소리를 헤아려 보니 수백 문의 공성포가 성벽을 공
격 중인 듯합니다."

또한 블라드 3세는 적진에 목책과 포대의 벽들이 쌓여 있
는 모습에 기병 방어진이라 짐작하며 눈살을 찌푸렸고, 후냐

디는 그 광경을 보며 나름대로 감탄했다.

"흠, 저들의 총사령관이라는 티무르 변경백의 솜씨인가. 우리의 숙적인 오스만도 그렇고… 이교도 중에선 쉬운 상대가 없군."

"저쪽은 이미 전투준비를 마친 듯한데, 어떻게 하시겠습니까?"

"우선은 포진부터 마친 다음에 우리가 가져온 바겐부르크(전투 마차)를 방벽 삼아 천천히 전진하도록 하지."

"알겠습니다. 오스만에 이어 티무르도 움직이는 성채의 위용을 보게 되겠군요."

"그리고 제자의 성취도 보고 싶으니, 네가 선봉대를 이끌거라. 난 그동안 진용을 정비하겠다."

"감사합니다, 스승님."

후냐디는 적과 5마일(8㎞) 떨어진 곳에 포진한 뒤, 지휘부와 물자를 쌓아둔 천막 근처에 전투 마차를 둥글게 배치해 울타리로 삼았다.

그러는 사이 성벽을 목표로 발사되던 대포의 소리도 멈춰 전장에는 잠시나마 정적이 흘렀다.

이윽고 블라드의 지휘하에 포진을 마친 헝가리 연합의 선발대 1만은 전투 마차를 선두에 세운 채 천천히 진군을 시작했다.

그들이 적의 선두와 1.5마일(2.4㎞)쯤의 거리에 도달하자, 마침내 환영 인사를 받게 되었다.

―쾅! 쾅! 쾅!

예상치 못한 거리에서 환영을 받게 되자 놀란 병사들이 발을 멈추고 움츠러들었다.

"이 거리에서 대포를 발사해 봐야 아무 소용없다. 겁먹지 말고 전진해라!"

"오우!"

오스만 전쟁에 여러 번 참전했던 하급 귀족이 크게 소리치며 병사들을 독려했고, 후냐디에게 고용된 용병대가 고함을 지르며 호응했다.

적의 첫 번째 공격은 포환 대부분이 목표에서 벗어났고, 탄착지 부근의 흙과 자갈을 사방으로 튀기며 가벼운 부상자를 내는 것에 그치게 되었다.

용기를 얻은 병사들은 다시금 전진을 시작했지만, 재차 발사된 포환은 밀집해 있던 이들을 꿰뚫듯이 훑으며 지나갔으며.

개중 일부는 땅에 박히지 않고 튕기듯 움직여 병사들의 다리를 공격했다.

차라리 즉사한 이들이 운이 더 좋았다고 생각하게 될 만큼, 신체 일부를 잃은 부상자들은 주변에 피를 쏟아내며 비명을 질렀다.

그 와중에 대포 공격에 휩쓸리고도 가벼운 부상에 그친 이들은 앞에 서 있던 동료들의 희생으로 말미암아 포환이 힘을 잃은 덕이었다.

　운 좋게 뒤로 넘어지는 정도로 그친 용병은 눈을 뜨며 간신히 숨을 내쉬었다.

　"흐어어어억……."

　"이봐, 괜찮아?"

　"콜록, 콜록. 그래. 손이랑 발도 멀쩡한 것 같네."

　앞줄에서 희생당한 동료들 덕에 줄어든 충격을 받았고, 거기다 비싼 돈을 들여 마련한 판금 흉갑 덕에 살아남은 용병은 동료가 내민 손을 잡으며 일어섰다.

　"그건 대대로 가문의 보물로 물려줘도 되겠어."

　혼란해진 선두 진영을 수습하던 슈바이츠 연방(스위스) 출신의 용병대장이 부하의 찌그러진 갑옷을 지켜보며 말하자, 살아남은 당사자도 싱긋 웃으면서 대답했다.

　"물론입니다, 대장님."

　"자, 겁먹지 말고 마차의 뒤를 따라라! 열을 맞추지 않아도 좋으니 저 뒤에 바짝 붙어서 쫓아가!"

　그렇게 전진하던 선두의 병력 중 일부는 바위가 일정한 간격을 두고 세워져 있음을 상관에게 보고했고, 그 말을 들은 블라드는 곧장 신속하게 지시를 내렸다.

"저 이교도들이 거리를 재기 위해 세워놓은 이정표가 틀림 없으니 신속하게 치우라 전해!"

블라드는 그렇게 발 빠른 대처로 피해를 최소화했다고 생각했지만, 상대는 몇 번의 공격으로 거리를 완전히 가늠하게 되었는지 공격을 이어갔다.

그렇게 대포 공격이 계속되자 희생자가 늘어났고, 그들이 움직이는 성채라 부르며 의지하던 마차 역시 부서지며 효용을 잃기 시작했다.

"하, 저 이교도들의 대포가 이리도 뛰어나다니……. 아군의 대포 준비는 아직인가?"

블라드의 물음에 대숙청에서 간신히 살아남은 왈라키아의 젊은 귀족이자 부관은 겁을 집어먹은 채 대답했다.

"조… 조금 더 시간이 필요할 듯합니다."

"그들의 준비가 늦어지면 늦어질수록, 희생이 더 커진다. 30미누타(minūta, 분) 안에 준비를 마치지 못하면 내가 친히 그들을 찾아가겠다고 전해!"

그들이 쓰는 대포는 포가라고 하기엔 조악한 목제 수레를 이용하고 있었으며 발사 각도를 조절하려면 땅을 파야 했다.

"알겠습니다!"

겁에 질린 부관은 말을 몰아 포병대 쪽으로 향했고, 가시공의 명성에 겁먹은 그들은 공포라는 훌륭한 동기로 인해 준비를 빠르게 마칠 수 있었다.

그렇게 헝가리 연합군 측에서도 1킬로미터가량의 거리를 두고 목책을 향해 대포를 발사하며 반격을 시작했지만, 그사이 병사 수백과 마흔 대가량의 마차를 더 잃어야 했다.

헝가리 귀족들이 이끄는 방패병과 마차 부대, 그리고 스위스 출신의 용병대장이 이끄는 용병 부대는 할버드와 장창으로 무장한 채 선두에 섰고, 마침내 적과 200야드(180m) 정도의 거리까지 접근할 수 있었다.

"좋아, 이대로 저기 보이는 울타리까지 천천히 전진한다. 지금의 대형을 계속 유지해!"

보병과 마차의 혼성부대는 지휘관의 지시에 맞춰 전투 마차를 A자 형태로 펼쳐 전진을 시작했고.

그들의 후방에선 블라드가 지휘하는 검은 기사단(Fekete sereg) 소속 기병 삼천과 헝가리 귀족에게 지휘권을 빼앗아 온 기병 이천여 명이 안전한 거리에서 대기하고 있었다.

현재 헝가리의 섭정공 후냐디의 직속부대인 검은 기사단은 후사리아(Husaria)라고도 불리며 총원이 3만에 가까웠고, 이번 전쟁에 동원된 이들은 1만가량이었다.

그들은 훗날 유럽 최강의 기병대 윙드 후사르(Winged Hussar)의 전신이 된 집단이며, 지금은 오스만의 예니체리와 시파히(정예 기병대)를 상대로 엄청난 전과를 올린 동유럽 최강의 정예였다.

"적의 울타리를 점령하라! 계속 전진해!"

헝가리 연합군의 접근을 허용하게 된 대적자들은 흙 포대와 목제 울타리를 엄폐물 삼아 반격을 시작했다.

그들의 예상하지 못한 대규모 일제사격에 수많은 이들이 피를 뿌리며 쓰러지자 살아남은 이들은 마차 뒤에 숨게 되었다.

"방금 저건 핸드고네(Handgonne)를 일제히 발사한 건가? 내가 지금 본 게 맞는다면 최소 천여 정 이상이 동시에 발사된 듯한데……."

블라드가 전장을 지켜보며 침음을 흘리자, 그의 부관이 주저하며 말을 꺼냈다.

"저만한 양을 보건대… 오스만의 예니체리가 지원군으로 도착한 것인지도 모릅니다."

동유럽의 왕국들이 알기론 수천 단위의 개인용 화기를 운용하는 나라는 오직 오스만뿐이었다.

이들도 오스만을 따라 제식 병기로 사용하고는 있었지만, 그만한 규모를 따라갈 수는 없었다.

그렇게 이들이 경악한 일제사격이 지나간 후엔 산발적인 사격과 함께 잠시 멈췄던 대포 공격이 재개되었다.

마차의 보호를 받으며 핸드고네와 소구경 대포로 반격하던 선두 병력을 향해 높은 포물선을 그리며 날아온 포환은 별다른 피해를 주지 못했다.

그렇게 연합군이 안심하며 공격을 재개할 무렵 전혀 예상하지 못한 사태가 일어났다.

—콰콰쾅!

적의 포환은 굉음을 일으키며 폭발했고, 동시에 불벼락을 사방에 흩뿌렸다.

그렇게 마차와 함께 병사들이 불타기 시작했고, 살아남은 이들이 필사적으로 마차 안에 준비되어 있던 물통을 꺼내 진화를 시도했지만, 물을 부어도 불은 꺼지지 않고 더 크게 타오르게 되었다.

"불을 꺼줘!"

"끄아아악!"

온몸에 불이 붙은 채로 뒹구는 병사들이 비명을 질러댔고, 지휘관들은 불이 더 크게 번지기 전에 마차를 분리해 후방으로 이동시킬 수밖에 없었다.

그 모습은 그들이 익히 들었거나 보아 알고 있는 광경이었다.

"이교도들이 정녕, 로마에서 그리스의 불을 훔치는 데 성공한 것인가!"

블라드는 전혀 예상하지 못한 광경에 놀라 분통을 터뜨렸고, 그 광경을 본 검은 기사단의 일원들과 귀족들도 분노하기 시작했다.

그러자 어느 혈기 왕성한 귀족이 블라드에게 소리쳤다.

"공작님, 이대로라면 공격 중인 아군이 밀릴 수밖에 없습니다. 지금이라도 적진으로 돌격해서 저들을 멈춰야 합니다."

블라드 역시 상황을 지켜보며 돌격하고 싶은 마음이 간절했지만, 스승의 가르침을 떠올리며 이내 마음을 가라앉혔다.

"아니. 적의 전력도 전부 파악하지 못했는데 함부로 뛰어들 수는 없는 노릇. 거기다 우리의 후방을 괴롭히던 타타르인 기병대는 전혀 모습조차 드러내지 않고 있다."

"그럼 어떻게 하시겠습니까?"

"적의 대포가 미치지 않는 이곳까지 아군을 후퇴시킨다."

"하지만 이대로 물러나면 이교도 놈들의 사기만 올려줄 뿐입니다!"

"지금 그대는 섭정공 전하께 지휘권을 일임받은 내게 불복하려는 건가?"

위압적인 인상을 타고난 블라드가 상대를 노려보자 그의 명성을 익히 들어 알고 있던 귀족은 겁을 먹곤 고개를 돌리고 말았다.

"죄송합니다. 그럴 뜻이 아니라… 그저 의견을 내려 한 것인데……."

블라드는 내심 본전도 못 찾고 물러나는 귀족을 멍청하다고 비웃었고, 부관을 바라보며 말을 이어갔다.

"전방에 내 퇴각 명령을 전달해라. 그리고 우린 아군의 후퇴를 돕는다. 그리고… 이건 미끼가 될 수도 있어."

"미끼라니요?"

"병력을 잃고 후퇴하는 부대야말로 기병대가 돌입하기에 최적의 미끼가 아닌가."

"으음… 그 말씀도 맞긴 하나… 단순히 전초전이라 보기엔 손실이 큰 것 같습니다."

"희생이 따르지 않는 전쟁 같은 게 있던가? 또한 이 정도로 그친 걸 다행으로 여기라."

그렇게 블라드의 명령대로 병사들이 후퇴를 시작했다.

그렇게 30분이 지날 무렵, 블라드가 예상한 대로 5천가량의 기병대가 적진에서 나와 후퇴하는 선봉대를 추격하기 시작했다.

"공작님의 예상대로입니다!"

젊은 부관이 기뻐하며 호들갑을 떨자, 블라드는 곧장 손짓으로 명령을 내렸다.

블라드는 타타르 기병대의 기동력에 맞서 나무 방패와 창검으로 경무장을 한 구사르(Gusar) 경기병을 2천을 내보냈고, 뒤이어 검은 기사단 일동을 바라보며 외쳤다.

"칠흑의 군대여!"

그들은 육성 대신 흉갑을 두드리며 답했다.

"너희가 누구냐!"

"신앙 세계의 방패이시며 고귀한 순백의 기사이신 주군을 지키는 검은 기사입니다!"

"그럼 너희가 해야 할 일은?"

"눈앞의 이교도를 죽여 없애는 것!"

"그럼 돌격을 시작하라!"

"Igen, Uram!(Yes, my lord!)"

투구의 바이저를 내린 채 기병대원들은 돌격을 시작했고, 간신히 적의 사정거리에서 벗어나 후퇴하던 아군의 방패가 되어 추격하던 이교도의 기병대와 마주 보게 되었다.

'와라, 너희의 볼품없는 화살 따윈 데우스의 은총을 받은 우리의 갑옷과 방패로 전부 막아낼 수 있다.'

블라드는 오스만에게 고용된 쿠만 용병을 상대한 경험으로 말미암아 활을 쏘며 움직이는 타타르식 전법을 상대할 자신이 있었다.

적의 선두와 40m 정도로 가까워지자, 예상한 대로 화살이 날아오는 것을 볼 수 있었다.

판금 갑옷과 마갑으로 중무장한 이들은 수많은 화살을 튕겨내며 무시했고, 이내 상대가 기수를 돌려 거리를 벌리기 시작한 모습을 본 블라드는 자신의 예상이 맞았음을 확신하며 몰이하듯 그들을 쫓았다.

'이렇게 근접하면 너희의 잘난 대포도 쓸모없게 되지.'

또한 미리 출발시켜 놓은 구사르 경기병이 기마 궁사대를 따라잡아 빠르게 돌진을 시도했고.

검은 기사단은 블라드의 예상대로 경기병이 그들의 발을 잡은 사이 랜스 차지를 먹이게 되리라 믿고 있었다.

하지만 상대가 타타르라 믿어 의심치 않던 블라드의 예상에서 벗어난 존재들이 있었다.

나팔같이 생긴 막대를 들고 있는 1천가량의 경기병 부대가 구사르를 따라잡아 추격하고 있는 것이었다.

블라드는 서서히 속도를 올리려던 차에 생소한 무기를 든 기병을 보곤 의아해했지만, 이내 상대가 무슨 짓을 하건 박살을 내면 그만이라 생각하곤 속도를 올렸다.

그러자 의외의 일이 벌어졌다.

그들이 손에 든 나팔은 심지에 불을 붙일 필요조차 없이 발사되는 화약 병기였고, 일제히 사격이 개시되자 가벼운 무장을 갖춘 구사르 부대는 피를 뿌리며 낙마하기 시작한 것이었다.

게다가 다수의 말이 상처를 입어 날뛰었고, 덕분에 구사르의 돌격은 힘을 잃고 말았다.

그사이 빠르게 말을 달려 이탈한 이교도의 기마 궁사들은 금세 수십의 무리로 나뉘어 분산되어 화살 공격을 이어갔다.

블라드는 여기서 속도를 늦춘다면 완전히 농락당할 수 있다고 판단해 구사르가 분투하길 바라며, 목표를 바꿔 적의 본대를 돌파하려 속도를 빠르게 올렸다.

　그렇게 속도를 내기 시작해 적 기병대의 본대로 짐작되는 이들을 향해 달리기 시작한 블라드와 검은 기사단은 마침내 적의 실체를 볼 수 있었다.

　그들의 눈앞에 나타난 적의 군대는 자신들에게도 떨어지지 않을 만한 갑옷과 마갑을 갖춘 채 랜스를 들고 달려오는 최정예 기병대였다.

제6장

고지전

　검은 기사단과 이단자의 기병대, 즉 가별초의 첫 번째 격돌은 다수의 낙마자를 내는 것으로 시작되었다.

　선두에 섰던 검은 기사단원 다수는 속도를 완전히 올리지 못한 상황에서 예상하지 못한 기병 돌격을 받아 말에서 떨어졌고.

　졸지에 주인을 잃은 말들만 구슬피 울부짖으며 홀로 달리게 되었다.

　하지만 그들은 동유럽 최고의 정예 기병답게 뒷줄이 선두의 실책을 만회하듯 첫 격돌 후 랜스를 버리고 무장을 교체

하려는 가별초 대원을 노려 낙마시킬 수 있었다.

그렇게 서로 랜스를 소모한 이들은 각자 병기를 꺼내 들고 마상 백병전을 이어갔고, 동서양을 통틀어 최정예의 싸움답게 수준 높은 전투가 이어졌다.

양측 모두 갑옷이나 방패를 이용해 상대의 공격을 흘려보내는 기술에 능숙했기에, 거창 돌격 이후 추가된 낙마자의 수는 적었다.

그렇게 전장 한가운데서 서로 교차하며 장관과도 같은 대규모 돌격과 더불어 백병전을 주고받은 양측의 기병대는 지휘관의 지시에 따라 서로를 가로지르듯 교차했다.

뒤이어 크게 우회하듯 움직여 상대를 주시했고, 대치하는 동시에 말의 호흡을 잠시 고른 후 재차 다음 돌격을 준비했다.

그러는 사이에 전장 가운데서 낙마한 이들 간의 백병전이 벌어지게 되었지만, 양측엔 약간의 차이점이 생기게 되었다.

검은 기사단 측 낙마자들은 낙마의 충격으로 인한 부상자가 많았던 반면에, 가별초 기병들은 평소 연습한 대로 낙법을 이용했기에 상대적으로 다친 이들이 적을 수밖에 없었던 것이다.

가별초 측에서 낙마한 이들 중 가장 선임인 후룬 족장의 아들 내로올이 소리쳤다.

"모두 병기를 들어라! 병기를 잃은 자는 훈련한 대로 짝을 지어 적의 공격에 대비해!"

내로올의 지휘 아래 화려한 봉황 그림이 그려진 휘장을 광택이 흐르는 갑옷 위에 덧입어 장식한 가별초 무관 200여 명은 천천히 접근을 시작했고.

검은 기사단이란 이름에 걸맞게 갑주를 검게 칠한 데다, 가슴에 금색 십자가가 그려진 상대 역시 진형을 갖추어 다가와 가별초와 교전을 시작했다.

그렇게 시작한 전투는 그들끼리는 치열했지만, 전투에 문외한인 이들이 보기엔 시시할 정도로 피해가 없었다. 그들은 각자 입고 있는 판금 갑옷의 방어력 때문에 빈틈을 찾기 위해 견제 위주의 싸움을 이어간 것이었다. 그렇게 서로 눈치를 보던 사이, 변수를 만들어낸 것은 가별초 측이었다.

무기를 잃어 맨손인 가별초의 무관들이 평소 입에서 단내가 날 정도로 연습했던 갑주술을 사용해 하단으로 돌입해 적들을 넘어뜨린 것이다.

눈앞의 상대를 신경 쓰다 졸지에 기습을 당한 이들은 육중한 가별초 무관에게 깔린 채 주먹으로 투구 위를 얻어맞았고.

개중 일부는 동료를 지원하려는 상대의 철퇴에 일방적으로 두들겨 맞았다.

가별초 무관에게 깔린 검은 기사단원들은 사력을 다해 벗어나려 했지만, 양생법으로 근력을 단련한 이들에겐 무력할 수밖에 없었다.

"이 저주받을 이교도 놈아! 이거 봐라!"

"이 개새끼가 대체 뭐라고 지껄이는 거야, 시발, 그냥 죽어!"

위에 올라탄 여진계 가별초 무관이 걸쭉한 조선말로 욕설을 내뱉으며, 송곳처럼 생긴 추도(錐刀)를 꺼내 겨드랑이 부근에 사슬로 보호받는 틈새를 노려 찔렀고.

상대에게 깔린 채 근처의 돌을 집어 들어 반항하다 겨드랑이와 팔 안쪽을 보호하는 방어구인 메일 거셋(Mail gusset) 부분이 관통되어 급소를 찔린 페슈트 출신의 귀족은 비명을 지르며 피를 쏟았다.

"크하악! 으아악! 이 망할 개구리 같은……"

그렇게 그들은 서로 알아들을 수 없는 고성과 욕설을 했고, 본능적으로 그것이 저주의 말이라는 것을 알아차렸다.

하지만 가별초 무관들은 아랑곳 않고 그간 연습한 숙련된 전투기술과 합공으로 점점 적의 수를 줄여 나갔다.

전황이 그렇게 흐르자, 두 배가 넘는 인원 차로 인해 유리하다고 생각했던 검은 기사단 측 낙마자들은 당황하게 되었다.

"저곳을 보십시오! 공작께서 이 와중에 우릴 지원하러 별동대를 보냈나 봅니다."

그들의 지휘관은 어느 기사단원의 외침에 고개를 돌렸고, 두 번째 돌격을 준비하려던 본대에서 50여 명의 기병대가 이탈해 달려오고 있는 광경을 볼 수 있었다.

"역시 왈라키아 공작께선 평소 성격은 좀 그래도, 아군에겐 따듯하신 분이군. 자! 다들 지원군의 돌격에 휩쓸리지 않도록 뒤로 물러나라!"

이들의 선임이 상관에 대해 솔직한 감상을 내뱉으며 명령을 내리자, 갑주술에 당해 붙잡혔거나 죽은 이들을 제외하곤 진형을 형성해 물러나기 시작했다.

"별관 나리, 적의 마군(馬軍)이 이리로 달려오고 있습니다!"

교전 도중에 적이 한 발짝 뒤로 물러나는 것을 보곤 의아해 하던 내로올은 몽골계 후임 무관의 외침에 다급하게 소리쳤다.

"모두, 주변에 떨어져 있는 마창을 집어라! 연습한 대로 창을 든 이가 바깥에 서서 사각 방진을 구성한다. 실시!"

가별초 무관들은 다급하게 주변 전장에 떨어져 있던 랜스를 다급하게 집어 들었고, 개중엔 검은 기사단원들이 쓰던 것도 다수 섞여 있었다.

랜스 손잡이 부분을 땅바닥에 힘으로 밀어 박아버린 이들이 전면에 나섰고, 뒤에 선 인원들은 그들을 지탱하도록 뒤에서 받치기 시작했다.

그렇게 즉석 장창진, 달리 말하면 마창진이 완성되자, 이곳을 지원하러 달려왔던 기병의 선두는 황급하게 경로를 뒤틀었다.

그러나 몇몇은 운이 없어 마창진에 들이받아 추가적인 낙마자를 내었고, 그것을 보고 아군을 지원하려 검은 기사단원들이 다시 접근해 교전을 재개했다.

양군의 낙마자들이 분투하는 사이 양군 중갑 기병대의 이차 격돌이 벌어졌다. 그와 동시에 헝가리 연합 측 구사르 경기병과 조선 측 기마 궁사대와 나팔 총병 부대의 추격전도 곳곳에서 벌어지고 있었다.

어떻게든 상대를 따라잡으려는 구사르 기병대는 달리는 와중에 뒤를 돌아보며 화살을 쏘는 상대의 기술에 많은 희생자를 냈다.

또한 살아남은 숙련병들은 그런 상대에 적응한 듯 나무 방패를 이용해 화살을 방어했다. 그러나 조선군 기마 궁사는 그들을 농락하듯 목표를 바꿔 말을 노려 기수를 낙마시켰다.

그렇게 기마 궁사들이 시간을 끄는 사이 재장전을 마친 나팔 총병은 산탄을 발사해 그들의 사선 앞에 선 이들을 사살한 뒤 기마병용 곡도를 뽑아 돌격을 이어갔다.

그렇게 치열한 전투가 동시다발적으로 벌어지자, 점점 불리해지는 것은 경기병의 손실이 큰 헝가리 측이었으며.

헝가리 연합군의 선봉대 지휘관인 블라드 3세도 그 사실을 절감하고 있었다.

'이대로라면 스승님께서 직접 나서시는 수밖에 없는데…….
그런데 성안의 놈들은 이런 상황에서도 움직이지 않는 건가?'

블라드는 움직이지 않는 오이라트군을 탓했고, 그와 동시에 장검을 휘둘러 눈앞을 스쳐 가는 이교도 기병을 공격했다.

그러나 그의 공격은 경쾌한 타격음만 낸 채 경면을 타고 미끄러져 별다른 피해를 주지 못했다.

'차라리 부무장으로 철퇴를 들고 왔어야 했나……. 타타르의 기병대가 우리만큼이나 대단할 거라곤 생각조차 못 해봤으니, 이건 방심의 대가라고 봐야겠군.'

블라드는 그 와중에 추가로 낙마하는 아군을 보며 결심을 굳혔다.

'어떻게든 여기서 전력을 최대한 보존하고 빠져야 한다. 이번 돌격이 끝나는 대로 집결해 후퇴해야겠어.'

그렇게 두 번에 걸친 격돌로 천여 명에 가까운 낙마자를 낸 상황에서 집결하려 하자, 블라드의 판단이 옳았다는 것을 증명이라도 하는 상황이 벌어졌다.

"모두 후퇴하라! 당장 구사르에도 신호를 보내!"

"공작님, 접전 중인 아군이 안전하게 퇴각하려면 우리가 다시 돌격해야 합니다."

"그건 허락할 수 없다. 저건 단순한 파이크병대가 아니야!"

블라드는 적의 정체가 예니체리의 일종이라 생각했고, 그의 짐작이 맞았다.

조선군 측에서 장창과 강선총으로 무장한 총통위의 혼성부대가 10여 개의 사각형 방진을 갖춘 채 일제히 진군을 시작하고 있었던 것이다.

낙마한 채 가별초 무관들과 치열한 백병전을 벌이던 검은 기사단원들도 그 광경을 보곤, 황급하게 후퇴하려는 움직임을 보였다.

양군은 거의 동등한 수의 전력으로 기병전을 시작했지만, 전투가 이어진 1시간 동안 구사르 경기병의 사망자만 근 800여 명에 달했고.

검은 기사단 소속의 중갑 기병의 사망자만 해도 400명에 육박했다.

결국 헝가리 연합군 측은 서전에서 수많은 보병과 전투 마차를 잃은 것도 모자라, 지극히 귀중한 기병 전력마저 압도당해 커다란 피해를 본 것이다.

결국 전초전의 흐름은 조선 측에게 일방적으로 넘어가고 말았다.

그렇게 블라드와 헝가리 선봉대가 위기에 처했을 무렵, 새로운 군대가 전장에 등장했고 헝가리 선봉대는 그들의 도움으로 간신히 위기에서 벗어날 수 있었다.

오이라트의 최정예 기병대 지휘관인 바얀이 레즈헤 동맹, 그중에서 슈치퍼리(Shqipëri, 알바니아)의 군주, 제르지 카스트리오티(Gjergj Kastrioti)가 이끄는 지원군과 함께 전장에 등장한 것이었다.

　　　　*　　　　*　　　　*

　난 망원경으로 전장과 주변 상황을 지켜보고 있었고, 어제 들어온 척후의 정보대로 추가 지원군이 올 것을 짐작했기에 가별초를 비롯한 기병들의 퇴각을 목적으로 총통위를 전장으로 내보냈다.

　서전을 승리로 장식한 내 자랑스러운 병사들은 총통위의 엄호를 받으며 전장에서 물러났고.

　총통위는 아군을 견제하려 접근하는 오이라트의 기병대를 상대로 일제사격을 퍼부으며 저지했다.

　그렇게 우린 전초전을 승리로 이끈 채 안전하게 퇴각했고, 전장은 잠시 소강상태가 되었으며.

　그 틈에 부상자들을 치료하며 부서진 목책을 수리하고 진을 정비하도록 했다.

　"주상 전하, 증원군으로 인해 적도들의 수가 아군의 두 배 가까이 늘어난 듯하옵니다."

　김경손의 보고에 난 웃으면서 답했다.

　"그래서 총통위장은 현 상황이 아군에게 불리하다고 여기는가?"

　그러자 김경손은 내 물음에 고개를 저으며 자신감이 넘치는 듯한 투로 답했다.

"아니옵니다. 이적과 서이의 수가 아무리 많다 한들, 아군의 방책과 참호를 뚫는 것은 결코 있을 수 없는 일이옵니다."

"나도 그렇게 생각하네."

저들의 전력으론 아군이 그간 공들여 구축해 둔 참호와 방어용 병기들이 즐비한 우리의 진형을 뚫는 건 지극히 힘든 일이다.

또한 저들이 그리 믿고 있는 성벽을 함락하는 것보다 이쪽이 더 힘들 테고.

게다가 저들이 우릴 포위해 보급을 끊으려 한들, 티무르에서 카스피해를 거쳐 볼가강을 통해 오는 수운 보급은 막을 수 없다.

거기다 육전만을 상정하고 출정한 저들에겐 수전이 가능한 함선마저 없으니, 저들은 사라이 성을 상대로 공성을 하는 우릴 상대로 또 다른 공성을 벌여야 할 판이지.

만약 이 전쟁이 장기전이 되면 저들은 보급부터 시작해 본국 귀족들의 반란을 걱정해야 하니, 오히려 시간이 지날수록 불리한 것은 우리가 아니라 저들이다.

"이제부턴 전방에 화차와 산탄용 화포를 배치하고 산탄총병을 추가로 증원하게. 당분간 나를 지키는 이들은 내금위와 겸사복으로 족하니."

"알겠습니다."

전초전의 첫날이 지난 후 에센의 지원군들은 아군의 화포 사정거리를 경계하는 듯, 10리 정도의 간격을 두고 포위진을 형성하고 있었다.

그러는 사이에 우린 붕괴한 외벽 안쪽에 있는 내벽을 꾸준히 공격했지만, 그쪽은 성벽 안에 회반죽을 가득 채워두었는지 쉽게 무너질 기색이 보이지 않았다.

그렇게 대치와 공성전이 이어지며 일주일가량의 시간이 지나자, 전령을 통해 새 소식이 들어왔다.

"전하, 오스만에서 이곳을 지원하러 그들의 군주가 직접 친정을 개시했다고 합니다."

김경손이 소식을 가져와 보고했고, 난 지도를 보며 되물었다.

"일전에 그들의 사신의 말론 여기 보이는 강 중류의 요새를 빼앗긴 탓에 군을 움직일 수 없다 하지 않았는가?"

"거기에 대한 변명도 들었습니다. 그땐 상황을 지켜보느라 어쩔 수 없었다고 하옵니다."

"그럼 어찌 움직이겠다고 하느냐?"

"후방을 지키는 군대까지 총동원해 공성전을 시도하는 동시에 본대가 움직일 예정이라 합니다."

"성동격서를 할 생각인가 보군. 그럼 그들의 도착까진 얼마나 시간이 걸리겠나?"

"그들의 군주가 이끄는 본대의 규모가 5만에 달한다 하니, 최소 한 달 정도는 걸릴 듯하옵니다."

그들의 참전은 나도 나름대로 예상하긴 했지만, 메흐메트가 직접 오는 것은 의외였다.

이러다 이 전쟁이 후세에 십자군 전쟁의 일종으로 알려지는 게 아닌가 하는 생각을 하며 김경손에게 답했다.

"알겠다. 밤이 늦었으니 총통위장도 물러나 쉬게."

"아니옵니다. 신이 전하의 배려로 오전에 쉬었으니, 오늘 밤은 진중 시찰을 하려 합니다."

"그런가. 그럼 고생하게나."

김경손이 물러난 후, 난 생각했다.

이 전쟁도 곧 결말이 오겠다고.

*　　　　*　　　　*

"이교도의 목책과 흙자루 벽이 어제보다 더 앞으로 이동했다고 합니다."

서전을 치른 다음 날, 헝가리 연합, 이제는 동유럽 연합이라 불러도 손색없을 대군의 총사령관 후냐디는 알바니아의 제르지와 이야기를 마친 후, 제자의 보고에 되물었다.

"어느 정도나 전진했다고 하더냐?"

"정확하진 않지만 대략 100큐빗(50m) 정도라고 보고받았습니다."

"음, 아무래도 저 이교도들은 대포의 우월함을 내세워 우릴 압박하려고 하는 것 같구나."

서전에서 군을 지휘하며 상대의 악랄한 화약 병기들을 직접 체험했던 블라드는 그답지 않게 한숨을 내쉬며 답했다.

"하아, 저도 그렇게 생각하고 있습니다. 이러다가 오스만의 이교도가 원군으로 오면 앞으로의 전세는 돌이킬 수 없어지지 않겠습니까?"

"그래, 이교의 술탄은 강을 통해 무한한 보급이 가능한 요새를 손에 넣게 될 테고, 그리되면 타타르와 손잡은 저들은 모스크바는 물론이고 바로 우리의 나라들마저 사정권에 넣게 된다."

"으음, 그렇게 보기엔 거리가 조금 멀지 않습니까?"

"아니다. 옛날 타타르가 침공했던 당시의 기록들을 보면 타타르의 군대는 하루에 70밀리온(마일, 약 110㎞) 이상을 이동했다고 한다. 그러니 이곳이 함락당하면 신앙 세계를 짓밟기 위한 새로운 전초기지가 되겠지."

"그렇다면 저들의 진군을 막아야 합니다."

"그래, 내 목숨을 바쳐서라도 막아낼 것이다."

"아닙니다. 스승님께서 건재해야 오스만을 막아낸다는 전제가 성립됩니다. 그러니 불길한 말은 하지 마시죠."

"내가 죽는다 해도 내 아들과 네가 있지 않으냐."

"마차시 공자는 아직 10대입니다. 제가 그를 돕는다 해도 스승님 없는 오스만의 진공을 막는 건 힘듭니다."

"그건 그렇고, 성안에서 온 전령도 있다며. 뭐라고 하더냐?"

"예, 성안에 전염병이 돌아 병을 퍼뜨린 이단자와 마녀를 색출하느라 병사를 동원했었기에 바로 호응할 수 없었다고 합니다."

"훗, 말도 안 되는 소리지만, 핑계는 적절하군."

"아닙니다. 통역을 위해 전령과 동행한 이가 사제였습니다. 그분의 종이 감히 거짓을 말하겠습니까?"

"그래? 그럼 당분간 성과 접촉은 피해야겠구나. 앞으로 성에서 연락을 위해 나오는 이들 역시 병사들과 접촉하지 못하게 하여라."

"그래도 바얀이라 이름 밝힌 오이라트의 보야르(귀족)가 남쪽에서 기병대를 이끌고 지원군으로 왔으니, 이후 전략에 관해선 그와 논의하면 될 듯합니다."

"그는 내가 내일 직접 만나봐야겠군. 지원군으로 온 기병대는 네가 보기에 어떻더냐?"

"제가 그동안 타타르에 대해 막연한 선입견을 품고 있었음을 알게 되었습니다."

"대체 어떻길래?"

"제가 앞서 싸웠던 이단자의 군대만큼이나 장비를 잘 갖추고 있었고, 사특한 이단자와는 다르게 신앙의 증표로 푸른색 십자가와 늑대가 그려진 문양을 쓰고 있더군요."

"흠, 신실한 타타르의 기사단이라니 잘되었군. 좋은 패가 생겼어."

"그나저나, 좀 전에 제르지 대공과 무슨 이야길 하셨습니까?"

"시시콜콜한 잡담이었지. 옛 전우를 만난 기분으로 이야기를 나누었다."

"두 분께선 한때 적이기도 했지 않았습니까?"

"한땐 그도 오스만의 봉신이었으니 어쩔 수 없었던 거고, 지금은 공동의 적을 두고 싸우는 믿을 만한 우군이지."

"그렇군요. 앞으로 제르지 대공은 어떤 임무를 맡게 됩니까?"

"그가 가장 잘하는 것을 맡겼어."

"그분이 잘하는 것이라면?"

"그는 내가 아는 이 중에서 그 누구보다 방어에 뛰어난 인물이다."

"스승님보다 더 뛰어납니까?"

"그래, 그도 적의 방어 진형을 보곤 감탄하더니 자신도 따라 할 수 있다고 장담하더군. 우리의 든든한 방패가 되어줄 거다."

"알겠습니다."

그러나 다음 날, 후냐디의 심기를 거스르는 일이 발생했다.

"이교도들이 또 목책을 전진시켰다고?"

"예, 오늘도 어제만큼 100큐빗가량을 이동했다 합니다."

"허, 서전에서 승리를 거둔 것으로 기고만장해진 건가. 오만하면서도 멍청하군."

"어째서 그렇습니까?"

"생각해 보아라. 적의 대포 성능이 우월하다곤 하나, 수는 한정되어 있고 저렇게 타원형으로 이뤄진 진형의 외곽을 크게 넓히면 무슨 문제가 생기겠느냐?"

"으음… 방어선이 점차 얇아지겠고, 일점 돌파에 취약해질 것 같습니다."

"그래. 저들의 총지휘관인 티무르의 변경백이 대포만 믿고 저러는 거 같은데… 이건 명백한 실책이다. 음, 우리도 한동안 당해주는 척하며 진을 뒤로 빼야겠구나."

"그럼 기회를 보아 기병으로 적진을 돌파하실 생각이십니까?"

"그래, 약간의 희생을 감수하더라도 적진 중앙에 포진해 있는 최고 지휘관을 잡으면 이 전쟁은 손쉽게 끝날 거다. 장기전이 되면 불리한 건 우리 쪽인데 잘되었어."

"그들의 대비도 만만치 않을 텐데요. 지난번에 본 타타르 정예병의 실력은 검은 기사들 못지않았습니다."

"그래도 그들을 이끄는 변경백 유스프는 나이 든 노인이다.

어떻게든 그의 신병만 확보한다면 전쟁을 끝낼 수 있어. 그가 잡힌다면 오스만도 쉽사리 움직이지 못할 거다."

"그럼 공격 시기는 언제쯤이 좋겠습니까?"

"당분간 저들의 진영이 전진하는 걸 지켜본 후에 결정하지. 더 크게 벌어져야 허술해질 만큼 병력이 분산될 테니."

"음, 전선을 담당하는 지휘관에 따라 대응도 다를 테니, 적당히 정찰하는 척하며 적의 반응을 보는 것도 나쁘지 않을 듯합니다."

"그래, 그 임무는 타타르 기사단에 맡기면 되겠구나."

"저도 동행하겠습니다."

"네가 왜?"

"일전의 전투로 제가 모르고 있는 게 많다고 느꼈습니다. 저들과 동행하면 뭔가 하나라도 배울 게 있지 않겠습니까?"

후냐디는 블라드의 태도를 보곤 웃으며 농담조로 답했다.

"알겠다. 저들은 몸값을 요구하지 않으니, 네가 잡히면 구해줄 방도가 없는 걸 명심하고."

"이교도가 군을 운용하는 법을 지켜보려는 겁니다. 안심하시죠."

블라드는 바얀이 붙여준 통역관과 함께 바얀 휘하의 경기병들과 동행했고, 출발 전 그들의 장비를 보며 이것저것을 물었다.

"이봐, 저기 말에 매달린 가죽 주머니에 들은 게 뭐지?"

"저건 보르츠라고 하는데, 소나 양의 고기를 말린 겁니다. 이것 한 조각이면 한 끼로 충분하지요."

블라드는 주머니를 열어 잘게 잘려 있는 고기 조각을 꺼내 보며 말했다.

"겨우 이 정도 손가락만 한 양으로 배가 찬다고? 너희 족속들은 원래 적게 먹는 건가?"

"그런 게 아닙니다. 저게 작아 보여도 물기를 완전히 없애며 말린 거라 그 과정에서 줄어든 겁니다. 본래 크기는 저것보다 서너 배는 더 크지요."

"그런가. 조금만 먹어볼 수 있을까?"

"그냥 먹을 수도 있지만 뜨거운 물에 불려서 수프처럼 드시는 편이 좋습니다."

"일단 조금만 맛보면 되니, 한 조각만 먹어보지."

"예."

블라드는 통역관이 먹기 좋게 잘라준 보르츠를 건네받은 후 침으로 불려가며 씹었고, 한참 후 그것을 삼키며 답했다.

"냄새랑 맛이 좋은 편은 아니군."

"예. 저들, 아니, 우리에겐 익숙한 맛이지만, 이곳의 주민들은 거부감을 가지더군요. 이거 한 자루면 아르바트가 보름에서 한 달 가까이 먹을 수 있는 좋은 음식인데도……."

"아르바트가 뭐지?"

"군의 편재 단위로, 열 명으로 이뤄진 부대입니다. 10명을 이끄는 대장은 아르반우라고 합니다."

"그럼, 그 위론 백과 천으로 올라가는 건가?"

"예, 정확하십니다. 거기다 투먼이라고 해서 천인대 밍간과 백인대 주트를 모집해 일만을 지휘하는 이들이 있습니다."

"타이시란 작위는 투먼을 말하는 건가?"

"아닙니다. 현재 총 4명인 투먼의 위엔 타이시와 칸이 계시지요."

블라드는 자신의 상식에 맞춰 그들이 보이보드나 보야르 같은 귀족 계급이라 생각하곤, 귀족의 씨가 마른 자신의 영지에서도 개량해서 써먹을 만한 체계라 여겼다.

"흠, 이 보르츠란 음식을 만드는 법을 알고 싶다."

"진심입니까?"

"그래, 이걸 대량으로 만들어 비축해 두면 쓸 만한 전투식량 겸 비상식이 될 것 같군."

"이런 타국의 풍습을 좋게 봐주신 분은 공작님이 처음이십니다."

"그래?"

"예, 모두가 데우스를 받아들여 신앙 세계의 주민이 되었지만, 높으신 분들은 이곳의 복식과 풍습을 따라 하느라 바빴지요."

블라드는 통역관이 상관들을 은근히 비꼬는 것을 보곤, 슬쩍 미소를 보였다.

"하긴, 지난번에 봤던 바얀 공도 우리의 복장을 따라 입었더군."

"이국의 노얀(귀족)께서 이런 사소한 것에 관심을 두신 건 처음입니다."

"앞으로도 많은 걸 알고 싶으니, 당분간 내 곁에 붙어 다녀라."

"알겠습니다."

"너, 이름은?"

"제 이름이요?"

"그래. 계속 이봐, 거기, 너라고 부를 수는 없으니까."

"보르카투입니다."

"그래, 보르카투. 앞으로 잘 부탁한다. 그건 그렇고 넌 본래 이방인 출신인가?"

전혀 예상치 못한 말을 들은 보르카투는 눈을 크게 뜨며 되물었다.

"…어떻게 아셨습니까?"

"아까 저들이라 했다가 우리로 정정하는 부분도 그렇고, 몽골이나 울루스 같은 말도 쓰지 않았다. 저들과 철저하게 거리를 두고 설명하더군."

"공작께선 감이 좋으시군요. 맞습니다. 전 본래 몽골이나 오이라트와 대립하던 부족 출신입니다."

"그런데도 여기 있는 걸 보면, 험난하게 살았나 보군."

"뭐, 그렇습니다. 저도 본래는 이곳의 표현으로 푸른 피를 타고난 몸이었으니까요."

"보야르였다는 건가? 그럼 어쩌다 여기까지 온 거지?"

"제 아버지는 배신자들 때문에 우리 땅을 침략한 타국의 군대에 붙잡혀 온몸이 찢겼고, 아버지와 대립하던 이가 어린아이였던 절 받아들여 제자 겸 자식처럼 대하며 키워주셨습니다. 그러다 어쩌다 보니 여기까지 흘러오게 된 겁니다."

"흥미로운데, 좀 더 자세히 말해봐."

"어째서 이 미천한 몸의 이야기가 그리 궁금하신 겁니까?"

"나도 너처럼 자랐다. 어린아이 시절, 이교도의 볼모가 되어 온갖 수모를 당했고, 간신히 고향에 돌아오자 왈라키아의 대공이시던 내 아버지는 수하들의 손에 목숨을 잃었지. 그들의 배후에 있던 이는 나의 스승이자 이 연합군을 이끄시는 섭정공 전하이시고."

"…저도 사연으론 웬만한 이들에게 지지 않는다고 생각했는데, 공작님에겐 차마 이길 수 없겠네요."

"널 키워준 스승은 어찌 되었나?"

"사실, 제가 몽골의 내전에 개입했었다가 스승님의 부족과 함께 도망쳐서 카잔에 의탁했었지요."

"그런데?"

"공작님께서도 아시다시피 오이라트 에센의 군대가 모스크 바까지 밀고 들어오는 바람에 카잔과 함께 저들에게 대항하던 스승님은 돌아가셨지요."

"보르카투, 넌 어떻게 살아남았나?"

"지금 우리 군의 지휘관이신 바얀 티무르 노얀께서 당시 총지휘관이셨는데, 용서를 비는 절 보시곤 죽일 가치도 없다며 잡일이라도 하라고 살려주셨습니다."

"노예가 되었다는 건가? 그런데 지금은 직위가 오른 것처럼 보이는군."

"뭐든 배우려 노력했으니까요. 신앙에 귀의한 후, 여러 사제님에게 배운 덕에 헬라어뿐만 아니고 라틴어도 조금 할 수 있습니다."

"흐음, 점점 더 마음에 드는군. 내가 네 주인, 바얀 티무르에게 너를 넘기라고 하면 어찌할 거지?"

"저를 데려가서 어디에 쓰시게요?"

"내 영지인 왈라키아에 도움이 될 인재 같아서 데려가려는 거다. 네가 원한다면 보야르로 만들어줄 수도 있어."

"절 오늘 처음 보고 그저 몇 마디 나눈 것만으로 그리 높이 평가하신 겁니까?"

"곁에 두면 심심하지 않을 것 같기도 하고, 너라면 타타르…

아니, 동방에 대해서 많이 알고 있을 것 같으니 그런다."

"그렇게까지 절 높게 보아주시니 그저 감사할 뿐입니다. 그이야긴 나중에 하시고, 다들 준비된 것 같으니 출발하시죠."

"알았다."

그렇게 이야기를 마친 블라드는 보르카투와 함께 오이라트의 정찰대를 따라나섰다.

"공작님, 여기서부턴 조심하셔야 합니다. 저기 보이는 나무 뒤로 몸을 피하고 계시죠."

보르카투의 권유에 말을 달려 나무 뒤에 숨은 블라드는 곧바로 질문을 던졌다.

"적의 대포 때문에 그러나? 우릴 쏠 거면 진작에 쏘았겠지. 그리고 전부 흩어져서 움직이고 있는데, 뭐 하러 대포 따위를 쏘아 화약을 낭비하겠어."

"저 빌어먹을 군대엔 공작님께서 상상조차 못 한 무기들이 가득합니다."

"혹시 그리스의 불을 담은 포탄을 말하는 거면 지난 전투에서 본 적이 있다."

"그리스의 불이 뭔진 모르겠지만, 저들이 쓰는 포환 중엔 폭발하면서 그 파편으로 넓은 범위를 공격하는 것도 있습니다."

"으음… 그런가?"

"그리고… 제가 여기서 조심하라고 한 건 대포가 아니라 저들이 '총통'이나 '총'이라고 부르는 무기입니다."

블라드는 생소한 발음의 단어를 따라 되뇌었다.

"총?"

"사람이 들고 쏘는 소형 대포를 말하는 겁니다."

"나도 지난 전투에서 본 적이 있다. 티무르의 이교도들이 오스만에서 지원받았는지 천 정 단위로 운용하더군."

"오스만이라뇨? 뭔가 착각하신 것 아닙니까?"

"저 이교도들은 오스만 술탄의 지원을 받아 그만한 전력이 나온 게 아닌가?"

"제가 알기론 아닙니다. 혹시 티무르와 동행한 군대가 어느 나라에서 왔는지 모르고 계셨습니까?"

"당연히 모르지. 보르카투, 넌 신앙 세계에 속한 나라가 몇이나 되는 줄은 아냐?"

"사제님들에게 많은 나라가 있다고는 들었는데, 대략 서른 개 정도는 되지 않을까요?"

"십 년, 아니, 일 년도 유지 못 하고 지배 가문이 바뀌는 나라나 영지가 수백에 달한다. 내 영지인 왈라키아도 내 위로 50여 명 이상의 대공이 있었지."

"허… 제가 생각한 것보다 많네요. 그나저나, 제가 알기론 저 앞에 보이는 군대는 조선에서 온 놈들입니다."

"그래? 조선이란 곳은 어떤 나라지?"

"제… 원수나 다름없는 나라입니다."

"네 아버지를 죽인 군대를 보냈다는 곳이냐?"

"예. 그리고… 저 나라야말로……."

—탕!

보르카투가 말을 마치기도 전에 커다란 총소리가 울려 퍼졌고, 이윽고 적진에서 200미터가량의 거리를 두고 진형을 살피던 이가 피를 뿌리며 낙마했다.

"뭐야! 어떻게 저 거리에서 핸드고네를 맞아?"

"저게 제가 아까 말했던 총의 위력입니다."

"이런 말도 안 되는……."

"아까 하려던 말을 잊을 뻔했네요. 조선이란 나라는 실질적으로 동방을 지배하는 패권국입니다."

"그런 나라와 척을 지다니 네 운명도 참 기구하군."

"전 한때 아버지의 복수를 하려 조선군의 전력을 파악했었는데, 실상은… 에센의 군대에도 맞서지 못하고 도망친 패배자일 뿐입니다."

"그래? 당분간 네게 알아둬야 할 게 많겠어."

"제가 아는 조선의 정보는 10년 전쯤에 파악한 게 전부라 크게 도움이 되진 않을 것 같습니다."

"그래도 아예 모르는 것보단 낫다. 내 스승님께서도 네 이야길 듣길 바라실 거야."

그렇게 블라드는 정찰을 마치고 귀환한 다음, 바얀 테무르에게 청해 거액의 몸값을 지불하고 보르카투의 신변을 양도받았고.

이만주(李滿住)의 아들 이보을가대(李甫乙加大)는 정식으로 블라드의 측근이 되었다.

＊　　　　＊　　　　＊

매일 전진하는 적군의 목책에 대응해 연합군의 포진을 물리던 후냐디는 마침내 자신이 가장 우려하던 사태에 직면하게 되었다.

"스승님, 바얀의 척후대가 전하길 오스만의 군대가 이곳으로 향하고 있다고 합니다."

블라드는 제자의 보고에 침착한 어조로 되물었다.

"병력의 규모는?"

"대략 5만 정도이며, 이교도의 술탄이 직접 군대를 이끌고 있다 합니다."

"…확실한 정보냐?"

"예, 저들도 수년에 걸쳐 오스만과 싸워왔기에, 술탄의 문장과 친위대인 예니체리 정도는 모두가 알고 있답니다."

"허, 자트리키온(체스) 판에서 외통 직전으로 몰리게 되었군."

자트리키온은 아랍에서 샤트라지(Shatranj)라 불리는 체스 게임의 동유럽식 표기이며, 현재 유럽 전역에서 다른 이름으로 불리며 선풍적인 인기를 끌고 있었다.

"스승님다우시군요. 이 급박한 시국을 이교도의 놀이에 비유하실 정도로 여유가 있으신 겁니까?"

"네가 이교도의 모든 걸 싫어하는 건 나도 잘 알지만, 자트리키온은 전략적 사고 향상에 도움이 된다."

"그렇습니까?"

"어쩌면 이교도들이 이리도 전쟁을 잘하는 건 술탄을 비롯한 고위층이 전부 자트리키온의 달인이라 그럴지도 모르지."

블라드는 최근 새 측근이 된 보르카투를 통해 새로운 지식을 배우고 있었기에, 예전의 그라면 하지 않았을 대답을 내놓았다.

"음, 그렇게까지 말씀하시니 저도 선입견을 버리고 배워봐야겠군요."

"그래? 그럼 내게 직접 배우면 되겠구나. 그건 그렇고 술탄의 군대는 언제쯤 도착할 것 같다고 하더냐?"

"아마, 열흘 정도면 도착할 거 같다고 합니다."

"열흘이면 너무 시간이 촉박한데……. 우리 기병대에게 지급할 장비 생산은 어찌 되어가고 있는지 아느냐?"

"워낙 시간이 촉박해 목표로 한 양의 절반도 만들지 못했을 겁니다."

후냐디는 일전에 블라드의 새 측근 보르카투에게 조선군의 전력 이야길 들었다.

그렇기에 조선에서 총이라 부르는 개인화기에 대응해 급소를 보호하는 추가 장갑 생산에 열을 올리고 있었다.

추가 장갑이라고 해봐야 전장에서 거창한 새 장비를 만들 수 없으니, 전사자들의 흉갑을 수거한 다음 개조해서 기사들이 입은 판금 갑옷 위에 철판을 덧대는 방식이며 현재 그들의 상황에선 나름대로 최선의 대처이기도 했다.

"그래도 어쩔 수 없군. 술탄이 도착하면 우린 아무것도 하지 못한 채 여기서 물러나야 한다. 그러니……."

"공격 날짜를 정하셨습니까?"

"그래, 공격 날짜는 사흘 후 동이 트기 직전으로 하지. 선봉엔 내가 서겠다."

"그건 안 될 말씀이십니다. 그냥 제게 맡겨주시지요."

"아니, 이번 작전은 우리가 모든 것을 걸어야 성공할 수 있을 거다. 여기서 지면 뒤가 없는 거나 마찬가지야. 우리가 사는 신앙 세계는 술탄과 동방의 연합군에게 짓밟히게 되겠지."

"그럼 한 가지만 약속해 주시지요."

"뭘?"

"스승님께선 상황이 좋지 못하면 언제든 후퇴할 수 있는 자리에 계셔주시지요."

"아니, 내가 앞에 나서야 검은 군대의 사기가 산다."

"그럼 차라리 제가 스승님의 갑주를 입고 선봉에 서겠습니다."

"너와 난 체형이 달라. 내 체형에 맞춰 제작된 백색의 갑옷을 입을 수 있는 건, 오직 나뿐이란다."

"그렇다면 제 갑주를 하얗게 칠하도록 하지요."

"그렇게까지 날 살리려 하는 이유가 뭐냐?"

"스승님은 절 오스만에 볼모로 보냈던 아버지보다 더 많은 시간을 함께한 분이고… 많은 것을 알려주신 고마운 분이시며, 침략자 술탄에 맞서 대항할 유일한 희망이십니다."

"따지고 보면 난 네 아버지의 원수 중 한 명이기도 한데?"

"저 스스로 인정하기 싫어 그동안 부정했었지만, 스승님이야말로 제 진정한 아버지이십니다."

후냐디는 제자의 느닷없는 고백에 놀랐고, 도저히 믿을 수 없어 되물었다.

"그건… 정녕 진심으로 하는 말이냐?"

"예, 악마 같던 술탄에게 저와 동생을 팔아넘겼던 제 친아버지나 술탄에게 굴복해 오스만에 영혼을 판 제 동생보단, 저와 오랜 시간을 함께 보낸 스승님이야말로 유일한 가족입니다."

"……."

후냐디는 제자의 느닷없는 고백에 할 말을 잃었고, 그의 표정을 살펴보며 진심임을 느낄 수 있었다.

"그러니 당신의 제자이자 아들로서 간청드립니다. 부디 이번 공격을 제게 맡기시고 스승님께선 훗날을 생각해 주십시오."

후냐디는 진심으로 자신을 걱정하는 블라드에게 감동했고, 목이 잠긴 채로 답했다.

"…알겠다. 네게 맡기마."

"제 무리한 부탁을 들어주셔서 그저 감사할 뿐입니다."

"나도 네 스승이자 새아버지로 명령하마. 꼭 살아서 내게 직접 자트리키온을 배워야 해."

"예, 꼭 그렇게 하겠습니다."

블라드는 존경하는 스승의 천막에서 물러난 후, 자신의 처소에서 그간 모았던 정보를 종합하며 작전을 세우기 시작했다.

"공작님, 정말로 적진에 뛰어드실 생각이십니까?"

새 측근이 된 보르카투의 질문에 블라드는 고개를 끄덕이며 답했다.

"그래, 마침내 오스만의 술탄이 움직였다. 그가 합류하게 되면 우리의 패배는 확정되니 그 전에 적장을 잡아야 해."

"하아… 겨우 바얀의 손아귀에서 벗어났다고 생각했는데, 전 다시 실업자가 되겠군요."

"만에 하나 그렇게 된다 해도 넌 스승님이 거두어주실 거다. 그분께서 너만 한 인재를 그냥 두실 리 없지."

"그래도 전 공작님의 휘하가 더 좋습니다. 돌아가신 충 어르신 이후 처음으로 제게 따듯하게 대해주신 분이니까요."

"하하, 살다 보니 날 그렇게 봐주는 이도 보게 되는군. 넌 내 별명이 뭔지 모르는 모양이야."

"이곳의 병사들에게 용의 아들이라고 불리시는 것은 들었습니다만……."

"그건 내가 어릴 적에 멋대로 붙인 별명이고, 이곳의 보야르와 나의 적들은 날 체페슈라고 부른다."

"체페슈면… 가시나 말뚝이란 뜻입니까?"

"그래."

"어째서 그렇게 부릅니까?"

"내 아버지를 죽게 만든 원수들과 내 조국을 침범한 이교도들을 전부 말뚝에 꿰여 죽였으니까."

"오, 공작님도 제 생각보다 유능하신 분이었네요?"

체페슈는 생각지 못한 보르카투의 반응에 놀라 되물었다.

"뭐?"

"제가 살던 곳에선 공작님 같은 분이 이름을 날려 역사에 남아 있습니다."

"문화적 차이인가? 의외로군."

"옛 몽골 제국을 세운 대칸도 수레바퀴의 형이라 해서 바퀴

보다 큰 사람들은 전부 죽이는 형벌을 창시했고, 그건 저들의 전통이 되었습니다."

"오, 그것 참 참신한 집행법이로군. 우린 그냥 수레바퀴에 매달아 죽이는 게 보통인데."

"그리고 옛 키타이, 즉 중국에도 그런 장군들이 많았죠. 어떤 이는 장평이란 곳에서 40만 이상의 병사를 학살한 적도 있지요."

"40만이라고? 수를 착각한 것 아니냐?"

블라드는 자신의 상식으로는 이해 불가능한 숫자가 언급되자 놀라 되물었고, 보르카투의 대답이 이어졌다.

"에이, 그 정도로 뭘요. 그쪽은 나라 간에 전쟁이 나면 몇 십만이 동원되어 싸우는 게 기본입니다."

"그게 말이 되나……? 오스만의 술탄도 동원 가능한 병력이 10만 남짓할 텐데……."

"이곳의 상식으로 동방을 재단하면 안 됩니다. 명국·조선 연합과 오이라트의 전쟁 때도 동원되었던 병력의 수를 전부 합치면 30만이 넘었다고 들었습니다."

"허, 도저히 상상이 잘 안 가는군. 여기가 저들의 고향이 아닌 걸 다행으로 생각해야 하나."

"예, 아무래도 이만한 거리를 원정 오느라 최정예로만 모아서 왔을 겁니다. 공작님께선 그런 병사들이 모인 적진에 뛰어들겠다고 하시는 거고요."

"으음… 그래도 여기서 저들을 저지하지 못하면 우린 저들의 노예가 될 거다."

"제가 볼 땐 노예로 만들기보단, 영주들을 새로운 수하로 만들려 할 것 같은데요?"

"이교도의 술탄에게 충성을 바치는 건 노예가 되는 거나 마찬가지지. 그 이야기는 그만하고 너도 도와라."

"예, 그럼 제가 아는 선에서 주의해야 할 병기에 대해서 알려 드리지요. 우선 화차, 이곳 식으로 말하면 불의 마차 정도로 풀이되는 병기인데 이건 수많은 화살을 발사하는 기능을 가지고 있습니다."

"화살 따위론 우리 검은 군대와 기사단을 막을 순 없다."

"단순한 화살이면 그렇겠지요. 그런데 이건 좀 다릅니다. 화약으로 날리는 화살이거든요."

"화살에 화약을 쓴다고? 그럼 어떤 방식으로 공격하는 거지?"

"일단 공작님이 상상하는 것 이상으로 수많은 화살이 불꽃과 함께 시야를 가리면서 날아오게 될 겁니다. 그럼 달리던 말과 사람들이 놀라서 발을 멈추게 되고, 뒤이어 터지는 화살 파편에 피해를 보게 됩니다."

"불꽃으로 깜짝 놀라게 만들어 발을 묶는 화약 병기라는 거군."

"그렇기도 하고요. 한 지역을 제압하는 병기라고 보시면 됩니다. 제 아버지도 한때 그 무기에 당해서 살던 곳을 버리고 도망쳤었지요."

"으음, 그래도 미리 알고 있으면 큰 피해를 볼 일은 없겠어. 그럼 다음은?"

"예, 일전에도 보셨겠지만, 총과 장창의 조합 부대를 조심하셔야 합니다. 거기다 기병대를 돌입시키는 건 그냥 자살행위예요."

"이걸 파훼하는 법은 없나?"

"촘촘한 밀집대형의 부대니, 적보다 긴 사정거리를 가진 대포를 쏘아서 진형을 흩어버리면 되겠네요."

"우리에겐 불가능하다는 말을 길게도 돌려서 하는군."

"예, 맞습니다. 저들의 무지막지한 대포와 화약 병기로 보호받는 혼성부대를 기병으로 돌파할 방법은 없습니다."

"저들과 동등한 대포를 만들고 같은 병종을 육성하는 수밖에 없겠군."

"아니면 희생을 감수해서라도 기병대 일부를 미끼로 주고 그냥 속도로 무시하며 통과하는 수도 있지요."

"알았다. 그럼 다음은……."

후냐디는 동유럽 연합군 측의 모든 기병 전력을 동원해 기습 전략을 준비했고, 블라드는 자신이 알아낸 정보를 총동원해 적의 전력을 기사들에게 알렸다.

마침내 예정된 시간이 되자, 오이라트의 기사단과 합세해 2만에 가까운 수가 된 대병력은 어둠을 틈타 대포가 무용지물인 시간대에 적진으로 달리기 시작했고, 보병들과 더불어 대량의 전투 마차가 기병의 뒤를 따랐다.

또한 그들은 그간 면밀하게 관찰한 결과, 나름대로 병력이 분산되어 얇아진 최전방 전선을 노렸다.

"검은 기사단이여, 돌격하라! 이교도를 이 땅에서 몰아내야 한다!"

블라드는 스승 후냐디를 흉내 낸 백색의 갑옷을 입고 문장을 달아 그인 것처럼 가장해 후방에서 기사들을 독려했고.

그를 호위하는 친위대를 제외하곤 나머지 이들은 순백의 기사가 군을 이끈다고 생각해 사기가 올라 빠르게 적진으로 뛰어들었다.

"순백의 기사께서 우리와 함께하신다!"

"가자! 이교도들을 전부 죽여!"

그렇게 적진과 거리가 차츰 가까워질 무렵, 이들은 미리 사전에 들었던 무기의 공격을 받았다.

차마 눈으로는 셀 수 없는 불꽃의 화살들이 동이 트려 하는 밤하늘을 캔버스 삼아 그림을 그리기 시작한 것이었다.

"당황하지 마라! 이건 그저 눈속임일 뿐이야. 모두 침착하게 말을 진정시키면서 돌파해!"

"예, 알겠습니다!"

선두에 선 검은 기사단원들과 바얀의 휘하들은 미리 사전에 들은 대로 당황하지 않고 말을 몰았고.

오이라트 측에선 북경 공방전 당시 직접 화차의 공격을 겪어본 이도 있었기에 더 빠르게 적진을 향해 달리기 시작했다.

다만 이들의 지휘부에선 기병대가 단순하게 받아들이게 하려 화차의 공격을 눈속임이라 뭉뚱그리며 설명했지만.

그저 눈속임이라 치부할 수도 없이 화살들이 폭발하며 마갑으로 보호받지 못한 말들의 다리와 배 부분을 공격해 수많은 피해를 냈다.

"말이 다친 인원들은 말에서 내려서 전진해라!"

그렇게 수백의 인원들이 화차 공격으로 말을 잃고 전진하는 사이 마침내 선두의 인원이 목책과 100여 미터 가까이 접근하자, 그들이 가장 신경 써서 대비하고 있던 공격이 시작되었다.

—타타타타타당!

그토록 경계하던 총의 일제사격이 개시되었고, 선두에 선 기사들의 일부가 피를 뿌리며 낙마하기 시작했다.

총열의 강선을 타고 충분한 회전력이 가미되어 발사된 원추형의 탄환은 단순히 갑옷을 이중으로 겹쳐 입는다고 해결될 문제가 아니었기에 수많은 사상자가 발생했다.

다만 운이 좋았던 이들은 급소를 보호받을 수 있었고, 적들이 재장전하려는 사이에 총병 앞쪽에 위치한 기병 저지용 말뚝을 피해 참호 사이에 난 길 쪽으로 안착해 달릴 수 있었다.

그러자 곧 이어서 산탄이 장전된 대포와 산탄총들이 발사되었고, 이는 관통하는 탄환과 다르게 면적 단위 충격을 가해서 기사들을 강제로 낙마시켰다.

어떤 이들은 말뚝을 피해 총병의 대열로 뛰어들려 해봤지만, 오히려 그들의 앞에 파여 있던 함정을 보지 못하고 빠져 말과 함께 명을 달리하고 말았다.

그렇게 선두의 기사들이 수백에 가까이 희생되자 상황을 지켜보던 선봉대 지휘관이 명령을 내렸다.

"전진하라! 겁먹지 말고 계속 전진해! 아군의 희생이 헛되이 만들지 마라!"

그렇게 물량 공세로 밀어붙이자 기병용 함정이 그들의 시체로 메워졌고, 뒤이어 그들을 괴롭히던 병사들은 참호에 난 길을 따라 빠르게 후퇴했다.

그렇게 선봉대가 수많은 희생을 치르고 첫 번째 방어선을 돌파하자, 동유럽 연합군 측에선 사기가 올라 곧바로 빠르게 2차 방어선으로 달리기 시작했다.

"공작… 아니, 섭정공 전하, 이렇게만 된다면 곧 최종 방어선까지 돌파할 수 있을 것 같습니다!"

블라드는 곁에 있던 스승의 부관이자 문장관인 젊은 귀족의 말을 들으며 추가적인 지시를 내렸다.

"후속 병력으로 마차 병대를 투입해서 적의 양면 협공을 막아라."

"알겠습니다."

한편, 1차 방어선을 돌파한 선봉대는 언덕 위 울타리 뒤편에 불의 수레 수십 대가량 배치되어 있는 것을 보곤 코웃음을 쳤다.

"그런 눈속임 병기에 다시 당할 것 같으냐? 모두 무시하고 달려!"

선봉대 지휘관의 비웃음과 함께 달리던 기사들은 이내 그들이 착각하고 있었음을 알게 되었다.

새로 나타난 수레에서 발사된 것은 화살이 아니라 개인용화기와는 비교조차 할 수 없던 대구경의 탄환이었으며, 이윽고 그들의 몸을 갈기갈기 찢듯이 관통하였다.

"이건… 리볼데퀸(Ribauldequin)의 일종이었나……. 브리튼놈들의 것과는 차원이 다르군."

간신히 살아남은 지휘관이 감상을 내놓자 뒤따라 발사된 대포의 포환들이 그들을 맞이했고, 뒤이어 그것들이 폭발하며 수많은 사상자를 내기 시작했다.

"단장님, 저 양측의 언덕을 제압해야 전진이 가능할 것 같습니다. 이대로라면 우린 몰살당합니다!"

선봉대 지휘관은 부관의 절규에 곧바로 답을 내놓았다.

"어쩔 수 없군. 여기서 부대를 둘로 나눈다. 자네가 우측 언덕을 제압하게. 내가 좌측을 맡겠다."

"돌파는 포기하시는 겁니까?"

"우린 여기까지다. 돌파는 후속대에 맡기지. 이 언덕이야말로 우리가 순교할 장소이다."

"알겠습니다, 단장님, 위에서 다시 만나죠."

"그래, 언덕 위에서… 혹은 천국에서 만나게 되겠지."

그렇게 검은 기사단의 선봉대는 병력을 나눠 신형 화차의 일제사격을 받으며 언덕을 올랐다.

그들은 수많은 희생자를 내었으며, 살아남은 이들 역시 수많은 상처를 입은 데다 말들은 거의 탈진해서 거품을 토했다. 하지만 이들은 젖 먹던 힘까지 짜내어 언덕을 올랐다.

살아남은 이들은 포화를 몸으로 받아가며 울타리를 넘자 악몽과도 같던 불의 수레를 운용하던 이들이 도망치는 모습을 볼 수 있었다.

"우오오! 보아라! 적들이 도망친다."

언덕을 오를 때만 해도 죽음을 각오했던 지휘관이 사기가 올라 소리치자, 살아남은 오백여 명의 검은 기사단이 뒤이어 소리치며 상처뿐인 승리를 자축했다.

"이 언덕만 넘으면 적의 지휘소가 보일 거다. 가자!"

"예!"

하지만 그렇게 언덕의 능선을 넘은 생존자들은 곧바로 절망적인 광경을 보게 되었다.

그들이 언덕 아래에서는 볼 수 없었던 수많은 총병들이 능선 뒤편에 일렬로 대기하고 있었으며.

그들은 마치 처형 집행인이라도 된 듯 무심한 표정으로 검은 기사들을 바라보고 있었던 것이다.

"방포하라!"

검은 기사단에선 알아들을 수 없는 조선측 지휘관의 명령에 맞춰 오른쪽에서부터 약간의 시차를 두고 총성과 함께 연기가 피어오르는 일제사격이 개시되었다.

"하, 이건… 실로 장관이로구나. 내가 천국에 가기 전에 좋은 것을 보고 가는군."

사격이 개시된 방향부터 부하들이 일제히 쓰러지는 와중에 선봉대의 선임 지휘관은 선형진에서 발사되는 일제사격의 풍경을 보며 자기 죽음을 받아들였고, 결국 그것이 그가 살아서 본 마지막 광경이 되었다.

"섭정공 전하! 선봉대로 나섰던 이들이 언덕을 넘지 못하고 전멸당했다 합니다."

후냐디로 위장하고 있던 블라드는 부관의 보고에 덤덤하게 답했다.

"그래, 여기까진 예상했던바, 적들의 방어선이 뒤로 물러난 지금부터가 진짜 시작이다. 마차 부대가 길을 확보했으니 남은 병력이 나설 차례다."

"알겠습니다."

"그리고 적절한 시기를 보아 우리도 나선다."

"예."

그렇게 수많은 기병과 말들로 시체를 쌓아가며 후속 부대가 적진을 돌파했고, 뒤이어 진입한 마차 부대가 경로 겸 방벽을 확보한 것을 확인하자.

블라드는 대기하고 있던 본대와 함께 달리기 시작했다.

그와 함께 전장을 달리며 각종 화약 병기에 당한 시체들을 지켜보던 부관은 절규했다.

"어째서 우리의 고귀한 핏줄들이 일개 병사만도 못한 죽음을 맞이하게 된 겁니까? 이럴 수는 없습니다!"

"우린 지금 기사 시대의 종막을 보고 있는 것인지도 모르지."

"그렇다 해도 이건 정당하지 못합니다. 저 이교도들을 당장……."

"지금은 적의 지휘관을 잡는 것에 집중해라. 감상을 늘어놓을 시간에 전방이나 살펴."

그러자 문장관은 분루를 삼키며 대답했다.

"예, 알겠습니다."

그렇게 선봉대와 후발대의 분전으로 인해 아군의 시체로 메워진 길을 달리던 본대의 시야에 마침내 적의 지휘소로 추정되는 엄중한 장소가 보였다.

"저기다. 저기에 분명 티무르의 변경백 유스프가 있다."

블라드는 지난 전투의 교훈으로 만반의 전투태세를 갖췄고, 이번엔 플레일 같은 둔기와 보조 무기를 여러 개 갖추도록 준비시켰다.

"여기서 적의 대장을 잡으면 우리의 승리다! 형제들이여 돌격하라!"

"돌격!"

블라드의 외침과 함께 최정예 기병대 3천여 명이 지휘소를 향해 돌진했고.

적의 총대장은 800여 명의 기병대와 더불어 총과 장창으로 구성된 혼성 병력을 동원해 그들을 막으러 나섰다.

"저기! 저 화려한 갑옷을 입은 이가 총대장 유스프일 거다. 어떻게든 저 늙은이를 잡아야 한다!"

"예, 알겠습니다."

블라드는 양측 기병대의 격돌 직전 주변의 단원들에게 지시를 내렸고, 그의 지시를 받은 이들은 사전에 연습한 대로 합공을 준비했다.

선두의 병력은 일제사격을 몸으로 받아내며 돌격을 시작했고, 그들의 희생에 힘입어 마침내 양측의 기병대가 랜스를 들고 격돌할 수 있었다.

그들은 전투 공간이 협소한 탓에 격돌과 동시에 말들을 멈추고 대치한 채 마상 백병전을 이어갔고, 기병대가 혼잡하게 얽히자 총은 무용지물이 된 채 장창병이 나서게 되었다.

그렇게 전세가 혼전으로 흐르자 블라드는 곧 적장을 잡아 이 전쟁을 승리로 이끌 수 있다고 믿어 의심치 않았지만, 그의 예상은 가볍게 빗나갔다.

미리 생포 지시를 내렸던 기사들이 유스프로 추정되는 이에게 전부 당하고 말았던 것이다.

"허, 살날이 얼마 남지 않은 노인 주제에 제법이구나. 형제들이여! 저기 보이는 놈이 이교도의 지휘관이다!"

블라드는 큰 소리로 외쳐 아군에게 목표를 주목하게 한 후, 기사들을 독려하기 위한 말을 이어갔다.

"적장을 사로잡는 이에겐 섭정공의 이름으로 작위와 보물을 내릴 것이니, 전부 저 늙은이를 공격하라!"

"예!"

그렇게 블라드의 독려하에 치열한 전투가 이어졌지만, 그의 바람은 이뤄지지 않았다.

신앙 세계, 즉 전 유럽을 통틀어 오스만과 싸우며 단련된 최고 정예들은 유스프로 추정된 이가 든 철퇴의 일격을 버티지 못해 낙마했고.

어떤 기사가 몸을 바쳐 낙마하는 와중에 적장의 무기를 빼앗자, 그는 오히려 검은 기사단의 무기를 빼앗아가며 싸우기 시작했다.

게다가 적장을 필사적으로 지키려는 이교도의 기사들마저 상식을 뛰어넘는 무용을 지니고 있었다.

"저건 대체 누구야? 저런 기사가 결코 늙은이일 수는 없다."

블라드의 탄식에 부관이 답했다.

"저도 그렇게 생각합니다. 아무래도 대역이 아닐까요?"

"설마… 이교도의 장수도 나처럼 갑옷을 바꿔 입은 건가?"

"그런 듯합니다. 우린 철저하게 함정에 빠진 것 같습니다."

'설마 저들은 술탄의 합류에 맞춰 조급해진 우리의 공격을 유도하려고 압박했던 건가?'

블라드의 생각대로 조선·티무르 연합 측은 지금 이 순간에도 다른 장소에서 거의 전무한 피해로 참호라는 불구덩이에 뛰어든 동유럽 연합 측을 학살하다시피 하고 있었다.

그렇게 병력으로 상대를 압도하려던 블라드의 본대는 어느새 단 한 명의 적장에게 역으로 압도당했고.

오히려 그가 이끄는 소수 정예의 기사들이 블라드가 위치한 중앙 대형으로 파고들기 시작했으며.

이윽고 블라드를 비롯한 이들은 인간의 형상을 한 재앙을 몸소 맛보게 되었다.

*　　　　*　　　　*

동유럽 전선에서 조선군이 작전대로 압도적인 승리를 거뒀을 무렵, 조선에서 대리청정 중인 세자 이홍위는 아버지를 대신해 업무에 매진하고 있었다.

뭘 해야 할지 몰라 헤매기만 하던 첫날과 달리 어느 정도 익숙해진 모습으로 업무를 보던 그는 황보인을 맞이했다.

"영상 대감, 잘 오셨습니다. 여진계 일족의 동북면 이주 건과 해삼위 개척촌 관련 결재는 여기 전부 처리해 놨소이다."

이홍위는 나름대로 업무에 익숙해진 자신을 대견스러워하며 결재한 서류를 내밀었지만.

"예, 이건 구주와 석견현에서 올라온 장계와 관련 결재 문건이옵니다."

결국 그에게 돌아오는 건 처리하면 할수록 쌓이는 서류 더미였다.

"…알겠소이다. 거기다 두고 가세요."

"예, 그리고 오후엔 경연이 예정되어 있으니, 오늘의 교재로 예정된 병서를 미리 보아두시는 것이 좋을 듯하옵니다."

황보인의 말에 세자 이홍위는 참지 못하고 한숨을 내쉬며 답했다.

"하아, 영상 대감은 지금 내가 처리해야 할 게 보이지 않으시오?"

"하오나, 저하. 주상 전하께서는……."

그러자 이홍위는 진저리 나는 표정을 지으며 황보인의 말을 가로채 대신 이어갔다.

"나보다 몇 배는 빠르게 업무를 처리하시곤, 남는 시간에 책도 집필하시며 그것을 교재 삼아 경연에서 대신들을 가르쳤다고 말하려는 거겠지요?"

"…그렇사옵니다."

이홍위는 한숨을 내쉬며 말을 이어갔다.

"하아, 내 능력이 부족해 만고의 성군이신 주상 전하의 티끌만큼도 미치지 못하는 걸 어찌하겠소이까."

"아니옵니다. 상심하지 마소서. 신이 보기엔 저하께서도 뛰어난 재지를 타고나셨사옵니다."

"위로하려는 입바른 말은 필요 없소이다."

"그렇지 않사옵니다. 진심으로 하는 이야기입니다."

"그렇습니까?"

"예, 주상 전하께서도 상왕 전하께 명을 받아 대리청정을 거치셨사옵고, 그 시절의 주상께서도 아주 가끔은 사소한 실수를 하셨으며, 상왕 전하의 재가를 받아가며 정무를 처리하셨습니다."

"정말 아바마마께서도 그런 시절이 있었단 말입니까? 쉬이 믿기지 않는군요."

"예, 누구나 처음이란 게 있는 법이옵니다."

"빈말이라도 기운이 나는군요. 그럼 오후에 경연장에서 봅시다."

"예, 이만 물러나겠사옵니다."

이홍위는 황보인이 물러난 후 다시 구주에서 올라온 최근의 정세와 석견현(이와미)의 은 생산량이 적혀 있는 문건을 훑어보았고, 그것을 읽으며 내심 감탄했다.

'석견에서 이번 해에 생산한 은이 몇십 년 동안 본토에서 생산한 은의 총량과 비슷하다니……. 아버지께서 다소 무리를 하시면서까지 왜국을 정벌하신 성과가 실로 엄청나구나.'

이홍위는 역청탄 산지인 삼지촌(미이케)의 소식과 더불어, 최근 울산을 비롯한 동해 쪽 고을에서 시범적으로 운용 중인 대형 고로에 관한 보고서도 읽어보았다.

그러나 세자는 제철 쪽 지식을 잘 알지 못해 알아들을 수 없는 단어들을 붙잡고 씨름하다가 머리를 감싸 쥐고 말았다.

'장차 내가 군왕이 되려면 이런 쪽의 지식마저 전부 통달해

야 하는 건가. 할바마마와 아바마마께선 이런 걸 전부 다 꿰고 계시겠지?'

"세자 저하, 경연 시간이 되었사옵니다."

이홍위는 김처선의 보고를 듣고 어느새 시간이 그리 흐른 것이냐며 한숨을 쉬곤, 경연장으로 행차했다.

"세자 저하, 오늘 경연의 주제는 북방 개척지의 방략(方略)이옵니다."

병조판서 하위지가 주제에 대해 말하자, 세자는 생각을 정리하며 답했다.

"그렇습니까? 내 식견이 얕아 병판 대감의 이야길 경청할 테니, 먼저 의견을 내어보시오."

"그전에 주상 전하께서 집필하신 병서, 방략총요(方略總要) 1편의 3장을 보아주시옵소서."

세자는 급하게 자신의 책상에 놓여 있는 방략총요를 펼쳐 하위지가 말한 부분을 찾았고, 그 부분을 빠르게 읽으며 답했다.

"…나라의 모든 마을은 진(陣)이나 관(關)을 겸할 수 있어야 하며, 수령은 외적이 침입할 경우 주둔 무관에게 병권을 이양하며, 백성을 안전한 곳으로 대피시키는 데 힘을 쏟아야 한다."

"그러기 위해선 가장 필요한 전제 조건이 무엇이라 생각하시옵니까?"

"음, 내 짧은 식견으로 보건대, 사관학교에서 교육조차 받지 않은 수령이 멋대로 군을 통괄하려는 월권행위를 막아야 할 것 같소."

"정확하십니다. 지금은 예전과 달리 지방 관아마다 소·중대급 병대가 편성되어 주둔하고 있고, 유사시엔 주민을 상대로 예비병… 즉, 잡색군을 모집할 수 있사옵니다."

"그 부분은 나도 군역을 수행하며 잘 알고 있소. 단 한 번이었지만 한성부 관아에서 잡색군 소집 대상인 정남(壯丁)들을 소집해 훈련도 시켜봤고. 그들을 모으고 통제하는 것도 참으로 고역이었지요."

"그렇사옵니까? 저하께서 노고가 많으셨으리라 짐작되옵니다. 다만 북쪽의 개척지 사정은 남쪽의 마을과는 다르옵니다."

"그렇습니까? 그 부분은 내가 장계로만 보아서 실정에 어두우니, 설명을 부탁드리오."

"예, 현재 화령 북동 방면의 중심지인 동평부(東平府)의 해삼위와 미타주에 이어 해안가를 중심으로 죄인들을 사변해 마을을 건설 중이옵고, 조선의 신민이 된 북방 일족의 도움으로 그들을 통제 중이옵니다."

"음, 그 정도는 장계로 보아 알고 있소."

"또한 주둔 무관이 인근의 북방 일족을 소집할 수 있는 권한도 가지고 있사옵니다."

"그렇소? 지나치게 북방 일족들에게 의존하면 문제가 생길 수 있지 않을까 우려가 되오."

"그들 역시 주상 전하께 벼슬과 녹봉을 받아 살아가는 이들이옵니다. 만에 하나라도 누군가 반기를 든들, 주변 일족에게 협공을 받게 되옵니다."

"어떻게 그런 거요?"

"그들은 소금, 사탕 같은 식료부터, 철 같은 전략적 물자까지 많은 것을 아국에 의존하고 있사옵니다. 만약 아국의 지원이 끊긴다면 예전처럼 야만적인 삶으로 돌아가게 될 뿐이옵니다. 게다가 그들 스스로 북방 일족의 반역을 고변하거나 진압하면 역당의 자리를 차지할 수 있으니, 아국의 지붕 아래서 서로를 감시하는 체계라 보시면 됩니다."

"음, 그게 내가 일전에 들었던 경제와 교역의 중요성인가 봅니다."

"맞사옵니다. 북방의 일족뿐만 아니라, 왜국이나 명국마저 아국이 공급하는 여러 물자가 끊기면 큰 타격을 입게 되옵니다."

"그건 일전에 호판 대감에게 들어 익히 알고 있습니다. 그건 그렇고, 새 정착촌의 농사는 어찌 되어갑니까?"

"그곳은 심을 수 있는 작물이 한정적이며, 농사지을 수 있는 인원이 적어 자급자족할 수 없기에 수렵과 수송한 물자로 마을을 유지하고 있사옵니다."

"흐음, 그럼 지금 해안가를 따라 정착촌을 건설하고 있는 건 해운을 통해 물자를 수송하기 위함이오?"

"예, 영명하신 저하께서 짐작하신 대로 물자를 수송하는 목적 외에도 다른 의도도 있는데, 혹여 짐작하실 수 있겠습니까?"

"으음, 그곳을 통해 배가 자주 드나든다면… 그곳을 거점 삼아 동쪽으로 진출하려는 겁니까?"

하위지는 세자가 질문의 의도를 정확하게 맞춘 것을 기뻐하며 말을 이어갔다.

"그렇사옵니다. 일전에 주상 전하께서 동쪽 바다를 건너기 위해 짜두셨던 계획의 일환이기도 합니다."

"동쪽엔 대체 뭐가 있길래, 가려는 겁니까?"

"아직은 모릅니다. 다만, 성상의 교화를 기다리는 미지의 땅이 있으리라 짐작하고 있을 뿐입니다."

"만약 아무것도 없다면 어떻게 되는 겁니까?"

"만약 그렇다 해도 서역으로 돌아서 갈 수 있는 항로가 생길 테니 그것도 나쁘지 않습니다."

'그러고 보니, 산남이 얼마 전에 광무함에 배치받았다고 하던데……'

세자는 둘도 없는 친구 남이가 해사 제독 최광손의 휘하가 된 것을 알고 있기에, 걱정하는 마음도 들었으나 이내 떨치고 경연에 집중했다.

세자는 그렇게 경연 시간 동안 북방 개척지와 방어 전략에 대해 논했고.

그가 내놓은 답들은 하나같이 병조판서 하위지나 영의정 황보인 등, 여러 대신을 기쁘게 하는 현명한 식견이 담겨 있었다.

그렇게 경연을 마친 세자는 저녁을 먹곤 홀로 단련을 하며 일과를 마쳤고, 주상이 없는 조정의 하루가 저물어갔다.

＊　　　　＊　　　　＊

난 마침내 이번 전쟁의 분수령이 될 전투에서 승리했다.

동유럽의 연합군은 우리가 충실하게 파놓은 함정에 뛰어들었고, 그 결과 적의 주력은 궤멸당했으며.

결국 그들의 총사령관은 내게 사신을 보내 협정을 제시했다.

"이적의 지원군 총대장은 자기 아들만 살려서 보내준다면 이후 아군을 적대하지 않고 조용히 물러나겠다고 전했사옵니다."

난 적의 사신을 만나고 온 총통위장 김경손의 보고에 궁금한 것을 되물었다.

"적장의 이름이 뭐라고 하더냐?"

"신이 들은 바대로면 발음하기가 실로 힘든데, 그나마 최대한 우리말에 가깝게 표현하자면 후냐디 야노슈라는 이름이었사옵니다."

적장이 내가 아는 그 후냐디면… 평생을 오스만에 대항했고 메흐메트에게 대승을 거두고도 정작 본인은 전염병으로 죽은 비운의 명장이다.

에센 덕에 오스만을 비롯한 동유럽의 운명이 바뀌었고, 그 결과 후냐디가 죽지 않고 건재했었나 보다.

"그가 말한 아들의 신변은 확인했느냐?"

"그는 일전에 주상 전하께서 친히 사로잡으신 적장인데. 블라드라는 이라고 합니다."

블라드면 드라큘라로 유명한 그놈? 기록에서 저 둘은 사승 관계라고 적혀 있긴 했었는데… 뭔가 내가 모르는 사정이 있나 보네.

"흠, 유독 눈에 띄는 백색 갑옷을 입었던 적장을 말하는 건가. 그는 지금 뭐 하고 있지?"

그는 일전에 진격해야 할 장소를 착각했는지 내 진영에 기병대를 이끌고 뛰어들었지만, 결국 내게 머리를 얻어맞고 기절해 생포당했다.

"틈만 나면 소리를 지르고 자해하려고 들어 재갈을 물리고 묶어서 엄중하게 감시 중이옵니다."

"그런가. 이곳으로 데려와 보아라."

"알겠습니다."

그렇게 전신을 포박당한 채, 재갈이 물려 내 앞으로 끌려온 블라드는 핏발이 선 눈으로 날 노려보았다.

이윽고 그의 재갈이 풀리자, 내가 알아들을 수 없는 언어로 고함을 질러댔기에 티무르 출신의 종군 역관에게 물었다.

"저자가 뭐라고 하는지 통변하라."

"전하, 저자는 지금 전하께 감히 입에 담지 못할 욕설을 하고 있는데… 괜찮으시겠습니까?"

"괜찮으니, 일체의 여과 없이 전해보아라."

"예, 외신이 감히 통변하건대, 저자가 말한 것을 처음부터 고하자면, 동방의 연옥에서 기어 올라온 악마야, 날 모욕하지 말고 빨리 죽여라. 저주받을 술탄의 개… 송구하옵니다. 이후의 말은 차마 제 입에 담을 수 없사옵니다."

역관이 어찌할 줄 모르는 듯한 표정으로 거듭 고개를 숙였고, 난 손짓으로 그를 진정시키며 답했다.

"그런가. 그럼 내 말을 그에게 전하거라. 네 아버지가 널 구하기 위해 나와 협상 중이라고."

그렇게 역관이 말을 전하자 블라드는 잠시 놀란 표정을 지으며 무언가를 말했고, 이내 눈물을 흘리며 통곡했다.

"뭐라고 하더냐?"

"자신 때문에 신앙 세계가 동방의 악마와 이교도의 술탄에게 짓밟히게 되었다고 말했습니다."

"신앙 세계면 저들의 나라를 말하는 건가?"

그러자 독실한 이슬람 신자인 티무르의 역관은 불쾌한 표정을 감추지 못한 채 내게 답했다.

"예, 저들이 멋대로 지은 명칭입니다. 우상을 숭배하는 불신자들이나 쓸 법한 오만한 개념입니다."

하긴, 정교회에선 성상이나 성화를 허용하니, 이슬람교도 입장에선 저렇게 말할 법도 하네.

"그런가. 그럼 그에게 내 말을 전하게나. 나는 조선의 군주이며, 나와 내 군대가 여기 온 것은 신앙 세계를 침략하려는 게 아니라 거짓 선지자 에센을 징치하기 위함이라고."

"예."

그렇게 내 말이 전달되자, 통곡하고 있던 블라드는 놀란 표정을 지으며 무언가를 말했고.

뒤이어 노골적으로 날 의심하는 듯한 표정을 지으며 바라보았다. 그러자 내 곁에서 지켜보고 있던 가별장 이브라이가 그를 노려보며 기 싸움을 이어갔다.

"저자가 나름대로 정중한 표현을 쓰며 자신이 저지른 무례에 대해 사과했사옵니다. 다만 이곳을 침략하려는 게 아니란 전하의 말씀만은 믿을 수 없다고 합니다."

"그런가."

그러자 이브라이가 블라드를 위압적으로 깔아보며 내게 고했다.

"주상 전하, 전하를 능멸한 저 건방진 놈의 목을 베어 적장

후냐디에게 보내소서."

"내게 수많은 부하를 잃었으니 저러는 것도 이해가 안 되는 건 아니다."

"하오나, 저자는 감히 전하께 입에 담지도 못할 욕설을 퍼부었사옵니다."

"내 신분을 몰랐으니 실수했다며 사과하지 않았는가."

"그래도 저 건방진 눈초리는 여전합니다."

"되었다. 협상에 요긴하게 쓰일 이니, 다치지 않게 신경 써서 감시하도록 조치하라."

"예, 명을 받들겠습니다."

"그리고 총통위장은 내일부터 성벽 공격을 재개하도록."

그러자 일전의 전투에서 겸사복장 유규, 가별장 이브라이, 그리고 내금위장 김수연과 함께 내 곁을 지켰던 김경손이 답했다.

"예, 신이 반드시 적의 성벽을 무너뜨려 전하께 바치겠나이다."

"다른 포로에게 소식을 듣자 하니 이적의 성안에 역병이 돌았다고 하네. 그러니 만에 하나 적의 성벽이 무너진다 해도 병사들의 진입은 불허하겠노라."

"그럼 전하께오선 이적의 수괴, 에센이 스스로 항복하는 것을 바라시는 것이옵니까?"

"그래, 이젠 에센이 믿고 있던 지원군도 패했겠다. 성안에 역병마저 돌았다고 하니, 에센에게 더 싸울 만한 힘이 남아 있겠느냐?"

"그 말씀이 지당하십니다."

"군이 무리하게 병력을 진입시키지 않아도 성벽이 무너지는 순간 그는 내게 항복할 수밖에 없을 거다."

"예, 신이 전하의 명을 받들겠습니다."

그렇게 성벽 공격 재개와 함께 후냐디와 협상이 진행되던 중, 난 의외의 인물을 만나게 되었다.

"이 미천한 외신 우르반이 감히 조선의 군주 광무왕 전하를 뵙사옵니다."

티무르에 머물던 그가 보급선에 동행해 이곳까지 온 것이었고, 티무르에서 조선말을 연습했는지 어설프긴 해도 들어줄 만한 발음을 내고 있었다.

"그래, 그대가 아군이 쓰는 거포를 제작한 우르반이란 공인인가. 자네 덕에 역사에 남을 만한 화기가 완성되었네."

"전하의 찬사를 받게 되니 실로 영광입니다. 전하께선 외신이 만든 화기가 발사되는 광경을 볼 기회를 주실 수 있겠습니까?"

"물론이네. 자네가 만든 병기인데, 마음껏 보게나."

그렇게 우르반은 자신이 만든 병기의 실전 성능을 보며 감탄을 표시했고, 그것의 제작자답게 개량할 발상들을 쏟아냈다.

또한 김경손은 우르반과 죽이 맞아 철썩 붙어 다니면서 평생의 지기처럼 지냈고, 협상을 진행하며 공격이 재개된 지 삼일째 되던 날, 모두의 환성과 함께 남쪽의 내벽이 무너졌다.

그리고 성 안쪽에서 백기를 든 알락이 나오며 길었던 전쟁도 끝이 나게 되었다.

『내가 바로 세종대왕의 아들이다』 10권에 계속…